ジグβ《ベータ》は神ですか

森 博嗣

KODANSHA NOVELS 講談社ノベルス

カバーデザイン＝坂野公一(welle《ヴェレ》 design《デザイン》)
フォントディレクション＝紺野慎一(凸版印刷)
ブックデザイン＝熊谷博人・釜津典之

目次

Jig β knows Heaven

by

MORI Hiroshi

2012

登場人物

事件の関係者

曲川《まがかわ》　菊矢《きくや》……………………美之里《びのさと》代表
海江田《かいえだ》……………………美之里管理人
久米《くめ》……………………美之里事務員
丹波《たんば》　耕太郎《こうたろう》……………………彫刻家
棚田《たなだ》　直治《なおじ》……………………画家
砂羽《さわ》　知加子《ちかこ》……………………彫刻家
猪野《いの》……………………写真家
三原《みはら》……………………画家
坂城《さかき》……………………美術評論家
ジェーン・島本《しまもと》……………………人形作家
隅吉《すみよし》　真佐美《まさみ》……………………美大生
隅吉《すみよし》　重久《しげひさ》……………………真佐美の父
川西《かわにし》……………………刑事
青木《あおき》……………………刑事
松沼《まつぬま》……………………公安調査官
水野《みずの》　涼子《りょうこ》……………………作家

いつもの人々

加部谷《かべや》　恵美《めぐみ》……………………県庁職員
雨宮《あめみや》　純《じゅん》……………………ＴＶレポータ
山吹《やまぶき》　早月《さつき》……………………M大学助教
海月《くらげ》　及介《きゅうすけ》……………………W大学生
西之園《にしのその》　萌絵《もえ》……………………W大准教授
佐々木《ささき》　睦子《むつこ》……………………萌絵の叔母
瀬在丸《せざいまる》　紅子《べにこ》……………………科学者

かくして、無限の過去から、原子間に起された闘争が無勝負のままに、現在も行われつつある。ここでも、かしこでも、物を生み出す原子が優勢を得たり、又同様に敗北したりしている。葬儀には、赤子が此の世の光を見てあげる産声《うぶごえ》が混ずる。如何なる夜が日に継《つ》ごうとも、如何なる暁が夜に続こうとも、死に伴う嘆きが、黒い葬儀に伴う嘆きが、悩ましい悲嘆に混《ま》じって聞えない時とてはない。

(DE RERUM NATURA／T. C. Lucretius)

プロローグ

更に、誰かもし、何事も知ることは不可能だと考える人があるとすれば、何事も知り得ないというその事さえも果して知り得ることが可能か否かを知らない人である。

発車まであと数十秒というとき、ようやく雨宮純《あめみやじゅん》がプラットホームの端《はし》に現れた。列車最後尾でドアの横に立つ車掌に、待ってくれと声をかけたようだ。それから、こちらを見て手を振った。予想されたとおり、短いスカートを穿《は》いている。三両分も離れていたのだが、お互いに相手を確認できた。ということは、自分もあれくらい目立つシンボルがあるということか。

全席指定の特急である。既《すで》に乗客のほとんどは車内で発車を待っている。その分、ホームは見通しが良かった。アナウンスがあり、発車を知らせるメロディが流れる。こちらまでホームを歩いてくる余裕はなく、雨宮は二両後ろの車両に乗り込んだ。それを見届けてから、加部谷恵美《かべやめぐみ》も車内に入った。そこでドアが閉まり、最初の不規則な加速度のあと、電車は滑《なめ》らかに走り始めた。しばらくはトンネルなので、外の景色は見えない。そのままデッキで待っていると、自動ドアが開いて、雨宮が笑顔で後ろの車両から現れた。声の吹き替えがあれば、「ハーイ、ジェニィ」といった洒落《しゃれ》た感じなのだが、実際には、多少ローカルなイントネーションである。

「わりいわりい。弁当を買っとったらさ、ぎりぎりになってまったがね」そう言って、片手に持っている白いビニル袋を持ち上げる。「あんたの分も買ったったけど、もしかして、かぶった？　まあ、ほいだったら責任もって二つ食う決意だけどな」

「ありがとう。うん、車内で買うつもりだったから」

「子豚弁当だがね。肉ばっかしで、野菜なしのやつ」

「へえ……」

「ほぼ半分は脂身《あぶらみ》だでよ。こってりぎどぎどだ」

「あ、そう」

「いかんかったりして？」

「ううん、食べてみるけど」

切符は昨日、この駅で降りたときに加部谷が二人分を買って、一枚を雨宮に渡してあった。昨夜は久し振りに二人で飲んだのである。金曜日の繁華街は賑《にぎ》やかだった。加部谷はもともとこの街の出身だが、今は隣の県で一人暮らし。就職をして一年以上になる。雨宮純とは大学のときの同級生。まちがいなく、一番仲が良い友達といえる。

当然ながら、雨宮も今は社会人である。その美貌《びぼう》を活《い》かせる「やりがいのある」職場のようだ。世の中には、やりがいのある職場とそれがない職場があるらしい。そういう話を昨夜したばかりだ。自分の職場は、それがあるだろうか、としばし考え込んだ加部谷だった。

雨宮は、学生のときから目立つファッションだったが、今はさらに磨《みが》きがかかっているように観察された。「磨きがかかった」というのは、つまり「金のかかった」ということである。何故言い換えなければならないのか、わからない。とにかく、自分と比較すると、まさに雲泥《うんでい》の差といっても良い、と加部谷は感じる。金のかけ方の差であり、つまり二人の間には「装飾」に格差が存在する、という事実は否定できない。ただし、装飾の対象となっている素材については、見かけほど顕著《けんちょ》な違いはないのではないか、とさほど悲観していない加部谷でもある。

シートで待ち合わせる約束だったが、結果的にはランデブーの位置が若干ずれてしまった。現実において頻繁《ひんぱん》に発生する誤差範囲だろう、と加部谷は小さく溜息《ためいき》をついた。車内を歩いて、二人分の空席に番号を確かめてから座る。加部谷が奥の窓際に入った。雨宮はシートの前のテーブルを出して、さっそく弁当の蓋《ふた》を開けようとしている。

「このまえ、これのレポートをしてな、一口食って、カメラに向かって、うーん美味《おい》しいって言うわけだ。それが一発ＯＫでよ、ほんとは、もっとぱくぱく食いたかったけど、がっかりだわさ。まあ、そこはぐっと我慢してだな、いつかは必ずと心に誓《ちか》ったのさ。そんだでよ、今日はリベンジ。あ、加部谷、気に入らんかったら無理に食わんでもええでね。あんた、ダイエットしとるんじゃない？　ちゃう？　無理せんでええでね」

「してません」加部谷は頬《ほほ》を膨《ふく》らませる。

「あそう。ほう……」雨宮は、じろりと加部谷を上から下へ眺《なが》める。「でも、昨日、あんまり食わんかったがね」

「純ちゃんが食べすぎなの。どんどんなくなるんだから」そう言いながら、加部谷は友人の脚《あし》を見た。「良いよなあ、食べても食べても、細いから。世の中、不公平だよね」

「運動しとるでね。最近は、ボクシングも始めた。あれ、話したっけ？」

「聞いたよ」

「はい、ほんじゃあ、私の奢《おご》りだでね。遠慮なくお食べ」雨宮は、加部谷のテーブルを降ろして、弁当の一つを置いた。「脂身ばっかし。どろんどろん。脂肪満載だがね。こりゃ太らんはずがあるまいて」

「そういうのって、気持ちの問題だと思うから」

「おう、そうそう、なにがあろうとも、美味《うま》いもんは美味いでな」

雨宮純は、地元のテレビ局へ就職をした。工学部なので、当初は技術職のはずだったという。弁当をレポートで食べたというのは、今はそういう部類の仕事なのである。残念ながら、加部谷はＴＶで雨宮を見たことがまだ一度もなかった。唯一の例外は、雨宮自身がメールで知らせてきたYouTubeの動画だった。余所《よそ》行きのアニメ声でしゃべっていた。これは学生のときからそうで、先生とか先輩の前では声も違うし、標準語に切り替わる。声はオーボエとフルートくらい違うし、発音は漫才と教育ＴＶくらい違う。まるで、アイドルが初めて映画の吹き替えに挑戦したみたいに違和感がある。

電車は地上を走っている。車内は冷房が適度に効《き》いて心地良いが、外は既に相当気温が上昇しているはずだ。窓ガラスに触ると温かい。目的地まで四十分ほどである。

二人とも、週末にプラス休暇を一日取って、これから避暑《ひしょ》に出かけるところだ。ぎりぎりそう言えないこともない。現に、実家にはそう説明してある。高原の貸しバンガローで二泊する予定だ。一人前の大人になったのだから、それくらいの優雅《ゆうが》さはあっても良いだろう。

実家には、雨宮と二人だけだと話しておいたが、メンバは、彼女たち二人のほかにもう一人いる。それは、かつての大学の先輩で、山吹早月《やまぶきさつき》だ。名前だけだと勘違《かんちが》いされるが、男性である。だから、波風を立てないよう、親孝行のつもりで内緒にしておいた。山吹は、今年の四月から国立Ｍ大学に助教として勤務している。そもそも、その格安の貸しバンガローの存在を教えてくれたのが彼だった。ただし、それは情報としてもたらされただけで、誘われたわけではない。そういうことは、この山吹早月という人間はしない。

加部谷がまず行きたいと思い、山吹に強くプッシュし、そのあと雨宮を誘った。山吹さんが来るなら行っても良いな、と雨宮は言ったたし、雨宮さんが来るならつき合っても良いよ、と山吹も言った。この板挟みに激しく虚無感を抱《いだ》いたものの、加部谷は日程調整や、レンタカーの手配、それに諸々の必要品の準備をしたのである。

正直に告白すれば、もう一人是非とも来てほしかった友人がいた。今は東京にいる海月及介《くらげきゅうすけ》である。山吹の親友であり、加部谷や雨宮の同級生だったのだが、途中で編入学して、W大に移ってしまった。山吹は、ときどき東京で会っていると話していたが、加部谷はメールのやり取りをしているだけで、もう二年以上も会っていない。そのメールというのも、向こうからのリプライは一週間後で、しかも一行か二行の短いものばかりだった。こちらからはすぐにリプライするし、十倍もの文字を送っているのに、である。とにかく、その海月及介もメールで誘ったのだが、やはり一週間後に、「時間が取れない」という返事をもらっただけだった。

何度か、上京して海月に会いにいこう、と加部谷は考えた。四年生のときはもちろん、就職後もときどきふっと面皰《にきび》みたいにその気持ちが沸《わ》き起こる。しかし、なにかと忙しかったこと、その忙しさに逃避して没頭できたこと、そしてその根本にある海月自身から釘を刺されたこともあって、今のところ思い留まっているのだった。その釘は、本当に錆《さび》の味がするほど、彼女には苦い経験だったので、思い出すだけで顔が歪《ゆが》んでしまう。甘酸《あまず》っぱいのと同じくらい歪んでしまうのだが、甘酸っぱい方が絶対に良い、といつも思って溜息が出る。

　脂ぎった弁当を食べながら、加部谷は昨夜のことを思い出した。雨宮と別れてから、彼女は久し振りに実家へ帰った。遅かったから、母親と少しだけしか話ができなかった。今朝も早朝に発《た》ったので、父親の顔は見ていない。犬には充分に触れることができた。両親も犬も、みんな歳を取ったな、という印象を持った。離れていると、ときどきしか会わないから、そういうことがわかるようだ。それは、少し寂《さび》しい思いがする。どうすることもできないけれど、時間というのはどんどん進むのだな、と再認識することになる。思い知らされるというほど打ちのめされたわけではないものの、これもつい溜息が出てしまう半納得だ。自分ももう若くないのか、という方向へ考えが及ぶので、余計に面白くない。

　子豚弁当は、思ったほど脂ぎってはいなかった。全部美味しく食べることができた。雨宮は、昨夜は業界の話をあれこれ聞かせてくれたのだが、今は電車の中だから、周囲に声が届くのを心配したのか、固有名詞が出る話はしなかった。主に、加部谷に質問をしてくる。これから加部谷が住んでいる地域へ近づくので、この地方の話題もいろいろ出た。けれども、とにかく田舎のことである。これといって華々《はなばな》しい話題はない。加部谷は、この県の公務員になったので、どれくらいここが田舎かという話題をデータとしても知っている。だから、つい過剰《かじょう》に反応してしまう自分に気づいていた。これは、雨宮でなくても、実家の親や同窓生の誰に対してもしてしまう話なので、ときどき自戒《じかい》するところではあった。そもそも、この県の公務員試験を受けたのは、競争率が低そうだったからにすぎない。

自然が残っていて、空気が澄《す》んでいて、海が綺麗で、山も綺麗で、とにかく都会にはない良さがあるだろう、と勝手に想像していたのだが、現実はそんなに甘くはなかった。田舎は田舎だ。とにかく不便だ。そして寂しい。それに尽きる。それらの問題は、どんなに綺麗な風景を見ても解決できないものなのだ。そう話すと、雨宮が難しい顔をして首をふった。

「結論急いではいかんがね。不便だと考えるのがおかしい。鳥小屋の鶏《にわとり》みたいにな、目の前に餌《えさ》があるのが便利か？　わざわざ餌を探しにいくのが不便か？　そういう不自由な便利さに慣らされとるのが都会人だがね。まあ一種、家畜《かちく》みたいなもんだわさ」

「まあねぇ、それは少しそう思う。でもねぇ、ずうっと田舎にいると、やっぱりどうしても寂しくなっちゃうんだから」

「これから自然を満喫しにいこうとしとるのに」

「そうだね……、うん。とにかく、近くに仲間がいて、おしゃべりができるなら、楽しいかも」

「わかったわかった。あんたが言いたいのはな、つまり田舎が寂しいんじゃなくって、友達がいないのが寂しい、そういうわけだがね。なんで、友達ができんの？　そこを考えなかかん。若い子おらんの？」

「いない」加部谷は首をふった。「すくなくとも、私の近くにはいない。もうね、職場は、おじさんとおばさんばっかり。アパートの近所にも、おじいさんとおばあさんばっかり。孫の話ばっかり」

「それはないだろ。どっかにはおるはずだがね、若者も子供もおれせんかったら、死滅するで」

「死滅ね、うん、するかも」

少子化については、職場でもよく話題になる。なんとか食い止めなければならない、という方向の話である。おじさんとおばさんからその話が出て、じっとこちらを見つめられると、早く結婚しろ、早く子供を産め、と言われているような気分になってしまうのだ。このあたりは、久し振りにゆっくり話ができそうな山吹早月に意見を求めたいところだった。

山吹とは、駅の近くのレンタカー屋で待ち合わせようと考えた。加部谷が電話をして車を借りる予約はしてある。それをメールで伝えたら、それだったら、自分が車を借りて駅まで迎えにいくよ、とリプライしてきた。そうすれば、駅からレンタカー屋までの道を三人が歩くエネルギィが三分の一になって省エネだ、という理由が書かれていた。科学的な理屈であるが、こういうさりげない合理主義、そこから滲《にじ》み出る親切さ、優しさが山吹らしい。以前からそうなのだ。ただ、優しいわりになにかが足りないというか、ほんの少しその優しさの方向がずれている気がする場合が多々ある。そういう人物だ。

そこへいくと、海月及介の方は、まったく優しさというものがない。それなのに、その無愛想《ぶあいそう》さがほんの少しずれて、ずばり核心みたいな、直球ストライクなところがあって、そう、とにかく不意に射貫《いぬ》かれることがあって油断ができない。何年かまえだが、やや錆風味の苦い経験もした。今はどうしているだろう？

その海月及介の噂話をしているうちに、電車は目的地の駅に到着した。

※

水野涼子《みずのりょうこ》は、その数日まえに東京へ出てきた。ちょっとした調査依頼があり、比較的簡単な仕事に思われた。この頃、名刺にはノンフィクション作家という肩書きを記している水野だが、ときどき以前の得意先から仕事が舞い込む。作家として稼《かせ》いでいる実績はまだないので、仕事は素直に嬉しい。その打ち合わせは数時間で終わり、夕方の新幹線で戻る予定だった。

三日まえに、思いついて旧友に電話をかけたところ、ちょうど日本にいるし、時間も取れるというので、会う約束をした。今回の上京で、これが一番楽しみだった。もしかしたら話が長引くかもしれないと考え、帰りの切符は買っていない。久し振りに飲んでも良いかな、などとも考えていた。

タクシーに乗って、東京タワーに到着した。かつては東京に住んでいたし、若い頃に来たことがある。懐かしい場所だ。ここへ来れば、誰だって見上げることになる。鉄骨の大きな構造が、映画のセットみたいにそこにある。こういったものは、いつまでこうして存在し続けるものなのだろう、と思った。

建物に入り、階段を上っていく。二階にあるカフェが約束の場所だ。店に入ろうとすると、通路を歩いてくる長身の男が見えた。水野はそこで立ち止まり、彼を待った。

「君か?」近づいてきて椙田《すぎた》が言った。「おばさんだな」

「おばさんですよ」水野は頷《うなず》いた。「そちらだって、おじさんじゃないですか」

「どうしてそんな変装を? いや、変装じゃないか……、それが素《す》かな?」

「素なわけないじゃないですか。老《ふ》けてみせているんですよ」

「おやおや、もの言いまで、立派におばさんになってる。凄《すご》いな」

店の中に入って一番奥のテーブルについた。二人ともコーヒーを注文する。店員がカウンタへ戻っていくのを見ながら、水野は名刺を取り出し、それを椙田に手渡した。

「どうも、お久し振りです」

「へえ……」眼鏡《めがね》を上げて椙田が名刺を読む。「水野涼子?」

「そうです」

「涼子とはね」

「いけませんか」

「いや、べつに」

「老眼ですか?」

「え?」

「眼鏡上げてるじゃないですか」

「ああ……、いや、そういう振りをしているんだ。にしても、君は凄いな」椙田はまじまじとこちらを見た。「ああ、なるほどね……。えっと、まえは、何ていったっけ? 何年かまえに会った」

「あのときは、赤柳《あかやなぎ》でした」

「どうして、イメチェンしたの?」

「イメチェンって何ですか。笑われますよ」

「危なっかしいことでも?」

「ええ、まあ……。そんなところですね」

「どんな?」

「バイトで使っていた子が自殺して、その子が私にパソコンを遺《のこ》したんです。それを受け取りに東京へ来たとき、駅のホームで黒人二人に襲われました。そのパソコンを盗《と》られましたよ」

「何のために?」

「さあ、何のためでしょう。調べていたのは、うーん、まあ、とある宗教団体みたいな、よくわからない勢力についてですけど」

「誰に依頼されて？」

「いえ、ほとんど自分の趣味ですね。あ、そうそう、その襲われたとき目潰しに遭《あ》いましてね、で、W大の西之園《にしのその》さんに助けてもらいました。駅まで送ってくれたんです。ご存知でしょう？」

「脅《おど》そうって気か？　西之園さん」

「あ、いや、違いますよ。勘違いしないで下さい。ああ、そういえば、彼女の叔母《おば》さんに見破られましたよ。えっと、佐々木《ささき》っていう元知事の奥さん」

「知っている。見破られたって、変装を？」

「ええ、まあ」

「異様に目が良いってことかな。うん、あの一家には近づかない方が無難だ」椙田はポケットからライタを取り出し、指先で回したが、煙草をくわえるでもなく、火をつけるつもりはなさそうだった。「で、別人になって、今はどこに？」

「いえ、相変わらずです。東京へ戻ってくるよりは、安全かなって思いまして」

「そうかな」

「保呂草《ほろくさ》さんは、海外が多いのですか？」

「誰が？」

「あぁ、すいません。椙田さんでしたね」

「ぼけないでくれよな。危なっかしいな。僕は、そうだね、半分も日本にいないかな。

東京にいるときは、常に緊張しているよ」

「私も海外へ行こうかとちょっと考えたんですけど、でも、そっちの方がかえって危ない気がして」

「なんで？　ああ、そういう相手だと？」

「じゃないかなと」

「そんなに狙われるんだ。なにか重要なことでも知っているのか？」

「いえ、全然」水野は首をふる。「西之園さんからも、深入りしない方が身のためだって言われましたよ。こうして生きていられるのも、まだ深入りまえということじゃないでしょうか」

「嫁入りまえだしな」

「セクハラですよ」

「そんな歳じゃないだろ」

店員がコーヒーを運んできた。二人は、すぐにカップを手にした。昔はどこの喫茶店もこのカップだったな、と思い出すような典型的なコーヒーカップだった。

「ま、そのとおりだ」しばらくして突然、椙田が言った。

「え？　何がです？」

「深入りしない方がいい」

「ああ、ええ……」

「犀川《さいかわ》先生に会ったことは？」

「え？　あ、ええ、ほんの少しなら」

「ご両親は？」

「誰のです？」

「犀川先生の」

「いえ、知りませんよ、そんなこと。どうしてですか？」

「お元気かな、と思って」

「なにか、関係があるのですか？」

「いや、そういうわけじゃない。それよりも、君、話があるんじゃないの？」

水野は、コーヒーを飲んだ。その熱さと苦さが、話す決心をするのに充分だった。

「三重県にある美之里《びのさと》という自然公園をご存知ですか？」

「行ったことはないが、知っているよ」

「いちおう、一部を一般公開していますが、実情は共同体あるいは宗教団体に近いものです」

「ああ、そういう噂も聞くね」

「公園として公開しているのは、税金対策でしょうし、芸術家を集めて共同生活をさせているというのも、表向きの姿でしょう。その芸術家というのは、事実上は信者のようです。ただ、どうやって集金をしているのかはわかりませんが」

「それで?」

「いえ……、その、そこに入信している人間を連れ出してほしい、という依頼を受けたんですよ」

「誰から?」

「それは言えませんが、まあ、けっこうな地位にある人です」

「ああ、なるほど、息子か娘が、そこにいるっていうわけか」

「娘です」

「ありがちだな」

「なにか、ご存知なのでは?」

「僕が? いや、なにも」椙田は首を一往復だけふった。「どうして?」

「どうも、この種の対象には、つい慎重になってしまうんです。できることなら、あまり近づきたくない、でも、引き受けてしまったもんですから」

「断れなかったの?」

「はい、ちょっと義理のある人だったので」水野は溜息をつく。「そうですか。うん、思い過ごしかもしれませんけれどね」

「どんな思い過ごし?」

「ちょっと調べたんですが、そこの教祖が、β《ベータ》と名乗っているらしいんです」

「ベータ? ああ、つまり、神の次に偉いっていう意味で?」

「え、そういう意味があるんですか？」

「うん、何だったかなぁ、ギリシャだったか、ずっと昔の書物に出てくるんだ。昔読んだことがある。神の次に偉いから、βと呼ばれているとか、それとも名乗っているとか、そんな人物の話だったような……。誰だったか、さっぱり思い出せないけれど」

「あ、では、調べてみます」

「だから？」

「え？」

「だから、何なの？」

「いえ、つまり、βといえば、ギリシャ文字じゃないですか。これは、なにかあるぞって」

「ああ、なるほど。まだ引きずっているわけか。それって、もうだいぶまえの話だな」

「ですから、このまえ会ったときにも」

「最近、さっぱり聞かなくなったね。なにか事件があった？」

「いえ、ありません。静かなもんです」

「考えすぎなんじゃないの」

「ですかね……。でも、あれで終わりということはないでしょう。現に、私は襲われました」

「その関係だったという証拠は？」

「証拠はありませんが、まちがいないと思います」

「秘密を守ろうとか、邪魔者を排除しようとか、そういう細かいことは、末端の仕事だよな」

「私たちに見えるのは、末端だということですね。でも、そういう末端の細かいことで、けっこう人が死んでいる気がしますけれど」

「うん、噂には聞いている。でも、それもやっぱり末端だと思う」

「中枢《ちゅうすう》が指示を出していない、という意味ですか？」

「そこまではわからない」

「わからないから、知りたくなるんですよね、その中枢の意図を」

「なんだったら、紅子《べにこ》さんに会ってきいてみたら？」

「瀬在丸《せざいまる》さんですか？　彼女、その方面にお詳《くわ》しいのですか？」

「僕よりはね。最近会った？」

「いいえ、全然。それって、たしか、このまえのときも、ききましたよね」

「そうだったかな」

「そうかぁ……、今なら、おばさんに戻ったから、久し振りに会ってみようかな。びっくりされるでしょうね」

「しないと思うよ」

第1章　芸術と死者について

ところで、感覚以上に大いなる信頼性を持つものは、他に何もないではないか。或いは又、理性は感覚より生れたものである以上、理性が誤れる感覚から生れて感覚にうち勝ち得るであろうか？　感覚にして真でないとしたならば、理性も亦悉く虚なるものとなるであろう。

1

駅前のロータリィで、山吹早月が待っていた。

「うっわ。山吹さん、変わらんね」雨宮が加部谷に囁《ささや》いた。

「三人の中で一番変わったのは、純ちゃんだもんね」

「どうも、ご無沙汰しておりまーす」山吹に近づいて、雨宮が高い声で挨拶《あいさつ》をする。

「お久し振り」山吹が笑顔で頷いた。

「すいません。車、持ってきてもらって助かりました」加部谷も先輩に頭を下げる。「駅前で駐車っていうと、けっこう難関ですもんね。しかも、バックで駐《と》めてもらって、ほんと助かります」

「何のこと？　僕もこちらへ来て、車にけっこう乗るようになったから……。車がないとなにもできないもんね。今度、自分の車を買おうかなって思っているところだよ」

「あ、私もなんです」加部谷は両手を合わせる。「じゃあ、あとでその話を」

「いやあ、それにしても、正真正銘の田舎ですねぇ」雨宮が周囲を見回して言った。「空気もなんか違う」

駅前のロータリィに個人が簡単に車を駐められる、という点が都会ではありえないことである。レンタカーは銀色の小型車だった。ハッチバックを開けて、二人の荷物を載せる。既に山吹のバッグも載っていた。

「それじゃあ、キィを」加部谷恵美は、山吹の前に手を突き出し、手のひらを上に向けた。

「え、何のキィ？」山吹は眉《まゆ》を顰《ひそ》める。

「いえ、ですから、車の」

「ああ……。あ、僕が運転するから、いいよ」

「いえ、私が借りた車なんです。私が運転します」

「あれ？　僕も免許証見せたから、保険は利《き》くはずだよ……」

「いいえ、私が運転します」

「あ、そう……」山吹は小さく何度か頷き、ポケットからキィを取り出した。「はい」

加部谷は、さっそく運転席に乗り込む。シートを前にスライドさせて、ブレーキが踏めることを確かめた。それから、バックミラーの角度を合わせる。気がつくと、車の横から、山吹と雨宮が覗《のぞ》き込んでいた。

「何してるんです。はい、皆さん、乗って下さい」

助手席側へ回って、山吹がドアを開けた。シートを倒して、後ろへ乗り込む。続いて、雨宮が乗り、彼女も後ろのシートに収まった。ドアが開いたままだ。

「どうして、二人とも後ろなんです？　一人は助手席に来て下さいよ」

「あ、あの、私は後ろでいいです。山吹さん、前へどうぞ」

「え、僕が前？　うーん、助手席は危険だよな」

「大丈夫ですよ」加部谷は言う。

二人とも一旦降りて、今度は雨宮が先に乗り込み、シートを戻してから山吹が助手席に座った。彼は、ドアを閉めると、いち早くシートベルトを締めた。

「さぁて、では、いよいよエンジンをかけますよ」

「いちいち言わんでも」後ろの雨宮が、加部谷の頭のすぐ横で囁いた。身を乗り出しているようだ。

どきどきしてきたが、深呼吸をしてから、加部谷は車をスタートさせることにした。ブレーキから足を離し、アクセルを少しずつ踏み込んでいく。

「動きますよう……」

順調に走り出したが、ロータリィから出るときに、車が大きく揺れた。

「わ、今の何です？」加部谷は言う。

「大丈夫、大丈夫」雨宮が言う。「なんでもないって」

「どうして揺れたの？」

「後ろの車輪が、歩道の縁石を乗り越えただけだよ」山吹が説明してくれた。

真っ直ぐに進んで、信号のある交差点で停まる。前にも後ろにも車はいない。駅前にはタクシーが数台いたが、どれも動いていない。田舎ならではである。

「一時間くらいですからね」加部谷は横を向き、山吹を見た。彼は、ドアの上の取っ手を握っていた。後ろを振り向くと、雨宮が真剣な表情で見返してくる。「道はだいたいわかっているし、途中で休憩するところも決めてあるの。道の駅が……」

「青になったよ」山吹が言った。

「え？　ああ、信号ですね。はいはい、えっと、Dに入れてっと、発車オーライ」

「ドンマイ、ドンマイ」雨宮が後ろから応援してくれる。「ていうか、私が運転すれば良かったみたいな……。三人の中で一番慣れているんじゃないかな」

「人生、なにごともチャレンジしなくちゃ。ね、山吹さん」

「うん、でも、人のチャレンジに、巻き込まれたくない気持ちも少し」

しばらく走って、交差点で右折をする。そこからはずっと一車線の気楽な道である。

加部谷はだいぶ落ち着いてきた。大きく深呼吸をする余裕も出た。今回のことで、運転に自信がつけば、車を買っても良い。そうすれば、生活が変わるのではないか、と以前から考えていたのだ。

「今から行くとこですけど、どうして、山吹さんが詳しかったんですか？」雨宮がインタビューっぽい口調で質問する。

「うん、何度かね、調査にいったことがあって、えっと、つまり仕事というか、研究なんだけれど……」

「どんな研究なんですか？」

「共同生活をするような、いわゆるコロニィについて、各種のシミュレーションをしているんだけれど、本当は、宇宙で共同生活をすることを想定しているわけ。でも、そんなのまだ実際にないし、それに近いものだって、当分現れないだろうけれど、うーん、ああいう、独立閉鎖型サークルっていうのは、研究的には、けっこう貴重な存在なんだよね。ある種の実験といえるかも。農業で自給自足しているグループとか、それから、人口の少ない孤島とかね」

「へえ、凄いです。そんな未来のことを想定して研究しているんですね」

「山吹さん、孤島出身ですものね」加部谷は言う。一度だけ、山吹早月の実家がある島へ、みんなで遊びにいったことがあった。「お姉さん、お元気ですか？」

「元気だよ。加部谷さん、それ以上言わないように」

「え？　何？　お姉さんが、なにか特別なんですか？」雨宮の声が近づいてくる。

「話題変えるけど……」山吹が話す。「今度、西之園先生のお祝いのパーティをすることになったよ」

「あ、結婚の？」加部谷はきく。

「結婚？　違うよ、准教授になられたから」

「なあんだ」

「なあんだってことはないと思うよ。結婚よりは、昇格の方が重要じゃないかな」

「え、そうですか？」

「まあ、人それぞれだけど」

「あれ？　西之園さんって、結婚されてませんでした？」雨宮がまた身を乗り出しているようだ。シートベルトは外したのだろうか。「違った？」

「ああ……」ハンドルを握りながら、加部谷は溜息をつく。「西之園さんね……、会いたいなあ。なんか、もう少し、私の身にもそういう華々《はなばな》しいことが起こらないかしら。どうもねぇ、うだつが上がらないんですよ、さっぱり」

「社会人ともなると、言うことが違うね」山吹が指摘する。「高尚じゃん。梲《うだつ》って、何か知っている？」

「えっとぉ、何だろう。うだつ、ぅだつ、泡立つ感じですけど」

「わかりませーん」雨宮が言う。

「なんだ、知らずに言っているのか。建築構造か建築歴史で習ったはずだよ」

たちまちかつての「間」で会話が可能になっていた。とりとめもないおしゃべりをしているうちに、山々が近づき、両側には田畑が広がった。運転をしながら風景を眺める余裕も出てきた。登り坂で林の中に入り、短いトンネルを抜けると、片側に白いガードレールが出現し、そちらには地面がない。深い谷のようだった。

「うわぁ、ちょっと恐い感じですね」ハンドルを握る手に再び力が入る。「みんなの命が、私の運動神経にかかっていますよ」

「ゆっくりでいいから」山吹が言う。

後ろに大きなトラックが迫っていて、バックミラーが気になっていた。幸《さいわ》いなことに、道の駅の看板が見えた。

「あ、あそこだ。休憩していきまぁす」

瓦屋根の大きな建物だった。駐車場も広い。建物に近い方は混雑していたので、少し離れた場所で、バックをしなくてもそのまま前に出られる場所を見つけて、車を駐めた。エンジンが止まると、山吹が溜息をついた。

「あぁ、助かったぁ」という声に振り向くと、後ろのシートに雨宮が脱力した様子でもたれている。

「どうしたの？　酔った？」

「あ、そうかも……」

「ここで、ソフトクリームを食べます」ドアを開けて外に立ち、まだ車内にいる二人に加部谷は告げる。

「遠足か」雨宮が言った。

2

水野涼子は、バスに乗っていた。駅から出ている路線バスだ。終点は、高原の温泉地だが、その少し手前が目的地の美之里である。

そこで管理人をしている人物が、あの椙田の知合いだった。

十年ほどまえになるが、椙田は骨董店を東京に持っていたことがあって、そこで雇《やと》われ店長をしていたのが海江田《かいえだ》という男だった。水野と同年くらいである。椙田自身は、ほとんど国内にはいなかったこともあって、店にはいつも彼しかいなかった。その商売は数年で閉じてしまい、その後、海江田がどうしたのか知らなかった。どういう経緯で美之里の管理人になったのか、また、どうして三重県にやってきたのか、それは会ってきいてみても良い、と思った。

だが、そういった昔の話を持ち出さない方が得策かもしれない。話さなければ、こちらに気づかない可能性が高いからだ。だから、もし向こうが気づいたら、その話をしてみよう。

海江田の現在のことを、水野は事前に調べて知っていた。なにしろ、美之里のウェブサイトを見たら、管理人がブログを書いていて、自分の写真まで公開していたのだ。

椙田に会ったときに、海江田のことを尋《たず》ねるつもりだったが、どちらかというと、海江田に会ったあとで椙田に話す方が効果的なような気がして、とりあえずは知らないことにしておいたのである。

海江田も、たぶんこちらのことは覚えていないだろう。近くで見たことがある、数回軽く言葉を交わした、という程度で、向こうはこちらの名前も知らないはずだ。海江田に会うのに、椙田から紹介してもらう手もあったが、そうまでするほどのことでもない、と考えた。椙田の知合いであることは、ここぞというときに取っておいた方が良い。そんなものを持ち出さなくても、取材だといえば話ができる。

ネットで見た感じでは、宗教の匂《にお》いは一切なかった。自然に親しめる環境の中で、思い切り芸術に没頭しよう、というコンセプトしか表には出ていない。管理人の海江田がブログのすべてを書いているわけではなく、芸術家たちが持ち回りで好き勝手な内容を公開していた。創作過程や作品の紹介、あるいは展示会などの案内といった宣伝だ。また、美之里の公園内でも、ときどき小さなイベントを開催しているらしい。その広報がサイトの主たる目的のようだった。夏休みには、子供向けのイベントが企画されているものの、風船細工や金魚掬《すく》いといった、今どき珍しいレトロさだった。夏季にはキャンプ場やコテージが一般に開放されるようだが、とても商売として成り立つとは思えない。

おそらく、迷える芸術家志望の若者をメンバに加えることが目的なのではないか。

その芸術家たちが暮らしているエリアは、公園よりも奥になる。最初は、無料で場所を提供し、創作活動を支援する。しかし、正式メンバになるためには入信しなくてはならない、といったシステムにちがいない、と水野は想像した。

ただ、ネットを検索した範囲では、その種の「被害報告」に類するものは見つからなかった。もちろん、ニュースになったこともない。そこまであくどいことはしていないようである。最近の宗教団体は、昔に比べれば確実に紳士的になった。個人の発信情報があっという間に世間に広がる現代では、好ましくない噂が立つことを恐れるのは当然である。そもそも、「神様が救って下さる」というよりも、「あなたの自由を援助する」というキャッチコピィの方が、今の若者にははるかに受け入れられるはずだ。

そこが昔と違う。かつては、自由を支援するなんて文句は、それだけで危険な匂いがしたものだ。まだ、神様の方がわかりやすい。宗教ですと謳《うた》った方が、明快で歓迎されたともいえる。今は、言葉が綺麗になった分、なにもかもが曖昧《あいまい》になって、その曖昧さこそが人を安心させているようだ。

バスに乗っているうちに、うとうとしてしまい、二十分ほどワープしてしまった。気がつくと、外の風景は一転し、涼《すず》しげな森林の中を進んでいた。この路線のバスは、一日に四便だけだ。もしかしたら、同じバスが四往復しているのかもしれない。一時間半くらいかけて終点まで走るので、そんな計算がもっともらしい。帰りのバスは、夕方の五時台が最後だった。今日は、それで戻るつもりで来た。予約はしていないが、駅の近くでホテルに泊まろうと考えている。一日めで問題が解決できるとは思えないので、明日も再び出向く予定だ。まずは、今日の感触しだいだが。

会いたいのは、隅吉真佐美《すみよしまさみ》という名の若い女性である。東京の美大の学生で、本来ならば、今年で四年生になる。彼女は、一年ほどまえから大学には姿を見せていない。実家は東京都内だが、彼女は大学の近くのマンションで一人暮らしだった。連絡が取れなくなり、大学からは登校していないという知らせがあった。両親がマンションの部屋の鍵を開けたところ、三重県の美之里の資料が彼女の机の上にあり、そこへ電話をかけてみると、娘がいることが判明した、というわけである。しかし、娘への電話は通じない。美之里の管理事務所に電話をかけても、取り次ぎはしていないとのこと。ただ、ご本人には知らせておきます、というだけだった。痺《しび》れを切らせて、母親は一度三重県まで出向いた。美之里の管理事務所で丁重な応対を受けたという。それでも、肝心の娘に会わせてほしいという要望は聞き入れられなかった。本人が会いたくないと言っている、もし本人がここを出たくなれば、いつでも出られる、誰にでも会える、と説明された。

隅吉真佐美の父親は、経済界に名が知れ渡った人物である。真佐美は、その一人娘になる。可能なかぎり事を荒立てたくはない。真佐美本人が元気なことは、何度めかの交渉の末、電話による会話が一回だけできたことで確かめられた。本人は、自分にとって大事なときで、一所懸命創作に励《はげ》んでいるので、しばらく放っておいてほしい、お願いします、という極めて冷静な調子で話した。こうなると、引き下がらざるをえなくなった。

これが美大の中のサークルなどであれば問題はない。美之里が、新興宗教の下にあるという点が心配材料なのは明らかといえる。親としては、なんとか連れ戻したい、と考えるのが自然だろう。

この仕事は、東京で探偵をしている鷹知《たかち》から齎《もたら》された。彼は、以前から真佐美の父親のところに出入りをしている。鷹知とは、彼の父親の代からのつき合いもあり、その後もちょっとした縁で親しくなった仕事仲間である。鷹知はこちらに土地勘がないので、水野に仕事が回ってきた、というわけだった。必要であれば、自分も出向きます、とは話していた。

難しい仕事とは思えない。とりあえずは、真佐美本人に会えればなんとかなる。一度で良いから両親の前に顔を出してほしい、と頼むだけだ。顔を見せるくらいのことはできるのではないか。もしもなにか理由があって、どうしてもそれが嫌だと言うならば、その理由を持って帰り、そのまま報告すれば、仕事の成果にはなる。その次の手は、依頼人が考えることであり、自分が心配する必要はない。

もちろん、仕事として簡単だと思えたから引き受けたわけだが、それ以上に、水野にとっては、この美之里という宗教団体に興味があった。近づかない方が良いとわかってはいても、そろそろ大丈夫なのではないか、という気持ちも育っていた。

以前に連続したギリシャ文字の事件の裏で見え隠れしたネット上のサークルについて調べていたときに、この美之里という固有名詞に出会ったことがあった。もっしも、そういったグループはここだけではない。何十と挙《あ》がっていたリストのうちの一つにすぎない。

調べたところ、美之里という名称以外に、この宗教団体には名前がない。教祖と呼ばれている人物がいるようだが、その名前もどこにも挙がっていなかった。新しいグループほど、この種の「曖昧さ」と「緩《ゆる》やかさ」を身につけている傾向にあるので、珍《めずら》しいことでもなければ不思議なことでもない。

山奥であるが、携帯の電波は届くようだ。メールを確かめ、二、三件に簡単なリプライをしているうちに、バスが停まった。美之里という名のバス停である。

バッグを片手に、水野はバスから降りた。乗客は十人弱いたけれど、降りたのは水野一人だけだった。腕時計で時間を確かめる。バスは予定よりも数分遅れて到着したようだ。道が混んでいたふうでもなかったのに、と不思議に思う。

夏の空を見上げる。雲がない。炎天であるが、しかし、さほど暑さを感じなかった。仄《ほの》かに風が吹いている。その風が気持ち良い。標高はどれくらいだろう。そんなに登ったという感覚はない。せいぜい数百メートルといったところか。いずれにしても、都会とは空気がまるで違う、と水野は深呼吸をした。せっかく吸っても、すぐに吐いてしまうのがもったいない。

バス停は道路からロータリィに入ったところにあった。このロータリィが既に美之里の敷地のようだ。大きな駐車場が左右のどちらにもある。正面がゲートで、一人ずつ通過させる回転式のバーが装備されていた。遊園地か動物園に似た雰囲気だが、賑やかな看板の類《たぐい》はない。ゲートの上に、美之里の三文字が書かれているだけで、いかにも奥床《おくゆか》しい。入場券の販売機が手前に二台。それとは別に、入場券売り場らしき受付もあった。

バスも思いのほか空《す》いていたし、同じバス停で降りる人間はいなかったのも意外だった。広い駐車場には車は数えるほどしか見えない。ゲートの手前にも、販売機にも、受付にも、一人も並んでいない。それどころか、かなりの範囲が見渡せるゲートの中も、人の姿はまったくない。人っ子一人いないのだ。今日は土曜日で、夏休みでもある。家族連れが大勢来ているものと想像していた。ウェブサイトにそんな写真があったので、勝手に想像してしまったのである。

とりあえず、受付に近づく。中に人がいるのでほっとした。若い女性だった。職員かアルバイトだろう。事務員の制服らしいものを着ている。

「あの、すいません」と声をかけると、

「はい」と応えて窓口に出てきた。

「ここで管理人をされている海江田さんにお会いしたいのです」室内の壁に時計が見えた。午前十一時五分過ぎである。「十一時の約束なのですが、あの、どちらへ行けば良いでしょうか？」

「ゲートを入っていただいて、すぐ右にある建物です。ここと繋《つな》がっています。ちょうどこの裏手になります」

「どうもありがとう。あの、入場券を買わないと入れませんか？」

「申し訳ありません。そういうルールになっております」

「わかりました」

けち臭いことを言うな、と思ったが、笑顔で軽く頭を下げ、自販機のところへ戻る。入場券は、なんと大人は三十円だった。子供は十五円である。この値段には、思わず息が漏《も》れた。三十円では、この自販機の元も取れないのではないか。

入場券を買ってゲートに近づくと、受付にいた女性が出てきて、券を受け取った。水野は、鉄のバーを押して中に入った。木造の建物が右に建っている。板張りの壁に白いペンキが塗ってあるのだが、半分近くははげ落ちている。しかし、大きな出窓があったり、洋館っぽい雰囲気もあって、見窄《みすぼ》らしくはない。風情《ふぜい》があり、好印象だった。

玄関へのステップを上がっているとき、目の前の扉を開けて、男が顔を出した。海江田である。昔と雰囲気が全然違っている。一番の変化は、顎鬚《あごひげ》を伸ばしていることだ。しかし、ブログで写真は見ているので、すぐにわかった。ブルーの作業着のような服装である。

「あの、お電話を差し上げました水野と申します。えっと、海江田さんでしょうか？」

「はい、私です。どうも遠いところへようこそ。どうぞ、中へ」

「遅くなりました。申し訳ありません。バスが遅れたものですから」

玄関でスリッパに履《は》き替え、廊下を左へ進み、広い板の間の部屋に入った。テーブルと椅子《いす》が置かれていて、外から見た大きな出窓がある。ゲートがよく見えた。窓が開いているので、風が中まで入ってくる。建物自体が大きな樹の木陰《こかげ》に建っていることもあるだろう。爽《さわ》やかな涼しさである。

まずは、名刺を交換した。自分の肩書きは作家である。海江田の名刺には、美之里管理人兼広報担当とあった。電話では取材だとしか説明していない。尋ねられたら、このような地方の変わったパークについて本を書くためだ、と答えるつもりである。

「こちらは、とても爽やかですね」

「そうですね、ここよりも、さらに上へ行くともっと涼しくなります。ここがちょうど中腹ですね」

「どれくらいの標高ですか？」

「大したことはありません。六百メートルくらいですね」

「百メートルで〇・六度だったでしょうか。そうなると、平野《へいや》よりも四度近くは低いことになりますね」

「特に、夜はぐんと冷えます。こちらでキャンプをする人たちには、上着を持ってくるようにとお願いしています」

「キャンプ場があるのですか？」知らない振りをして驚いてみせる。「それは、一般の方が来るのでしょうか。やはり、その、芸術関係の人たちですか？」

「いえ、一般の方ですよ。夏の三カ月間だけ、コテージも開放していますし、テントを張る場所もあります」

「有料ですか？」

「ええ、もちろん」

「ちなみに、コテージはおいくらくらいで借りられるのですか？」

「四人が泊まれる標準のもので、一泊千円です」

「一人がですか？　お安いですね」

「いえ、一軒が千円です。何人で泊まっても同じです。キャンプは、テントを持ち込みなら二百円。テントを貸す場合は五百円です」

「へえ……。もの凄くお安いですね。あのぉ、さきほど入場券を買ったのですが、三一円でした。安すぎませんか？　どうして、このような料金設定なのですか？」

「安いですかね。あの、ここは営利を追求する施設ではないのです」

水野も海江田も、まだ椅子に座っていない。出窓から外の風景を眺めながら話をしていた。海江田がソファをすすめたので、水野はそこに腰掛ける。彼はまだ立ったままだった。

「お茶をお持ちします。冷たいものがよろしいですか？　それともホットコーヒーが良いでしょうか？」

「あの、どうかおかまいなく」

「どちらか決めていただいた方が、私は助かります」

「はい、すいません。では、冷たいもので」

海江田は笑顔で頷いて、奥へ行ってしまった。過去に会ったことがある人間だとは、まるで気づいていないようだ。まあ、無理もない。人間の風貌《ふうぼう》は時とともに変わるし、それ以上に、記憶はどんどん劣化する。このまま、知らない振りをして通す方が面倒がないだろう、と水野は考えた。

それよりも、隅吉真佐美のことをどのように切り出そうか、と思案した。ここで活動している芸術家に会いたい、と言うことはもちろん考えてきた。それで何人かに会えれば、そのうち聞き出せる機会があるのではないか。もしかして、本人にあっさり会えるような気もした。というのは、隅吉真佐美は、写真で見るかぎり美貌《びぼう》に恵まれている。写真撮影は無理かもしれないが、対外的なPRとして、美人を表に出すのは常套《じょうとう》である。そんな想像までしてきた。

人の声が聞えたので、立ち上がって窓の外を見ると、ゲートから入ったらしく、三人の若者がいて、案内の看板を見ていた。女性が二人に男性が一人。

水野は思わず、「あっ」と声を出すほど驚いた。

その三人をよく知っていたからである。向こうも、こちらに気づいたのか、三人とも振り返った。お互いの視線がぶつかった。

3

「うわぁお、何じゃいな、これは」車を降りて、雨宮が最初に呟《つぶや》いた。「ひえぇぇ、えらいイメージ違っとるがね。ここまで寂《さび》れとるとは思わんかったで」

道の駅を出たあと、道路沿いにあった小さなスーパに寄って、食料品を買い込んできた。主としてバーベキューのためである。道具はコテージの備品としてあると事前に説明を受けていたので、食材以外で買ったものは木炭、着火材、紙皿、紙コップの類だけだ。美之里に到着し、駐車場にも簡単に車を駐めることができた。思っていたよりも空いている。というか、自分たちのほかに客の姿がない。

三十円の入場券を買って、ゲートから入るときに、初めて職員らしい人間を一人見かけたので、その人にコテージへの道筋を尋ねた。答は、三百メートルほど真っ直ぐ奥へ、だった。尋ねるまでもなく、入ったところに大きな案内図があった。敷地の配置が簡単に描かれている。ほぼ中央に、コテージとキャンプ場があった。

それを眺めているとき、なんとなく後ろを振り返ると、事務所のような建物の大きな窓から、年配の女性がこちらを見ていた。加部谷が最初に振り返ったのだが、山吹と雨宮もつられて振り向いた。

「誰?」雨宮がきく。「あの、おばさん」

「山吹さんの知合いですか？」加部谷は尋ねる。

「いや」彼は首をふった。「何度かここへ来ているけど、あの人は知らない」

「なんか、じっとこちらを見てませんか？」

加部谷がそう言ったとき、向こうは椅子に座ったのか、姿が見えなくなった。たまたま、こちらを見ていただけだろうか。

「まあ、しかし、どえらいとこだぜ」雨宮が加部谷の耳元で囁く。「これはいかんで」

「涼しいでしょう？」

「涼しくてもなあ、うーん、若者とかが、もっと沢山《たくさん》詰めかけとると思ったわぁ。日焼けした素敵な男子がいっぱいおると思ったにぃ」

「いるかもよ」

「いんや、なんか、意気消沈マックスだわさ。あぁあ、うら若き俺様がこんなところに何日もおれるかしら。どうせTVもないんだろ？」

「あの、ラジオなら持ってきたよ。僕の懐中電灯にラジオが付いてる」山吹が言った。

「あら、聞えてしまいました？」雨宮が口に手を当てて微笑《ほほえ》んだ。「ワタクッシとしたことが」

三人は歩き始めた。

「私、スケッチブックを持ってきたよ」加部谷が言う。

「スケッチブックぅ？」雨宮が眉を顰める。

「ほら」加部谷は手提げ鞄を少し持ち上げた。「クレヨンも持ってきたし」

「うわぁ、それは素敵。君らしいわ。ミキハウス？」

「違います。ここは芸術の村なんだから」

「おお、そうかそうか、忘れとったわ」

「三人とも、建築学科の出身じゃないですか。ねえ、山吹さん。一、二年のときは、デッサンの授業がありましたよね」

「あったね、そういえば」山吹は頷く。「僕も、絵とかにはとんと縁がないなあ。うーん、芸術かぁ」

「なあなあ、絵のほかには、なにか、ここでやっとるものがあるの？」

「詳しくは知らないけれど、彫刻家とか、写真家とか、いろいろな分野の人が集まっているんですよね？」

「そうだよ。画家よりも彫刻家の方が多いんじゃないかな」

「彫刻かぁ？　うーん、彫刻って……」雨宮が言う。「ああ、木を鑿《のみ》で削《けず》って、仏像しか作るやつか」

「それは、だいぶ時代が違う感じがするけど、あと、粘土細工とかも」

「お子様だがね、それも」

後ろから、声をかけられた。さきほどの事務所から人が出てきて、駆け足で近づいてくる。窓から見ていた女性ではなく、作業着を着た鬚の男だった。この施設の職員らしく、胸にネームプレートを付けている。

「コテージにいらっしゃったんですね？　えっと、加部谷様でしょうか？」彼は、雨宮の前に立って話しかけた。ネームプレートの海江田という文字が読めた。

「はい、私が加部谷です」

「あ、そうですか」彼はこちらを向いた。「これが、コテージの鍵です。ドアにAとある棟です。一番手前なのですぐわかると思います。室内は、準備をしておきました。テーブルの上に説明書もあります。中にある道具はすべて自由に使っていただいてけっこうです。私は、そこにおりますので、なにかありましたら、お知らせ下さい」海江田は、事務所の建物を指差した。

「お金はいつ払えば良いですか？」

「お帰りのときでけっこうです」

「あのぉ、今日は、ほかにも宿泊する人がいますか？」雨宮がきいた。

「いえ、本日は、加部谷様のA棟だけです。ですから、心置きなく楽しんで下さい」海江田は微笑んで頭を下げる。「私は、ちょっと仕事がありますので、これで失礼します」

事務所まで彼は走っていった。姿が見えなくなるまで、三人は黙ってそれを見ていた。

「心置きなくだぞぉ」雨宮が低い声で言った。握り拳でガッツポーズだった。「どうしよう。どうしたらいいんだ。心置きなくなんてできるもんか、この俺様に」

「私も、さすがにちょっと、しょんぼりしてきたかも」加部谷は言った。本当に弱気になっていた。

「いやいや、大丈夫だよぉ。ドンマイドンマイ、恵美ちゃん、がんばって」

「純ちゃんが、落ち込ませてるんじゃない？」

「冗談だって、冗談。久し振りに、君と飲み明かせるなんて、楽しすぎ」

「昨日も飲んだでしょ」

「僕は、本当に久し振りの休暇だよ。だいたい土日も出勤しているからね」

「そうなんですか。変わっていませんね、山吹さんも」雨宮が言った。「これで、ほら、あのむっつり君がおったら完璧、昔懐かしだったのにぃ」

「海月君でしょう？」

「そうそう、海月なぁ、おってもどうせしゃべらんでなぁ、いっしょか」

「山吹さん、海月君に会っているでしょう？　どうですか、少しは話をするようになりましたか？」

「いや、相変わらずだけど、でも、あいつ、そんなに無口でもないよ」

「無口ですよ」雨宮が言う。

「女性の前では恥ずかしいからじゃないかな」

「絶対それは違います」加部谷は即座に否定した。

木で作られたアーケードの脇に、コテージとキャンプ場がこの先にあるという立て看板があった。小川に簡素な橋が架かっていて、それを渡ると、林の中に丸太小屋が何軒か見えてきた。

「わぁ、素敵。これって、白樺《しらかば》じゃないですか」加部谷は白い幹の樹を指差した。

「ああ、そうだね」山吹が簡単に答える。

コテージへのアプローチは、丸太が地面に埋められた緩やかな階段だった。それを上りきると、近辺の様子が一望できた。芝の広場や、その横を流れる小川、対岸にある小《こ》径《みち》、また、同じようなコテージが、数軒、互いに二十メートルほど離れて建っている。

加部谷は、玄関のドアに鍵を差し入れた。鉤鼻《かぎばな》の魔法使いが登場する絵本に出てきそうな、古風なタイプの真鍮《しんちゅうせい》製の鍵だった。

4

磨《す》りガラスのコップに入ったよく冷えたウーロン茶を、水野涼子は飲んだ。海江田は、お茶を運んできたあと、「ちょっと失礼」と言い残して出ていった。窓から見ていると、彼は加部谷たちに追いつき、なにか話をしていた。

海江田が戻ってくるまえに、ソファに座り直し、また飲みものを口にした。やがて、入口の音が聞え、海江田が現れる。

「お客さんですか?」

「あ、ええ、コテージの宿泊客です。本来なら、そこまで案内して、いろいろ説明をするのですが……」

「あ、お邪魔でしたでしょうか。申し訳ありません」

「いえいえ、そういう意味では……」海江田は片手を振った。「まあ、この節どこでもそうでしょうが、経費削減でバイトも雇えません。細かいことまで、全部私がするしかないのですよ」

水野は、バッグから手帳を取り出してメモをすることにした。最初に書いたのは、《バイトが雇えない》だった。べつに書き留める必要などないのだが、取材であればこの方が自然だろう、と思ってのことだった。ボイスレコーダも持ってきたが、こちらは出さない方が、飾らない言葉が聞けるものと判断した。海江田の雰囲気から、そう感じ取った結果だった。

「ここは、経営的にはどのように成り立っているのでしょうか?」いきなりシビアな質問をしてみる。興味もあったが、答よりも反応が見たかった。

「そのまえに、発表媒体を教えて下さい。事前に、文章の確認ができますか？　もしそれができない場合には、注意して話さないといけませんから」

なるほど、冷静だし、さすがに頭の回転も速い。ここの管理を任されているだけのことはある。

「メディアは、まだ正式には決定しておりません。しかし、公表する場合には、事前にすべてチェックをしていただきます」

「ネットの場合もですね？」

「もちろんです。お約束します」

「安心しました。新聞やテレビなどは、取材したらそれっきり、なんの確認もできません。まるで間違ったこと、言ってもいないことを発表されたりします。何度かトラブルがありましてね」

「そうですか。まあ、チェックを受けないのが報道の自由だ、というのが彼らの主張するところですね」

「事実を好き勝手に捩《ね》じ曲げて発表されるんですよ。間違っていると抗議されたら、あとで目立たない小さな訂正を載せるだけです。えっと……、そう、経営の話でしたね。ここは、基本的にはほとんど寄付で成り立っています。賛同者から集まった資金を運用しています。最初にこの土地を提供していただいたのも、私たちの活動に賛同される方からでした。無償で借りているのです」

「その賛同者には、どんなメリットがあるのですか？」

賛同者というのは、つまり信者のことだろう。しかし、その言葉を使うわけにはいかない。表向きは、宗教団体だという素振りを見せていないからだ。

「そうですね。この土地で自由な生活ができる、というくらいですね。ささやかですが建物があり、スペースも充分とはいえないまでも、平均的な生活に比べれば広い方でしょう。働く必要もありません。お金がなくても生活には困りません。贅沢《ぜいたく》な暮らしではありませんが、食費も光熱費も、それから医療費も無料です。創作活動に没頭できる環境としては最高といえるでしょう。ここの出身で有名になった芸術家が、若い後進のためにと、寄付をして下さることも多いのです。大変ありがたいことです」

「ここで創作活動を行っている人は、現在何人くらいいますか？」

「常にここにいる人は、多くはありません。定住者は二十人程度です。自分のアトリエがあって、ときどきここにやってくるという人は、その三倍以上います」

「誰でも、ここのメンバになれるのでしょうか？」

「誰でもなれます。なんの制限もありません。また、いつ出ていっても良い。まったくの自由です」

「でも、最低限満たしていなければならない条件のようなものはあるのでは？」

「創作活動を行う、という条件以外にはありません。警察に追われている犯罪者でなければ、誰でも歓迎します。特に、ここにはルールというものはなくて、なんらかの拘束を受けるということもありません。たとえば、強制労働のようなね。ええ、そういう誤解をしている方が多いのです。やりたい場合は、手伝ってもらうことはありますが、したくなければ、なにもしなくても良いのです。そうですね、一般的な法律に則《のっと》った生活をしていただければ、全然問題はありません」

「ああ、つまり、麻薬などをやられると困る、ということですか？」

「そういうことですね」海江田は笑った。「最初の頃は、明らかに浮浪者というような人が紛《まぎ》れ込んだこともありましたが、特に大きなトラブルにはなりませんでした。普通の人間は、ここには長くいられないのです。自然に出ていってしまうんですよ」

「どうしてですか？　家も食事も無料なんて聞いたら、沢山の人が押し寄せる気がしますけれど」

「たぶん、ここが寂しいからでしょうね。あと、酒や煙草《たばこ》はここでは手に入りません。無償提供の対象外だからです。欲しい場合は、バスに乗って、自分の金で買いにいかなければなりません。それから、周りにいるのは、創作意欲に燃えた芸術家ばかりです。どうしても、いづらくなるのでしょうね」

「そういうものですか」

水野は頷いたが、どうもにわかには信じられなかった。浮浪者が、周囲の人間のことなど気にするだろうか。とにかく、ただで暮らせるならば住み着いて、少々のことでは出ていかなくなるのではないか、と思えた。やはりなんらかの働きかけがあるのにちがいない。しかし、この点に深入りするのは今は得策ではないだろう。

「ここで創作活動をしている人たちに会いたいのですが、よろしいでしょうか？　たとえば、ここへ訪ねてきた人は誰でも、ここにいる人たちに会えるのですか？」

「もちろんです。ただ、セキュリティの関係で、まず、この事務所で私が身許を確認します。そして、中にいる人に連絡をする。本人が会っても良いと言えば、通します。ようするに、高級マンションのセキュリティシステムと同じですね」

「なるほど……」

「考え方としては、住人の安全も無料で確保する、ということです。安心して暮らせるように、できるかぎりのことをします。余計な心配をしないで、芸術に打ち込んでもらいたいからです。ただ、こんな辺鄙《へんぴ》で不便な場所ですから、シンプルな生活に耐えられる人しか長くは住めませんね、特に、今どきの若い人には修行みたいに厳しいかもしれません」

「修行みたいにですか……」水野は、そのフレーズをそのまま手帳に書いた。「一番長くいる人は、どれくらいになりますか？」

「ここができて、今年で十七年になります。最初からずっといる方が一人いますね」

「その人は、どんな創作を？」

「彫刻家です。チェーンソーを使って丸太を削ります」

「ああ、それなら、ここは場所的に最高ですね」

「町中では、できませんからね」

「男女比はどれくらいですか？」

「えっと、男性の方が多いですね」

「夫婦でいる人はいますか？」

「ええ、以前はいましたが、今はいません。家族では、ちょっと難しいかもしれません。なかなか意見が合わないのでしょう。あと、子供がいると、さすがにここでは無理になります。学校へ通えませんから」

「未成年はいないのですね？」

「ええ、いません。未成年だけでは、ここには住めません。そうでした、このルールはありますね。うっかりしていました」

「いえ、ごく常識的なルールだと思います」

「たとえ親の同意があっても、未成年者はお断りしています。まあ、滅多《めった》にそういう例はありません」

「なるほど……。変なことをおききしますが、トラブルとか、困ったこと、などはありませんか？　なにか、その、事故とか、あるいは事件に類するようなことが、過去にありませんでしたか？」

「幸いなことに、ありません。平和そのものです。なんというのでしょう、やはり、そういう人たちが集まっているからだと思います」

それはそのとおりかもしれない。宗教に入信するのは、少なくとも戦闘的な姿勢ではないだろう。

「この施設のリーダというのは、どんな方ですか？　園長というのか、そういう方がいらっしゃるのでしょう？　でないと、統括できませんから」

「あ、はい。名前だけは」

「名前だけ？　というと？」

「曲川菊矢《まがかわきくや》という人が、ここの代表です。すべてその方の指示で、我々も動いています」

「所長さん、ですか？　職名は何ですか？」

「美之里代表です」

「代表。もう一度名前を……」

海江田から、曲川の名前の漢字を教えてもらい、それをメモした。

「その方には、お会いできませんか？」

「会えません。私も会ったことがありません」

「え？　会ったことがないって、どういうことでしょうか？」

「一度も姿を見たことがない、という意味です。ここの代表で、彼のメッセージに従って全員が動いていますが、実際に会うことはありません」

「あの、ちょっとよくわかりませんが、その方の名前を、海江田さんは、どうして知っているのですか？」

「その名前でメッセージが来るからです。私がここに就職したときに、前任者から、そのメッセージに従うようにと言われました」

「はあ、そうですか、その曲川さんがどこにいるのかも、わからないのですか？」

「そうです、わかりません」

「メッセージというのは？　文章、つまり書類で来るのですか？」

「ええ、以前は手紙というか、カードでした。この頃はメールで来ます」

「カードのときは、誰が届けてくれたのですか？」

「わかりません。ときどき、気がつくと、机の上にありました」

「え？　それじゃあ、誰かが、それを持ってきたわけですよね」

「そうなりますね」

「本人かもしれないし、あるいは、密《ひそ》かにメッセンジャを担当している人間が近くにいることになりますが」

「そうですね」

「ここの職員は、何人くらいいるのですか？」

「現在は、十一人です」

「少ないですね」

「ほとんどは、掃除をしたり、植物の管理をしたり、あるいは、施設の修繕をするような仕事です。事務的なことは、私と、隣の受付にいた女性と、あともう一人、経理をしている者の三人だけです。私がここに来たときには、二十数名おりましたが、減っていくばかりで、補填《ほてん》されません」海江田は笑った。悲壮感はまったくない。むしろ、斜陽《しゃよう》になっていくのが愉快だ、といった顔に見えた。

「その中で、曲川さんに会ったことがある人は？」

「いえ、誰もいません。姿を見たこともないと思います」

「でも、かつてはメッセンジャがいたわけですから、その人は会っていたのでは？」

「うーん、どうでしょう。私にはわかりません」

「不思議ですね」水野は座り直した。面白くなってきたな、と思った。「もしかしたら、曲川さんという人はいないのかもしれませんね」

「ここにいないという意味なら、それは違うように思えます。なにしろ、ここで起こったことをかなり細かく知っているからです。どこどこの電球が切れているから取り替えるように、といった指示もあります」

「でも、それは、誰かが報告しているのかもしれませんよ」

「それは、そのとおりですね、ええ」

「なにか、判断を仰ごうというような場合、どうやってこちらから連絡を取るのですか?」

「今はメールです。まえは、カードに書いて、あるところに入れました」

「どこですか?」

「専用のポストのようなところがありました」

「では、そのカードを取りにくるわけですね?」

「それが、そこは開けられないのです。あ、つまり、岩の裂け目のようなところだったんです。中に入れたら最後、もう取り出すことはできません。でも、それで話は通じました」

「それはまた、神秘的な」

「ええ、今でも不思議だと思います」

「凄いですね、徹底していますね」

「何がですか？」

「いえ、そこまで正体を現さないというのは、なにか理由があるとしか思えませんが」

「うーん、そうでしょうか」

「その、曲川さんは、実在するのですか？」

「ああ、それはいますよ。だって、給料を払っているし、税金も取られているわけです。経理上は実在しています」

「そうか。つまり、戸籍がある、ということですね」

「もちろんそうです」

「それは、是非一度お会いしてみたいですね。どんな方なのか、とても興味が湧きました」

「メールで伝えておきましょう」

「ありがとうございます。よろしくお願いします」

「でも、たぶん、会うことは無理だと思いますけれど」

5

「広いがね、これは」雨宮が言ったその感想のとおりだったが、もちろん、事前にどれくらいの広さなのか、加部谷は知っていた。建築学科なので、面積は数字で示されれば正確にイメージができる。コテージは平屋だったが、玄関を入ったところが、広間になっていて、十六畳ほどもある。さらに、四畳半くらいの寝室が二つあって、どちらも二段ベッドが置かれていた。つまり、ベッドは四人分である。広間の隅に簡単なキッチンもあって、シンクとガスレンジが備わっていた。このほかに、トイレとシャワーがある。山吹早月に言わせると、「ないのは、洗濯機くらい」という状況だった。

屋根の骨組みが見え、壁はすべて無垢《むく》の木材のようだ。外から見たときには、丸太小屋風だったが、ログハウスと呼ぶには構造が違っている。ただ、一般の人にはそれでも通じそうではあった。

建物の外には、バーベキュー用にレンガで作られた囲いがあったし、ベンチ、テーブル、それにハンモックもすぐ近くにある。人がいないという寂しさも、こうなってくると静かな環境として心地良く思えてくる。カッコウが鳴いているのも感動的だった。加部谷も雨宮も、テンションを取り戻したといって良いだろう。

山吹は、パソコンを開いて、ネットに接続できるかどうか確認をしていた。コンディションは良好とはいえないようだが、繋げないこともない、と彼は話した。携帯電話でも、電波が弱いという表示になる。

「さっきのゲートの付近は大丈夫なんだ」山吹は説明した。「何度かここへ来たけれど、日によって違う。だいたい、奥へ入るほど電波が届かなくなる傾向がある。たぶん、ここらへんが、ちょうど境界なんだね」

「山吹さんが調査にきたのは、この奥ですか？」加部谷は尋ねる。

「敷地の奥の半分くらいがそう。一般の人が入れないプライベートなエリアなんだけれど、芸術村って呼ばれていて、二十人くらいが共同生活をしている」

「芸術家って、若い人が多いんですか？」

「そうでもない。いろいろな年代がいる。若い人の方が少ないかな。でも、共通しているのは、野性的というか、ワイルドだよね、みんな。日焼けしていて健康的な感じで。だって、クーラとかないし、ジュースの販売機もないし。畑を耕《たがや》している人もいて、自給自足を目指しているのかもしれない。もちろん、外へ買いものにいくのは自由なんだけれど……」

「そこには、普通の人は入れないようになっているんですね？」

「あ、そうそう、三メートルくらいある鉄柵で囲われているんだよ。出入りができるのは、えっと、二箇所だけかな」

「どうして、柵なんかあるんですか？」

「熊や猪が入ってこないようにだと思う」

「うわ、じゃあ、ここも？」雨宮がびっくりした顔できいた。

「その芸術村だけじゃなくて、美之里全体も、柵で囲われているから、大丈夫だと思うよ。猿は入ってくるかもしれないけれどね」

「猿」雨宮が、単語を繰り返す。「猿っていったら、私ちょっと苦手かも」

「普通苦手なんじゃないかな」山吹が簡単に答えた。「でも、芸術村の人たちは、ここがエデンの園だって言ってるよ」

「楽園ってことですか？」加部谷はきく。

「みんな楽しそうだし。僕から見ても、楽園だなあって思った。なんていうか、生活苦はないし、世間のしがらみみたいなものとは無縁だし」

「しがらみですか……」

「働いていたら、職場の人間関係があるわけだし、どこに住んでいても、近所とのつき合いがあるし、親戚づき合いとか、それから家族の世話とか……」

「あ、そうか、芸術村の人たちは、みんな独身なんですね。だから世捨て人みたいになれるんだ。気楽なもんですよね」

「でも、友達が少なすぎ」雨宮が言った。「合コンもできんし、カラオケもないし」

「そこは、見学とかできないのですか？」加部谷は尋ねた。

「芸術村？　どうして？　見学したいの？」山吹が答える。「ちゃんとした理由があれば、管理人さんに説明すれば入れてもらえると思うよ。僕も最初のときは、研究のテーマを詳しく話して、どんな調査をするのかも事前に内容を見せたからね。もの凄く親切に対応してもらえたよ。ほとんど全員にインタビューできたし、アンケートの回収率も高かったし」

「実はですね……」加部谷はソファに腰掛けた。山吹は木の椅子に座っている。雨宮は窓際に立っていた。「私、休暇願いを出すとき、この美之里で友達と宿泊するという予定を上司の係長に話したんですけど、そうしたら、一昨日、えっと、違うか、三日まえですね、話したこともない部長さんから呼ばれて、何の話かなって思ったんですけど、つまり、この美之里のことを、ちょっと探ってきてほしいっていう依頼だったんですよ。無理にとは言わないけど、少しだけ注意をして見ておいてくれ、というくらいの感じでしたけど」

「ほれ、なんか、変な話になってきたがや。私たちを出汁《だし》にしてない？」そう言って、雨宮が首を傾《かし》げた。

「それは全然違う」加部谷は首をふる。「うん、黙ってようと思ったんですけれど、私、正直者だから、話しちゃいますよ」

「正直者でも、おしゃべりと無口がいるとは思うけれど」山吹が無表情で淡々とした口調の言葉を挟《はさ》んだ。

「そういうことをすっと言っちゃうのが山吹さんですよね。大好きです。あの、実は、この美之里って、宗教法人なんですよ。私、そちらの部署ではないので詳しくはわからないんですけど、たぶん、税法上のことだと思います。うーん、ここが営利活動をしていないか、生産行為を行っていないか、というようなことをですね、税務署はちゃんと監視しているはずです。それで、県庁としても、どうもここのことがよくわからない。

立入り検査をするほど怪《あや》しいわけではないけれど少々胡散臭《うさんくさ》いのでは、というくらいには思っているんじゃないかと……。私、聞いてびっくりしました。そんなところなのって。で、その部長はですね、機会があれば内部のことを見てきてほしい。ここの職員の様子とか、住み着いている芸術家たちの話とか、あるいは家屋や機器なんかの備品など、気づいたものがあったら写真を撮ってきてほしい、なんて頼まれちゃったんですよ。なんか、スパイみたいでしょう？　こうなると、やっぱり、その、美少女スパイでしょうか？」

「まあ、その最後のところは聞き流すとして、うーん、なんか、うん、ありそうだなっていうか、僕もね、ここの調査をしたあとに、何人かから、あそこどんなふうだったのってきかれたよ。アンケート結果を基《もと》にした論文を学会で発表したら、警視庁の人が聞きにきていて、質問されたし」

「え、どんな質問でした？」

「いや、よく覚えていないけれど、アンケートの取り方についての、まあ、なんてこともないごく普通の質問だった。僕としては、警視庁の人がどうしてこんなところにいるのかなって思っただけ。でも、もしかしたら、そっちの方面で注目されているっていうことがあるのかもね」

「警視庁って、凄いですね。ちょっと私のところとはレベルが違いますよ。あ、でも、警視庁にも、そういう山吹さんと同じような研究をしている人がいるのかも」

「うん、それはそうだね」

「そういえば、私も……」雨宮が真面目な口調で話した。「休暇をここで過ごすっていう話を職場でしたら、面白いものがあったら、今度取材にいくから、そのつもりで材料を集めておいてくれって、言われちゃいましたよ」彼女はそこで舌を出す。「何を言ってんだ。仕事じゃないぞって」

「なんだか、みんな、けっこうわけありじゃないですか」加部谷が言う。

「えっと、僕はなにもないよ」山吹が言う。

「うーん、それにしても、私、芸術家になって、こういうところで自由に暮らすのもいいなって、ちょっとだけ羨《うらや》ましく思いましたけれど」雨宮が高い声のモードで話した。これは山吹に対して発信していることを示している。「宗教法人なんですね、それはちょっと敷居が高くなってしまいましたね」

「そういう感覚って、僕も普通だと感じるけれど、でも、どうしてなんだろう？」

「どうしてっていうのは？」雨宮がきき返した。

「宗教だとわかると引いてしまう理由」山吹が簡潔に答える。

「ああ……。そうですね、なんとなく、うん、近寄らない方が安全かなって」雨宮が目を上に向けて話した。その目が加部谷の方へ向く。「ない？　そういうのって」

「ある」加部谷は頷いた。「だけど、理由はって言われると、はっきりとした言葉では説明できませんね。なんとなくですけど、宗教団体って、一度入ったら簡単にやめられない、抜け出せなくなるんじゃないかって、そういう意識が働くからでしょうか。だから、危うきには近寄らずみたいになるわけです。興味を示すだけでも、引き込まれたりしそうだから、固い意志をもって最初から無視しなきゃいけないものだって、そう思い込んでいるんじゃないですか」

「日本でも、新興宗教が大量殺人を企《くわだ》てたことがあるし、それから、海外でいうと、テロなんかも、なんとなく宗教色が強いイメージを受ける場合が多いよね」山吹は言った。「日本人はね、かつては、神風なんていって、軍事国家を経験しているから、そのときのトラウマがあるのかもしれない。カリスマ的なものを信じ込んでしまうのは危ないっていう」

「ああ、そう言われてみると、また納得してしまいますね」加部谷は頷いた。「でも、私たちの世代には、そんなトラウマはないはずでしょう?」

「いや、僕たちの親とか、そのまた上の世代が、もう二度と騙《だま》されないぞ、みたいに言い続けていたのが、戦後の日本だったんじゃないかな。いまだに、軍隊とかいうと、もうそれだけで拒絶する風潮も健在だし、戦争を起こしたのは全面的に自分たちの過《あやま》ちで、原爆が落ちたのだって、もう繰り返しませんなんて言っているくらいだからね。あれ、まるで、自分たちで爆発させたみたいな言葉だよね。あれって、英訳したら、主語はどうなるんだろう」

「むむ、難しい話になってますけどぉ」雨宮が言った。彼女はお腹に手を当てる。「そろそろ、ランチにしてもよろしいのではないでしょうか」

「あ、そうだね」山吹がぱんと手を叩いた。「ようし、いきなり、バーベキューだ。燃えるなあ」

「山吹さんといえば、バーベキューですよね」加部谷も立ち上がった。

「え、どうして？」山吹は炭の箱を持ち上げながらきいた。

6

水野涼子は、事務所から炎天下に出た。日傘が欲しいところだが、生憎《あいにく》持ってこなかった。昼休みになるので、芸術家たちがいる園内奥のエリア、芸術村の取材は午後からということになったが、そのまえに、一般客が入ることができるエリアを見て回ることにした。海江田から食事のことをきかれ、弁当を持ってきていると答えた。鞄には、ジャムパンが一つと、ペットボトルのお茶が入っているので、嘘ではない。海江田と一旦《いったん》別れたのは、さきほど見かけた三人のところへ行こうと考えたからだった。

懐かしさは確かにある。二年以上も会っていなかったからだ。しかし、どんなふうに対応しようか、と考える。ここへは変装して調査にきている、と説明をするか、あるいは、もう少し正直に話すか……。どちらにしようか、決断がつかないうちに、正面にコテージらしき建物が見えてきた。

アーケードをくぐり抜け、小橋を渡る。近づいてきた最初のコテージの前まで来ると、三人の話し声が聞えてきた。煙が見える。バーベキューの火を起こしているところのようだ。距離が近くなって、意外にも緊張した。

向こうが気づくかどうかで、出方を選ぼう、ととりあえずの方針を決めながら、ステップを上がっていく。

最初に、加部谷恵美が気がついた。じっとこちらを見ている。雨宮もこちらを向く。団扇《うちわ》で炭を扇《あお》いでいた山吹が、最後に視線を向けた。

「こんにちは」水野は笑顔で頭を下げた。

若い三人は軽く頭を下げる。

「ちょっと、お話をしてもよろしいですか？　私は水野といいます。こちらを取材している者です」

「はい、ええ……」山吹が答えた。

けっこうな距離を歩いてきたためか、少々息が切れていた。木製のベンチが近くにあったので、水野はそこに腰掛けた。もう一つあるベンチに、これから焼く食材が置かれていた。三人は立っている。こちらが話すのを待っているようだ。じっと三人の視線を受け止める。

「どんな取材ですか？」加部谷がきいてきた。

「私が誰だか、わかりませんか？」水野は加部谷をじっと見つめる。

「え？　えっと……、水野さんっておっしゃったのでは？」加部谷は無理に微笑んだ。

「取材は……、ええ、この美之里について調べているんです。午後からは、奥の芸術村へ入れてもらいます。お昼休みのうちに、一般の方の様子も拝見しようと思いましてね」

「一般の客は、たぶん、僕たちしかいませんよ」

「そうみたいですね」山吹の指摘が相変わらず的確だったので、頷きながら、思わず笑みがこぼれた。「ここまで誰にも会いませんでした」

「コテージにいるのは私たちだけですけれど、入場者はほかにもいるんじゃないかしら」雨宮が言った。彼女は、大学生のときよりもずいぶん大人になった印象である。

「どうかな、車が少なかったし、それに、ただ入るだけのためにここへ来る人っているかな。目的がないよね」山吹がまた指摘する。

「皆さんは、バスではありませんね。ここへは自動車で？」水野は尋ねた。

「そうです。水野さんは、バスですか？」加部谷が答えた。

「そうです。加部谷さん、変わりませんね」水野は思わず言ってしまった。

加部谷が目を見開いた。しばらく三人ともこちらをじっと見る。

「どうして、私の名前を？」加部谷は、自分の胸を見た。「名札、付けていませんよね」

「あの……、私もお昼の用意をしてきました」水野は鞄からジャムパンとペットボトルを取り出した。「これなんですけれど、もし良かったら、ここで皆さんと一緒に食べてもよろしいでしょうか？」

「どうして、ご存知なのか、教えていただけませんか？」加部谷が少し緊張した顔で言った。

「はい、実は、お会いしたことがあります」

「え、どこでですか？　あ、研修のときかな。役所の受付にいたことがあります。そのときは名札を付けていました」

「いいえ、もっとまえです。貴女《あなた》はまだ大学生でした。山吹さんは大学院生でしたね」

「わ、僕のことも知っているんですか？」

「それから、雨宮さんも」

「私は、テレビに出てますから」

「そうなんですか。凄いですね、それは残念ながら、知りませんでした」

「うわぁ、じゃあ、どうしてわかるんですか？」

「あと、もう一人、えっと、海月君は？　彼は今回は不参加ですか？」

「ちょっと待って下さい。えっと、誰かなあ……。図書館にいた司書さんでもないし、先生でもありませんよね」加部谷は難しい顔をしている。考えているようだ。

「じゃあ、教えましょうか？」

「もうちょっと待って下さい」加部谷が両手を広げて前に出した。「なんか、どこかでお会いしたことがあるような気がしてきました。今、思い出しますから」

「肉をもう焼けるよ」山吹が言った。「水野さんも一緒に食べませんか。食べながら、僕たち、考えますから」

「それは嬉しい」水野は手を合わせて頭を下げる。「さっき、事務所から皆さんを見ていて、びっくりしたんですよ」

「そうでしたね。こちらをご覧《らん》になっていましたよね」

「奇遇というのは、こういうものでしょうね」

「どんな奇遇だろう」加部谷が面白そうに言った。「しかし、まずは肉を焼きましょう」

「そうだ、肉を焼こう」雨宮が言う。「あ、私、飲みものを持ってきます。水野さんは、何が良いですか？　ビール？　それともお茶ですか？」

「ビールが飲みたいところですが、午後から仕事がありますので。それに、お茶は自分で持っています。ええ、おかまいなく。どうもありがとう」

結局、山吹と雨宮がビールを飲むことになった。加部谷と水野はウーロン茶である。紙コップに注ぎ入れて、ライトウェイトな乾杯をした。網の上に肉や野菜をのせる。そんな作業の間も、三人は水野の顔を何度もじろじろと見た。しかし、やはりわからない様子だ。そんなに自分は存在感がなかったのか、と少々残念に思えるほどだった。

「あ、そうかそうか」そう言うと、最初のビールを飲み干した雨宮が、ベンチにあったバッグからケースを取り出し、眼鏡をかけた。そして、じっと水野を見る。「あれぇ、おお、違うかな、もしかして、そう？　私、わかったかも」

「ええ、たぶん、そのとおりだと思いますよ」水野は微笑んだ。「勘《かん》が良いですね」

「今日は、コンタクトをしてこなかったから」雨宮は言う。「もしかして、探偵さん？」

「え？　探偵さんって？」加部谷が目を見開いた。「わ、わっ、本当に？　えっと、赤柳さんですか？　嘘でしょう！」

「へえ……」山吹は口を開けたままになった。

「女装、趣味なんですか？」加部谷がきいた。

「変装しているんですよね」雨宮が言う。

「雨宮さんの方が好意的ですね」水野は頷く。「でも、両方とも違います。よく見て下さい。そんな変装しているように見えますか？」

「全然見えません」山吹がふっと息を吐く。「そういえば、面影《おもかげ》がありますね。あ、わかった。赤柳さんのお姉さんでは？」

「私、そんな年齢に見えますか？」水野はちょっとむっとした。

「すいません、赤柳さんがお兄さんなんですね？」

「もう……、違いますよ」

「嘘、じゃあ、やっぱり女装ですか？」加部谷が近くに来て、まじまじと水野を見る。

「そういえば、胸が小さいですね」

「貴女だって、人のこと言えますか？」水野は言い返す。

「ちょいちょい」加部谷を押し退けるようにして、雨宮が近づく。「ああ……、違うわ。本物だよ、これは」

「何が本物なの？」加部谷がきいた。「本気であちらの人ってこと？」

「違うって。だから、こちらが本物で……、えっと、赤柳さん？　あっちが変装だったんだ」

「正解！　そのとおり」水野は指を立てて、雨宮を指差す。「貴女が、一番ね！」

「嘘ですよね」加部谷が首を捻《ひね》る。「えっと、本当は、こういう趣味だったってことですか？」

「違うって。だからぁ……」雨宮が加部谷の耳許でなにか囁いた。

「あ、そうなんだ」加部谷が大きく頷いた。「嘘みたい」

「嘘ではありません。探偵なんですよ、私は。実は今でも探偵です」水野は、そこで声を小さくした。「もちろん、水野という名も、本名ではありません。ここだけの話ですからね。内緒にしておいて下さい。どうして、そうしなければならないのかを、今から説明します」

「ええ、是非、説明して下さい」加部谷が言った。「でも、びっくりしたぁ」

「肉、焼けたよ」山吹が言った。

「あ、じゃあ、そっちを優先で」加部谷はくるりと向きを変える。

「あの、ちょっと山吹さん」水野は立ち上がって彼に近づいた。

「はい、どうぞ」山吹は、皿と箸を水野に向かって差し出した。「たれは二種類あります。お好きな方を」

「いやいや、そうじゃなくてですね。一言いいたいことがあるんですよ」

「何ですか？」

「実は、老けて見えるようにメイクをしているのです」

「あ、そうですか。すみませんでした。たしかに、赤柳さんよりは若く見えます」

「今さら、遅いですよ」

「いやあ、しかし、びっくりしましたね。肉を食べたら、是非事情を教えて下さい」

「では、いただきます」

「そうかぁ、赤柳さん、女だったんですね」加部谷が肉を食べながら呟いた。「なんか、歴史が大きく塗り替えられたっていう感じ。そのとき歴史は塗り替えられた、っていうか」

「同じだろ、それ」

「そういえば、声がね……、そのままですね」山吹が言う。

声は、まったく地に近い。ほんの少し、かつては低めにしていたが、今はほんの少し高めにしている程度だった。男としては高い声に聞えただろうし、女にしては低く感じられるだろうが、この頃は、声の高い男性も多い。意識しなければ、違和感はないだろう。それよりも、話し方というか、ちょっとした言葉遣い、そして話すときの表情や仕草などを含《ふく》めた総合的な印象に、人は囚《とら》われるものだ。

「赤柳さん、今日は調査が終わったら、帰られるんですか？」加部谷がきいた。

「水野ですよ。お願いします。もちろん、そのつもりです。でも、駅の近くでホテルに泊まって、明日もここに来る予定です」

「コテージ沢山、空いていましたよ。ホテルよりも、ずっと安いと思いますけど」

「そうか、その手がありますね。では、そうしましょうか」

「だったら、積もる話が、夜もできますね」

「加部谷さん、積もる話なんかあるんですか？」

「ありますよありますよ。あ、そうだ、もっと良い考えがあります。私たちのコテージに泊まったらどうですか？　さらにうんとお安くなりますけど。四人で割り勘にできますから」

「ああ、なるほど。ベッドはいくつあるんですか？」

「四つです。二部屋に二つずつ。あ、えっと、だから、山吹さんと同室になりますね。山吹さん、どうですか？」

「全然かまわないよ」

「いやあ、それはまずいんじゃないの？」雨宮が言った。「いやしくも男女でしょうが」

「いやしくもって何ですか？」水野は言う。「いえ、どうもありがとう。でもご遠慮します。私は、隣のコテージを借りることにします。管理人の方にお願いしておきましょう」

「あれぇ、いやしくもって、どういう意味でしたっけ」雨宮が山吹にきいている。

「かりそめにもっていう意味じゃない？」
「そっちの方がわかりません」

7

午後一時ジャストに、水野涼子はゲート近くの事務所を再度訪れた。加部谷たちとの再会とおしゃべりであっという間に時間が過ぎた。話に夢中であまり肉を食べられなかったけれど、それでも、ジャムパンよりは充分なランチになったし、荷物を加部谷たちのコテージに預かってもらったので身軽になった。別れ際に、昔のことは内緒にしておいてくれ、ともう一度念を押しておいたが、その理由については詳しく話す時間がなかったため、のちほどということになった。

「知合いだということは、内緒ではありません。ええ、つまり、かつての私の名前とか職業とか、そういった過去の個人情報は秘密です。よろしくお願いします」

「わかりました。性別も個人情報ですもんね」加部谷は頷いた。

海江田に、ここのコテージに泊まれるのか尋ねたところ、一時間ほどの準備をすれば可能だという返答だった。宿泊料金は千円である。

「そうですね、泊まられるのが良いでしょう。ここの自然の素晴らしさは、夜や朝を体験していただかないと……」海江田はそう言った。

それから、コテージに来ている三人組が、偶然にも知合いだったという話もしておいた。それが、ここに泊まることにした理由としても自然だった。

事務所を出て、園内を奥へ、方角でいうと北へ向かって歩いていた。ちょうど、コテージが見える。その後もバーベキューを続けている三人は、樹の陰になって直接は見えなかったが、ときどき笑い声が聞えてくる。

コテージとキャンプのエリアへ入るアーケードの手前を左へ曲がり、小川に沿ってカーブした小径を歩いていく。高い位置で広がった枝葉のため、空はほとんど見えない。日は地面には零《こぼ》れるほどしか届かない。適度に風もあり、非常に快適な涼しさだった。ホテルのクーラが効いた部屋で一人ビールを飲もうと考えていたのだが、格段に健康的な夜が過ごせそうな気がした。

しかしそれよりも、今はこの仕事である。いよいよ芸術家たち、信者たちに会えそうだ。どんな連中がいるのだろう。どんな環境なのだろう。興味はつきない。目的は、隅吉真佐美を見つけることである。会ってまずは無事を確認することが、報告をする場合にもポイントとなるのは確かだ。

高い柵が見えてきた。黒い色で鋼鉄製の柱は、高さが三メートル近くあるだろうか、それが等間隔で立ち並び、その間には金網が張られている。高い位置で、外側、つまり手前に少し曲がっている。ということは、外部から侵入しにくくなっているわけだ。小川を小橋で渡った先、道とその柵が交差するところに、扉があった。人が通る扉にしてはやや大きい。しかし、道も扉も、自動車を通すにはやや狭い。自動車のための出入口は別のところにあるのだろうか。芸術家ともなれば、大きな資材や道具を運び込んだり、また出来上がった作品を運び出したりするのに、トラックなどが必要となるはずである。

「この中が、本当の美之里です」海江田は、芸術村のことをそう表現した。「ここには、一般の方は普通は入ることができません。ときどき、水野さんのように取材にいらっしゃる方を除けば、ほとんど出入りはありません」

「隔離《かくり》されている感じですね」

「ええ、とはいっても、皆さん、日々の生活をしているわけですから、ときどき買いものなどに出たりすることもあります。しばらく旅行に出る人だっています。また、逆に、彼らの友人が訪ねてくることもあります。こんなふうに、鍵をかけていますが、アクセスは中の人たちの自由です。ただ、そもそも世間から隔絶した環境を望んでここへ来た人たちですから、実際のところ、そういったアクセスは多くはありません。食べものも、農作で自給していたりします。内部でできることは内部で皆さん工夫をして助け合っている、というわけです。なんというのか、そういうふうに自然になるようですね。人間の本来の姿かもしれません」

　海江田はそう説明しながら、扉に鍵を差し入れる。彼のベルトにその鍵はチェーンで繋がっていた。鉄枠と金網でできた扉を開けて、さきに水野を通してくれた。二人とも中に入って、今度は扉のレバーで海江田が鍵をかけた。内側からは、鍵がなくても施錠や解錠ができるようである。

森林の中をカーブしながら緩やかに上っていく道を進むと、林が開け、広場が見えてきた。その周囲に、幾つかの屋根が緑に埋まるように点在していた。日差しが眩《まぶ》しくあらゆるものを輝かせている。遠くでチェーンソーだろうか、エンジン音が鳴っていることにも気づいた。そのほかには、蟬《せみ》の声が空気に飽和するほど溶け込んでいる。

広場というのは、草を短く刈った平たい場所で、ほぼ円形だった。直径は三十メートルほどだろうか。その中央に、太い丸太を削った彫刻が立っている。トーテムポールかと思えたが、顔ではなく、人間の全身がいくつも彫り出されていた。真っ直ぐにそびえ立ち、高さは五メートル以上ある。そして、その横に六十代か七十代の痩《や》せた老人が立っていた。

日焼けした健康そうな風貌である。白いランニングシャツに白い半ズボンを穿いていた。腰にタオルを下げ、頭にはアフリカの冒険家のようなヘルメットを被《かぶ》っていた。老人だとわかったのは、顔の皺《しわ》、痩せた腕、ほとんど白くなった髭《ひげ》などの印象からだったが、近づいてみると、肌は充分に若さを残している。瞳が大きく、ぎょろりとした高圧的な眼差《まなざ》しを向けられた。

海江田が、水野を簡単に紹介する。老人の方は、自分で丹波《たんば》と名乗った。芸術村のリーダ的な人物だと海江田が補足した。ここからさきは、彼に案内をしてもらうことになっていた。事前に決まっていたようである。

「私は事務所に戻ります。なにかありましたら、いつでもお訪ね下さい」海江田はお辞《じ》儀《ぎ》をして、来た道を戻っていった。

「丹波さんは、何を創られるのですか？　絵ですか？　それとも……」

「それが、私の作品ですよ」丹波は、すぐ横に立っている柱を指差した。つまり、彫刻家ということか。

あまり関心はなかったが、いちおう眺める振りをして、感心した様子を言葉にしておいた。褒めると、丹波は嬉しそうに白い歯を見せる。入れ歯のようだ。

「ここは、もう長いのですか？」

「最初から、ここにおりますよ。退職して、気づいたら、身寄りもなく、天涯孤独になっていましてね。で、それから、なにか始めなくちゃいかんと決心して、創作を始めたのです」

「美之里の最初からということですか？　では、十七年ですね。失礼ですが、丹波さん、おいくつでしょうか？」

「今年で八十二になります」

「え、八十二歳ですか？　そうですか、全然そんなお歳には見えませんね」それはお世辞ではなく、正直な感想だった。七十そこそこに見えたからだ。

彼についてしばらく歩いていく。丹波は背筋も伸びているし、歩くのも遅くはない。軽い足取りで階段を上っていく。自分の方が息が切れそうだった。

大きな屋根のログハウスの前に出た。隣接して屋根が架かったスペースがある。そちらには壁がなく、太い柱が屋根や梁《はり》を支えていた。手前にレール上を移動できるクレーンもある。作業場のようだ。太い丸太が何本か転がっているし、大鋸屑《おがくず》や木っ端《こっぱ》が方々に散乱していた。

「私の仕事場です」丹波が言った。

「写真を撮ってもよろしいですか？」

「ええ、どうぞ」

デジカメで何枚か撮影したが、本心としては、それほど興味を引かれるようなものはなかった。むしろ、周囲に見えるものに注目していた。別の建物や、そこへ通じていそうな小径も見ておく。ログハウスの壁際に、プロパンのボンベが二つ置かれていた。これは生活に使うガスであって、工作用のものではなさそうだ。仕事場には、エンジン式のチェーンソーが二機あった。年季の入った道具だと一目でわかる。

「今は、ここには何人の方が暮らしているのですか？」

「二十人くらいです」丹波は即答する。

「正確な数字はわかりますか？」

「いや……、点呼を取ったり、朝礼をしたりするわけではないので、いつも全員がいるのかどうかはわかりません」

「皆さんで集まって会合とか、あるいは飲み会とか、しないのですか？」

「しませんね」丹波は歯を見せて笑った。「気の合う者と酒を飲むのは毎日のことですが、せいぜい三人か四人です。滅多に顔を見ない者も多い。見たら、お互いに頭を下げるくらいのことはしますがね」

丹波の最近の作品を見せてもらった。仕事場の奥に、雑然と並んでいた。一メートルくらいの大きさのものが多く、いずれも、つまりは置物である。チェーンソーで削ったにしては緻密で、表面が綺麗だった。違う道具も使うのかもしれない。それは質問しなかった。そういった技法的な話を聞きたいわけではないからだ。

8

バーベキューのあと、加部谷と雨宮は二人で園内を探索に出かけた。山吹は、コテージに残って留守番である。パソコンでやりたいことがある、と話していたが、女二人のおしゃべりにつき合いたくなかったのかもしれない。嫌なことは我慢をせず、できるだけ避けるという合理性が、理系の男子にはよく見られる傾向である。

歩いても歩いても、林に囲まれた細い小径が続いている。ときどき、小川があり、水に触れることもできた。それくらいしか変化はない。遠くまで展望できる場所もなく、また遊具のようなものも見当たらない。例外として、樹から樹へ渡されたロープがあって、そこに滑車がかかっていた。滑車から垂れ下がったロープには足を掛けるための輪が作られている。雨宮が試してみたが、どうも滑《すべ》りが悪く、加部谷が一所懸命押しても、すぐに停まってしまう。雨宮が交代しようと言ったが、加部谷は試さなかった。雨宮の馬鹿力が怖かったからだ。

話題といえば、もちろん、水野のことである。ようするに、論点は、本当に女性なのか、それとも戸籍上は男性だけれど女性として生きている人なのか、ということだった。本人は、どちらだとはっきりと答えたわけではない。ただ、普通の男性ではないし、かつて男性として認識されていたのは変装していたためだ、ということが語られたにすぎない。加部谷は、まだ男性であるという可能性の方が高いと思っていた。どうやら、雨宮は逆のようである。

「まあ、そう言われてみれば、男に見えんことはないけどが……」雨宮は難しい表情である。「うーん、どうもなぁ、最近わからんでよぅ。男女の境界がだんだん曖昧になっとる気がするでね」

「まえは、たしかにわざとらしい髭だったから」

「髭っていうものが、だいたいは、わざとらしいわな」

「実際のところ、どっちでも良いのかなって、思うけれど。でも、やっぱり、面と向かうと、気になっちゃうよね。どちらか決めてもらわないと、こちらの態度も定まらない、みたいなことない？」

「それはよ、相手が女の外見しとらっせれば、女として扱えばよし、男の格好しとらっせるなら、男として接すればよし。そんだけのことだがね」

「そっかなぁ……。そう簡単にいくなら、悩むこともないのだけど。毎日、日替わりで来られたら困るでしょう？　昨日と違う接し方しなくちゃいけないじゃん」

「そこまで男女を区別する接し方が、もう古いんかもな」

「純ちゃんは、割り切り娘だもんね、昔から」

「たとえばだ、海月君が女だと思ってみぃ」

「気持ち悪。やだよ、そんなこと思いたくない」

「最初から拒絶したらいかんがね。現実としてぇ、そういう可能性もあるわけだ。そうなったときに、びっくらこいとるようじゃ、あかんでね」

「そういう問題かなぁ……。あ！」加部谷は思わず、声を上げた。それから、急に思い出されるシーンがあって、何故か、みるみる目に涙が溜まってしまった。

「あれ？　どうしたん？　肉食いすぎて腹が痛いんか？」

「違う」加部谷は目を擦った。

「本気にしたらかんでぇ。たとえばの話をしただけだがね」

「本気にしたよう……」加部谷は自分の涙声に気づいて、少し苦笑いをした。「だってだって、僕には関わらない方がいいって、そう言われたんだもん。あ、だからだったのかって、思っちゃったじゃない」

「そんなわけあるか。馬鹿だねぇ、君は。私が保証するわ。あいつは男です。あんな女がおったら、それこそ凄いがや。どんな奴？」

海月及介にふられた話は、既に雨宮には情報公開している加部谷だった。そのときの彼の言葉が、関わらない方がいい、だったのである。理由は教えてもらえなかった。でも、実は女性だから、というのは大いに説得力があったので、感情移入してしまった。

「いやぁ、何年か振りに思い出しちゃった。ふう……、だけど、今のでショックから立ち直ったかもしれない。憑《つ》き物が落ちた感じがする」加部谷は笑った。「そうか、そう考えれば、吹っ切れるかもね」

「嘘、今までずうっと取り憑かれとったんかね。ほりゃぁ、ちょっと凄いで」

「ああ……」加部谷は溜息をついた。「ごめんごめん。もう大丈夫」

「山吹さんは、しっかし相変わらずだのぅ。まえよりもさらに、無愛想っぽい皮肉屋さんに磨きがかかったみたい。ありゃあ、行き遅れるタイプと見たな」

「そう？　案外もてるんじゃない？　裏がないし、そこそこ親切だし。まあ、皮肉っぽいのはね、たしかに、国枝《くにえだ》先生とかから遺伝子を分けてもらったんじゃないかしら」

「遺伝子を分ける？　それ、ちょっと卑猥《ひわい》な感じがするな」

「よくそんな想像ができるね」

「うん、国枝先生なぁ、おったなぁ。あの人、今どうしとらっせるの？」

「相変わらずだと思うよ。山吹さんは、博士課程はＮ大へ行かれていたから、国枝先生だけじゃないかも。国枝先生のまたその先生の犀川先生のところ。ほら、西之園さんもそこの講座だった」

「ああ、聞いたことあるな」

「山吹さんね、博士課程の二年めでドクタを取ったんだよ。凄いでしょう？」

「それって、凄いこと？」

「普通にはないと思う。やっぱり、犀川先生に相当絞られたんじゃないかしら。なんか、ずいぶん痩せたし、目つきが鋭くなったもの」

「歳を取ったからかと思ったけど」

「もうちょっと、ぼんやりした感じだったじゃない。特に、海月君と比べたら」

「ああ、わかるわかる」

9

山吹早月は、コテージの窓際のテーブルでパソコンを広げていたが、急にくしゃみが出た。太陽が移動し、いつの間にか日が差し込むようになっていた、眩しかったのかもしれない。座る位置を微調整し、窓に対してモニタの角度を変更した。窓際ならば電波が届きやすいことがわかったので、この位置にいるのである。

西之園萌絵《もえ》からメールが届いていて、研究に関することだった。昨日送った論文の下書きを読んでもらえたのだ。さっそく意見が箇条書きで返ってきた。全部で十二項目あったが、致命的な間違いや、大きな修正が必要なものはなく、簡単な記述ミスの指摘が多かった。安心して、お礼のメールを書いたが、その最後のところに、赤柳にさきほど偶然会った、ということをつけ加えて送った。

ネットで電話がかかってきた。西之園からである。

「はい、何ですか？」山吹は答える。

「赤柳さんに会ったって？　お元気だった？」

「あ、ええ、まあ、普通に見えましたけど」

「えっと、もう三年近くまえになるけれど、そのとき東京で会って、それ以後連絡が取れなくなっていたの。どうかされたのかなって、心配していたんだけれど」

「そうですか、うーんと、言っていいのかな、えっと、あの、内緒にしておいて下さいね」

「何？　どうしたの？」

「その、赤柳さんという名前じゃなくて、水野さんっていうんです」

「水野さん？　ふうん、名前を変えて潜伏しているんだ」

「潜伏ですか？」

「潜るっていう意味」

「わかります。そうか、だからか」

「どこにいるの？　今」

「あ、あの、加部谷さんと、それから雨宮さんと、三人で、美之里というところの貸しコテージにいます。夏休みなんです」

「あ、今日、そちらは土曜日なのね」

「ええ、全国的にそうだと思いますけど」

「おやおや、それはまた、両手に花じゃない」

「えっと、両手に……、花……、ですか、ああ、あ、そうか、そうですかね」

「赤柳さんとそこで会ったの？」

「ここです。ついさっき、ここへ突然来たんです。なんか、取材にきているって言ってました。また、仕事のあとで会うことになっています。あの、なにか、伝えておきましょうか？」

「いいえ、元気でいらっしゃるのなら、それで良いわ。私と話したことも言わなくてけっこうです。でも、なにか君、言いかけたでしょう？」

「え？」

「そうか、だからかって」

「ああ、えっと、実はですね……。あ、いや、これは言わない方が良いかも……」

「わかった、女になっていたんでしょう？」

「え？」

「あら、本当にそうなんだ。君が秘密情報を漏らしたんじゃないから、良かったじゃない」

「ご存知だったんですか?」

「いいえ、知らなかった。でも、赤柳さん、私と一緒に写真を撮られたの、東京でね。それをご丁寧に送ってこられたの。その写真を、たまたま叔母様に見せたら、ああ、この人知っているって、女なのに男に変装している人でしょうって言うわけ」

「えっと、あの、おば様というのは……」

「私の叔母」

「西之園さんの叔母様ですか。えっと、元知事の夫人の……」

「そうそう。佐々木さんです。それでね、私も、そう言われてみたら、そうかもって、思えてきちゃったのよ。だから、余計に気になってしまって、また会いたいなって考えていたんだけれど、それがそのとき以来行方知れずで、メールも届かなくなって、というわけだったのです」

「ああ、なるほど、そうですか」

「それだけ?」

「え? 何がですか?」

「加部谷さんと雨宮さんは、お元気?」

「そうですね。外見はそう見えますが」

「内面は見えないでしょうから」

「はい、そのとおりです」

「教えてくれて、どうもありがとう。じゃあまたね」

電話が切れた。相変わらず、テンポが速い。会話についていくのがやっとである。電話が切れてから、そうか、パーティのことで打ち合わせしたいことがあったのだ、と思い出した。それはまたこの次にしよう、と山吹は溜息をついた。

10

水野涼子は、丹波耕太郎《こうたろう》に案内されて、別のアトリエを訪問していた。棚田直治《たなだなおじ》という名の六十代の画家の住居である。黒いポロシャツに黒いジーンズ。それに黒い野球帽を被っていた。室内にいるのに、しかも自分の家なのに、帽子を被っているのである。頭髪に問題を抱《かか》えている可能性が高い、と水野は推測した。

油性絵の具の匂いがする部屋で、三人でコーヒーを飲むことになった。周りには、棚田が描いた絵が幾つかあった。額に入って壁に掛かっているものは三点だけで、あとはキャンバスのまま、壁に立て掛けて床に置かれていた。いずれも抽象画で、直線や曲線で仕切られた空間を色分けしたようなものばかりだった。こんな自然豊かな環境にいるのだから、周囲の自然を一枚くらい描いても良いのではないか、と思ったけれど、そんな質問はできないので、当たり障りのないインタビューをした。棚田は、明るい性格のようで、終始笑顔で話す。ここへ来て、十二年になるらしい。それまでは、会社勤めだったが、そこを辞《や》めて、ここへ来たという。三十代のときに離婚して以来、家族はなく、親戚づき合いもないと話した。彼自身の表現によれば、それらの「煩《わずら》わしさから解放」されて行き着いたところが、この美之里だったわけだ。

棚田は、サイフォンでコーヒーを淹《い》れてくれた。水野はソファに腰掛けている。横に丹波が座っていた。

「ここにいらっしゃる方で、一番若い人は、おいくつぐらいですか？」水野は考えていた質問を繰り出した。

「若いといえば、まさちゃんか、ちかちゃんだな。あれは、どっちが若いんだ？」丹波が棚田にきいた。

「そりゃあ、まさちゃんの方が若いでしょう。あの子、大学辞めてきたんだから。まだ、二十歳《はたち》そこそこじゃない」

上手くいった、と水野は思った。まさちゃんという名が出たからだ。しかし、顔には出さない。自然な調子で、さらに尋ねた。

「若い人は、なかなかこんな暮らし、我慢ができないんじゃないでしょうか？　寂しくなってしまう、というようなことがありませんかね」

「さあ、どうなんだろう」丹波は答える。

「本人にきいてみたら？」棚田が言った。

願ってもない展開である。

「ここの次は、ちかちゃんのところへ行くスケジュールだから、ああ、ちょうど良かった」丹波が言う。

ちかちゃんではない方、まさちゃんの方へ行きたいのだが、それを誘導するような言葉を水野は思いつけない。棚田がコーヒーカップをテーブルまで運んできた。なんとか上手に話を運べないものか、水野は思案する。

「その、今の若いお二方は、男性ですか？」ときいてみた。

「いいえ、女性ですよ」丹波が答える。

「お二人とも？」

「そうです」

「これがまた、なかなかの美人でね」棚田も対面するソファに腰を下ろした。「モデルになってもらいたいくらいなんだが、ま、そんなこと、頼むわけにもいかない。この頃は、口にするだけで、もういけないらしい」

棚田が陽気に笑うのを見ながら、水野はコーヒーに口をつけた。苦いブラックである。嫌いではない。

ドアがノックされ、棚田が返事をする。

「こんにちは」ドアを開けて、麦わら帽子を被った女性が入ってきた。麻《あさ》のワンピースを着ている。「あ、ちょっと早かったですか？」

「いやいや、ちょうど良かった。今、ちかちゃんの噂をしていたところ」棚田が言う。

「残念ながら、コーヒーの余分はないけれど」

「かまいません。私、コーヒーは飲めないんです」その女性は苦笑いした。

砂羽知加子《さわちかこ》と紹介された。彼女は名刺を持っていたので、その変わった名字を認識することができた。肩書きは、彫刻家とある。どうやら、そろそろ自分のところへ取材が来る、という時間的な段取りができていたようだ。つまりは、誰に会うのか、事前に決まっているということか。

砂羽は、三十代ではないか、と水野は推測した。見た感じも落ち着いていて、若い女性には見えないが、それでも、丹波や棚田たちから見れば充分に「若い子」ということになるのだろう。

コーヒーを飲んだあと、水野は砂羽に従って、棚田のアトリエを出た。老人たち二人は、一緒には来なかった。もう今日の役目は終わったというような顔だった。

しばらく林の中の急斜面に作られた階段を下っていく。その後、細い小径を行くと太い真っ直ぐの道に出た。そこをしばらく歩く。道の脇にある小さな建物が近づいてきた。

建物のすぐ横にトタン屋根の作業スペースがあった。一見すると工場のような雰囲気である。家ではなく、その作業場の方へ案内されたが、奥の草むらにはオートバイのエンジンやタイヤのホィール、自転車のフレーム、といった粗大ごみのような我楽多《がらくた》が山のように積まれているのが見えた。

砂羽の説明では、これらの鉄屑《てつくず》を適当に切断して、ボルト留めや溶接をし、作品として組み上げるのだという。これも芸術らしい。芸術はいいとして、こういうものも、彫刻というのだろうか、と水野は不思議に思った。つまり、彫っても刻《きざ》んでもいないからだ。出来上がった作品は、意外に小さなものが多く、重量はありそうだが、なんとか抱えて持てそうなサイズのものばかりだった。どの作品も、それが何を表しているかはさっぱりわからない。組み上がったものも、奥の部品の山と同じく、やはり我楽多にしか見えなかった。

砂羽は、ここへ来て二年だという。ＯＬとして銀行に勤めていたが、学生の頃からずっと趣味で創作を続けていた。もっと本格的に取り組みたいと思うようになり、三十歳になったとき、一大決心をして辞職した。それから、二度転居したあと、ここでお世話になっている、美之里のことはウェブで知った、と話す。

そんな型通りのインタビューのあと、世間話っぽい普通のおしゃべりになった。

「でも、こんなところに長くいたら、将来のこととか、心配にならない？」水野は尋ねる。正直なところ、心配になっていた。まだ将来の展望がある年齢ではないか。そこが、さきほどの二人とは大いに違う。

「いいえ、以前に比べたら、毎日がとっても楽しいし、生きているなって感じますよ。私みたいな人間には、こういうのが合っているのかもしれません」

「私みたいな、というと、どんな？」

「うーん、つまり、人づき合いが苦手で、あと、都会のペースについていけない、みたいな」

「でも、お友達とか、なかなか会えないでしょう？　恋人とか……」

「ええ、それも、つまり、人づき合いですよね」砂羽は笑った。

「そういうのは、ないの？」

「ないですね」

「そう……。一人で、こんな重いものを扱うなんて大変じゃない？」

「どうしてもできないときは、もちろん、誰かに手伝ってもらいます。でも、重かったら、バーナで切断して分割してから運べば良いし、ええ、工夫をすればなんとかなりますよ。そういうことも、ここで学んだんです」

「なるほど」水野は頷く。「あの、ちょっと失礼な質問かもしれないから、気を悪くしないでもらいたいのだけれど……」

「ええ、かまいませんよ」

「ここって、その、宗教的な集団なんですよね？」

「ああ、そのことですか……。ええ、それはそのとおりです。でも、べつにこれといって制約はないし、私たちはフリーです。つまり、私の心は、私のものです。神様のものではありません。そういうことだったら、普通の社会にいても同じですよね。むしろ、普通の人たちの方が、なにかわけのわからないものに支配されているというか、そんなふうに見えます。だって、毎日、満員電車に乗って働きにいくとか、毎日みんなが同じテレビを見て、同じもので笑ったり怒ったりしているじゃないですか。まるで宗教だと思いませんか？」

「ええ、そうですね。私もそれは感じます」

「ですから、ここにいることは、私にとっては、アンチ宗教なんです」

「アンチですか……。では、ここの代表については？」

「曲川さんのことですか？」

「ご存知なんですね？」

「会われたことは？」

「ええ、名前は知っています」

「ありませんよ」砂羽は、ふっと息を漏らした。「会ったことがある人なんていません。だって、いないんですから」

「ああ、いらっしゃらないのですか？」

「ええ、いないと思います。いたら、会えるのでは？」

「いないというのは、ここに、あるいはこの近くにいない、という意味ですか？」

「ええ、そうです」

「この世にいない、という意味ではなくて」

「この世のどこかには、いてもいいんじゃないですか」

「その曲川さんから、なにか影響を受けませんか？」

「影響ですか……」砂羽は腕組みをした。周囲の樹々をぐるりと眺める。まるで、曲川がどこかにいる、というような視線にも見えた。「いえ、ないと思います。会ったこともない方から、影響を受けることはありませんね」

「そうですか。ありがとうございます。率直なご意見を」

「今のも、記事になりますか？」

「わかりません。でも、書いたものは発表するまえに、海江田さんにチェックをお願いしますから」

「だったら、ＯＫです」

時計を見ると、午後三時に近かった。もう二時間も芸術家たちと話をしていたことになる。時間の割に情報量が少ないな、というのが素直な感想だったが、こういった効率の悪さは、この仕事には宿命的なものといって良い。

「あの、砂羽さんの次の方はいらっしゃらないのですか？」

「どういうことですか？」

「あ、つまり、私がインタビューをする相手として、ということですが」

「ああ、ええ。そうです、その予定です。海江田さんから頼まれているのは三人です。私が最後です」

「そうですか。ほかの方はお忙しいのですね？」

「そうでもないと思いますけれど、ええ、でもいちおう、本人が承諾しないといけませんし、海江田さんが誰に声をかけたのか、その結果がどうだったのかも、私は知りません。もし、もっと沢山の人に会いたいのであれば、海江田さんに相談されてはいかがでしょうか」

「いえ、沢山というわけではないのです。若い方はいませんか？　できるだけ若い人の話を聞きたいですね」

「私よりも若いのは、隅吉さんだけですね」

11

水野は内心「しめた」と思ったが、顔にはそれが出ないように努力した。なにか言うよりは黙っていた方が良い、と判断して待った。十秒ほど沈黙があったが、砂羽がそれを破った。

「隅吉さんなら、お隣ですから、ご案内しましょうか？　お友達なんです」

「そうですね、もしよろしければ……。でも、海江田さんの許可がいるのでは？」

「いえ、そんなことはありません。許可がいるのは、隅吉さん本人です」

ここまで、砂羽とは立ち話をしていた。彼女の鉄工の作業場には、椅子というものがなかった。もちろん、物理的に座れそうなものがあったが、どれが大事なもので、どれが壊れやすいものかもわからなかったし、砂羽も座ることをすすめなかった。若いとそんなことは気にならないのだ、と水野は微笑ましく思っていた。特に疲れたというほどの感じではないものの、一休みしたいという気持ちは膨らみつつある。しかし、結局、砂羽の住居の中へは案内されなかった。

二人は、作業場を離れ、前の道に出た。来た方向とは逆へ向かう。並んで歩いたのではなく、軽やかな足取りの砂羽に、水野は後からついていくのがやっとだった。

「そこです」と砂羽が立ち止まって指を差す。

少し低いところに屋根が見えた。これまで見た中で最も鬱蒼《うっそう》とした森の中に建っている。そう感じたのは、樹々が非常に大きく、枝振りも立派だったからだ。建物の何倍も高い樹が多い。さらに進むと、幅が二メートルほどの小川があった。水が流れている。川があるから低い、否、低いところだから水が流れているのか。その小川が、道から数メートルのところをしばらく並行していたが、建物に近づくと、湾曲《わんきょく》して一旦遠ざかった。せせらぎが聞える。おそらく、室内でも聞えるのではないか。その建物には、作業場のようなものが付属していない。つまり、その一軒しかなく、しかも非常にシンプルな平屋の小さな建物だった。加部谷たちが泊まっているコテージよりもずっと小さい。屋根は片流れで、煙突が突き出ている。手前に玄関らしきドアがあり、横の壁には白い枠の窓があった。

「隅吉さんというのは、女性ですか？」水野は知らない振りをしてきいてみた。

「ええ、そうです」

「ここは、作業場がありませんね。建物も小さいし」

「彼女は、絵を描くのです。あまり大きな作品は描かないから……」砂羽はそこで微笑んだ。「でも、もう少し広いところが良いとは言っていましたね」

玄関の前まで来た。ドアの上にベルがあった。砂羽が紐《ひも》を引いてそれを鳴らし、しばらく待ったが、返事も物音も聞こえない。彼女はもう一度ベルを鳴らした。しかし、反応はなかった。

「お留守かなぁ。珍しい。出かけているのかしら」

水野は、窓の方へ回りたい衝動に駆られたが、もちろん我慢をした。この家にいるのが、隅吉真佐美本人だったら、そしてもし彼女に会えるなら、今回の調査は大成功といえる。あとは、ゆっくりと話をして、一度で良いから実家に出向くように、と説得すれば良い。説得が成功するかどうかは、さほど問題ではない。

砂羽は、今度はノックしてから、ノブを摑《つか》んでドアを少しだけ引き開けた。どうやら、ドアが施錠されていないことを、彼女は知っているらしい。まったく疑いもしない動作だったからだ。

「隅吉さん？　いないの？」ドアの隙間《すきま》から、中に向かって声をかける。

返事はない。気配もない。

「いらっしゃらないみたいですね」水野は言った。「どこか、近くへ行かれているのでは？」

「そうですね」砂羽はドアを閉めて振り返った。

「今日は、会われましたか？」

「あ、いえ、会っていません。えっと、昨日の夕方に、お話ししましたけど……」

彼女は困った顔になる。「どうしましょうか？」

「あ、いえ、もうけっこうです」水野は片手を広げて持ち上げる。「お忙しいところ申し訳ありませんでした。もう充分ですので」

「あ、それでしたら、ゲートまでお送りします」

「はい、あの、大丈夫です。迷うようなことはありません」

「いえ、一緒に誰かが行かないと、鍵がかけられませんので」

「ああ、あそこの鍵ですか」芸術村へ入る鉄柵の扉のことだ。「あれは、いつもロックしておかないといけないのですか？」

「はい、そういう決まりです」

「そこまで、厳重にする理由があるのですか？」

「いえ、特にありませんけれど、一般の方が間違って入ってしまうと面倒なことになるので」

「面倒なことっていうと？」

「ここでは、ほとんどの人が、家に鍵をかけません。出来上がった作品などは、それなりに貴重なものですが、外に置いたままという場合もあります。ですから、全体で防犯対策をしているのだと思います」

こんなところまで泥棒が入り込むとは、水野には思えなかった。

「それでは、もう少し、芸術村を見学させてもらってから、そうですね……、二十分くらいしたら、砂羽さんのところへ行きます。そのとき、ゲートまでお願いします」

「あ、はい……」砂羽は、少し考えたようだ。やや遅れて頷いた。「わかりました」

彼女の反応から、そういった想定はしていなかったのではないか、と水野は感じ取った。どうもここまで、表向きの広報活動につき合わされた感じが強かったのである。少しは自分の視点で確かめた方が良いだろう。特に、隅吉真佐美の近辺は。

砂羽の家とは逆の方向へ、水野は歩くことにした。砂羽はしばらく見守っていたが、仕事場へ戻りたかったのか、あるいは役目を終えてほっとしたのか、来た道を足早に戻っていき、すぐに見えなくなった。

水野はUターンして、再び隅吉の家に戻った。念のために、そこでしばらく辺りを眺めて観察をする。家の周囲には、特に目立ったものはない。花が植えられているわけでもないし、道具類も出ていない。玄関の前の数メートルは砂利道《じゃりみち》になっている。ここまで車が入れるようで、タイヤの跡があった。それは、砂羽の仕事場に通じる道ではないだろう。そちらは途中が細すぎるように思えた。たった今、途中まで水野が進んだ道ならば、自動車が入れそうだ。

建物の横へ回り、窓から中を覗いた。照明が灯《とも》っていないし、周囲の樹々によって日差しも完全に遮《さえぎ》られている。暗くて室内の隅々までは見えない。ただ、中はほぼ一室だということがわかった。窓の近くには、細長い多角形のテーブルのようなものが置かれている。絵を描いているそうだが、作品や道具は見当たらなかった。

中に入ってもっと調べてみたい、と強く思った。昔からの自分の特性が急に蘇《よみがえ》った感じである。血圧が上がったのか、気持ちが高ぶったのか、よくわからない。とにかく、なにか落ち着かない感じになった。これは何だろう、と自分でも不思議に思う。慌てることはないではないか、と言い聞かせるものの、既に周囲を見回し、誰も見ていないことを確かめていた。

こんなところでうろうろしている方が、むしろ不自然で、誰かに見られたら怪しまれる。家の中に入ってしまえば、誰にも見られない。この家の住人以外は、勝手には入ってこないはずだ。万が一、隅吉真佐美が戻ってきたときには、裏口から抜け出そう、と考えてから、はたして裏に出入口があるのか、確かめにいくことにした。

家の裏手には、薪が積まれていた。大きなゴミ袋が二つ出ている。黒いので中はわからない。少し小さめのドアがあった。ノブをそっと回してみると、ここも鍵はかかっていない。いけそうだ、と思う。

静かにドアを開けて、家の中に入った。靴を脱ぐような床はなく、土足のまま歩けるようだ。入ってすぐのところは、洗濯機が置かれたユーティリティ・スペースか。すぐにまた次のドアがあって、上半分はガラスなので、室内が見える。そこを開けて入ると、大きなリビングで、そこも土足で入るようだった。ドアを閉めて、ゆっくりと一度深呼吸をした。

　さきほど外から覗いた窓が左にある。そちらが明るい。すぐ手前にベッドがあった。部屋は綺麗に整理されている。しかし、小物は多い。窓のある壁際に、華奢《きゃしゃ》なイーゼルがあった。小さなキャンバスがのっているが、絵は描かれていない。絵の具も見当たらない。今は誰もいないが、ここで暮らしている人間がいることは確かそうだった。掃除はされているし、右手にあるシンクの近くに食器もあった。冷蔵庫を開けてみると、お茶だろうか、ガラス容器に入った液体がドアの内側に収まっていた。それ以外には、大したものは入っていない。食事や料理が楽しみというタイプではなさそうだ。

　イーゼルのそばにデスクがあった。書籍が何冊か机上の書棚に収まっている。ジャンルは、ノンフィクションか画集。手紙の類はない。引出しを開けてみたが、筆記具や絵の具の筆が入っているだけだった。本人を示すような書類があると良いが、それらしいものは見つからない。鞄を探して、ベッドの方へ戻る。衣服が一着も出ていない。ベッドの向こうに収納スペースがあり、その中のようだ。そこを開けるには、ベッドの上にのらないと無理なので、ひとまず諦めた。そろそろ、出た方が良いだろう、と思う。

　奥のドアへ行き、もう一度部屋の中を見回した。そのとき、なにか引っ掛かるものがあった。

　それは、窓際にあるテーブルだった。テーブルだ、と思い込んでいたものだ。窓から覗いたときにそう思った。しかし、周りに椅子がない。普通のテーブルならばソファか椅子があるのが普通だろう。少し低いので、座って使うテーブルかもしれないが、ここは土足でアクセスする部屋である。絨毯《じゅうたん》かクッションくらいあっても良さそうなものだ。そもそも、テーブルのように脚はなく、どちらかというと、箱だった。

どうしても気になって、再びそちらへ歩く。窓から外を窺《うかが》い、近くに人がいないことを確かめてから膝《ひざ》を折った。やはり箱のようだ。天板は、周囲が白く、内側がブルーに塗られている。六角形を細長くした形状だった。天板も、完全に平たくはない。やはり、テーブルではないな、と確信した。

「棺桶《かんおけ》か……」と呟いていた。

天板の周囲に手で触れると、それが蓋だとわかった。持ち上げてみた。かなり重く、片手では無理だった。

真横に位置を変え、蓋を両手で持ち上げる。そして、完全に開けるのではなく、少し横にずらした。

透明のものが、窓からの光を反射した。棺《ひつぎ》の一方にだけ、外からの日が当たっている。たまたま、樹の枝葉をすり抜けた、そんな奇跡的な木漏《こも》れ日《び》の一つだった。

なにか、新しい商品が入っている、と思った。透明のフィルムのようなものでラッピングされているのか。もう少しだけ蓋をずらして、より多くの光を箱の中へ導いた。大きなものが、透明のフィルムで包まれている。

目のピントがなかなか合わなかった。水野はポケットから老眼鏡を取り出して、それをかけた。

目の前にあるものが、人間の顔だとわかった。

人間の顔が、フィルムで包まれている。

そうとしか思えない。自分の鼓動が加速するのを感じる。息をしていなかった。思い直して、短く深呼吸をする。さらに蓋をずらして、全体をよく確かめる。マネキン人形かもしれない。たぶん、そうだろう。芸術家というのは、突飛なものをモチーフにするものだ。

蓋が落ちそうになったので、向こう側へ完全にずらして、片側を床に下ろし、立て掛けた状態にした。音がしないように気をつける。そこで一度立ち上がって、眼鏡を外し、窓の外を窺った。誰もいない。しかし、これはまずいことになったかもしれない。嫌な予感がする。

頭の中で、既にいろいろな計算が走っていた。

視線が部屋の中の方々へ飛んだ。とにかく、落ち着こう、と自分に言い聞かせる。

再び膝を折り、対象に目を向ける。やはり人間だ。人形ではない。

女性だということもわかった。全身がラッピングされている。なにも着ていない。裸だ。裸体にフィルムが巻かれている。これは、キッチンで使うものではなく、荷物などを固定するときに使う、たしか、ストレッチフィルムと呼ばれているものだろう。

とりあえず、蓋を元に戻した方が良いな、と考えたが、いや、もう遅いだろう、という考えも浮上する。

これは、まず、誰かに知らせることが先決か。しかし、自分がここに入ったことをどうやって説明するのか。

困った。どうしよう。

立ち上がった瞬間、窓の外の風景に異変があった。咄嗟《とっさ》に頭を下げる。ぎりぎりのところで外を確かめると、砂羽がこちらへ歩いてくるのが見えた。もう十メートルほどの距離だった。

考える暇もなく、水野は裏口へ急ぎ、そっと戸を開けて部屋を出た。そして、裏口の戸を開けたとき、表でベルが鳴った。続いて、砂羽が隅吉を呼ぶ声が聞える。玄関のドアを開けたような音がした。

急いで、裏口から外に出る。そのとき、砂羽の高い声が聞えた。何と言ったのかわからないが、悲鳴ともいえる震《ふる》えた声だ。

「誰か来て！」と聞き取れる言葉になったのは、三度めの叫び声だった。

第2章　観察と人形について

即ち、身体を前進せしめたり、肉体を睡眠から起したり、顔色を変えさせたり、人間を全的に支配し、指図すると見られる以上、又これらの現象はいずれも接触がなければ起り得ないことであり、更に、接触は形体なくしては起り得ないことが明らかである以上、精神も魂《アニマ》もその本質は有形的であると認めざるを得ないではないか？

1

どこからともなく悲鳴のような声が聞えてきた。最初の一回は鳥だと思った。同じ声が断続的に続き、何度めかに、それが言葉だとわかった。

「呼んでない？」雨宮が言った。

「あっちかな？」加部谷は指を差す。

二人でそちらへ走った。さらにもう一度、声が聞えた。「誰か来て！」という女性の声だとはっきり認識できた。

「何だろう、誰もおらんと思っとったのに」

「あ、あそこ」加部谷は立ち止まった。林の間に鉄柵が続いている。

「そうか、一般は入れんエリアだ。えっと、あの向こうが芸術村か？」

それでも、さらに道なりに進む。声はもう聞えない。

「あそこ、開いてない？」

前方に見えてきた大きな扉が、たしかに開いたままだった。レールの上を横にスライドする機構のもので、幅は三メートルくらいあるだろうか。自動車も充分に通ることができる道が、奥へ延びている。辺りを見回したが、誰もいない。

そのとき、また声が聞えた。近いようだ。二人は、その道を進むことにした。舗装はされていないが、砂利が突き固められている。五十メートルほど入ったところで道が二手に分かれていた。右の細い方は坂道になって上っていく。もう一方は緩やかにカーブしてやや下っていく。こちらの道の先には、建物の屋根が見えた。

「あそこじゃない？」加部谷は左へ行こうとする。

「大丈夫？　誰か来るまで待っとった方がええて」

「二人いるから大丈夫だってば」

「二人っていうのは、君と……、あ、俺のことか」

「何、ビビってるの。レポータでしょう？」

「関係ないっす」

「ムカデでも出たんじゃない？」

「あぁ、そういう方向に考えとるわけか。なるほどな」

「純ちゃんは、どういう方向に考えたの？」

「うーん、痴漢《ちかん》かなって」

「ムカデの方が恐くない？」

「いや、君とは、意見が合わんわ」

加部谷は、雨宮の手を摑んで前進する。

「価値観の違いっちゅうか……、あ、こら、なんで手繋いどるの？」

「あ、あそこ」加部谷が急に立ち止まる。雨宮の躰《からだ》がぶつかった。

全体が見えてきた建物へ、入っていく人影が見えた。

「今の、赤柳さん、じゃなくって、水野さんじゃなかった？」

「どうかな。一瞬だったでな」

速度は落ちたが、さらに前進し、玄関まで五メートルほどのところまで近づいた。ヒステリックな女性の声が中から聞えてくる。どうしてなの、という質問を何度もしているようだ。どうやら、大きな危険はなさそうだと思えた。

加部谷は戸口に立った。ドアは開いている。家の中は暗かったが、右の窓際が比較的明るく、そこに二人が立っていた。

「あ、加部谷さん」水野がこちらに気づいた。「いいところに来てくれました」

「どうしたんですか？」

「人が死んでいるの」もう一人の女性が答える。白いワンピースで、両手で麦わら帽子を握り締めていた。「殺されたんだわ」

叫んでいたのは、この人物のようだ。目を見開き、取り乱した表情だった。

「管理人さんを呼んできてもらえませんか」水野が冷静な口調で言う。

「それよりも、警察に電話をした方が良いのでは？」加部谷は言う。彼女は既に片手に携帯電話を握っていた。しかし、モニタを見ると圏外だ。「あ、駄目なんだ。ここじゃあ、電波が届きませんね。少し向こうへ戻れば、繋がると思いますけど」

「いえ、管理人さんにまず相談して下さい」ワンピースの女性が言った。「事務所にいらっしゃるはずです」

「じゃあ、呼んできましょうか？」雨宮が言った。「事務所っていうのは、あの、公園のゲートを入ったところにある白い建物ですね？」

「一人で行ける？」加部谷は親友に尋ねる。

「行けるわけないでしょうが。あんたも一緒に行くの」

殺されたという言葉から、殺人者が近辺にいる可能性が高い、という連想をしたにちがいない。それは非常に順当な判断だ、と加部谷は思った。自分は、そこまで考えもしなかった。雨宮は、取り乱しているわけではない。いざというときには、しっかりしている、頼りになる友人である。

「ここ、大丈夫ですか？　お二人で」加部谷は水野にきいた。「本当に死んでいるのですか？」

加部谷は部屋の中に入っていった。雨宮と手を繋いだままだったので、必然的に雨宮もついてくる。口から出た疑問は、二人の足許に置かれている箱の中が見えたときに消滅した。

「何？　どうなっとるの？」後ろの雨宮が囁く。加部谷よりもずっと背が高いから、上から覗き見るのには有利だった。

「もう死後硬直で硬くなっています。何時間もまえに亡くなっているみたいです」水野が説明した。「殺されたかどうかは、わかりません。でも、自殺や事故や病気で亡くなったとしても、自分一人でこんなふうにするのは絶対に無理ですね」

「これって、棺桶？　ドラキュラの棺桶？」雨宮が高い声で言った。「酷い……。どうしてこんなふうにされてるの？」

「この人は誰ですか？」加部谷はきいた。

「ここに住んでいた人らしいです」水野が答える。

「隅吉真佐美さんです」女性がつけ加える。間近に見ると、自分よりはだいぶ歳上だ、と加部谷は気づく。

「じゃあ、とにかく、私たち、管理人さんに知らせてきます」

加部谷と雨宮は建物を出て、来た道を小走りに進んだ。さすがに手は放していた。加部谷はときどき、片手に持った携帯のモニタを見た。

2

水野は、棺の蓋を調べた。正確には、調べる振りをした。それから、部屋の奥のドアを開けて、そちらを見にいく振りをした。裏へ出るドアも開けて一度外に出る。砂羽も一緒についてきた。一人で部屋の中にいたくない、という心理だろう。水野にしてみれば、さきほど自分が室内で手を触れたところに、再び触らなければならなかった。指紋がついていることの順当な理由が必要だからである。

しかし、砂羽が来て、死体を見つけてくれたことは本当に助かった。これで、彼女の叫び声を聞いて駆けつけ、そのとき室内のものに触れた、と話すことができる。

ただ、警察に身分を明かさなければならないのは、少々心配だった。この県には、知合いの警察関係者もいない。

それでも、ラッピングされた死体に触れた感じから、たった今殺されたのではないことは明らかで、そうなると、ここへ来たばかりの自分が疑われることはない、という結論が導かれる。あの死後硬直からして、死亡したのは半日以上まえだと思われるからだ。砂羽は、昨日の夕方に隅吉真佐美に会ったと話していたから、そのあとに殺されたか、あるいは、なんらかの原因で死んで、何者かにラッピングされたことになる。

家の周囲をぐるりと歩いてから、玄関の前に立った。砂羽も無言で一緒に歩いた。かなり憔悴《しょうすい》している様子である。怯《おび》えているといっても良い顔色だった。もう家の中へは入りたくないだろう。

「なにか、心当たりがありますか?」優しい口調で質問をしてみた。

「いいえ……」砂羽は首をふった。そして溜息をつく。「いい子だった。優しい子だったのに……」彼女は泣き始めた。なにか言おうとしたが、息が詰まり、言葉にならなかった。

「お気の毒です。あの、ラップをされている意味は、わかりますか?」

泣きながら、砂羽は首をふった。

「棺桶は?」

「え?」彼女は首を傾げる。

「あれは、この部屋にずっとあったものですか?」

「あ、いえ……」

「昨日、どこで隅吉さんと会ったのですか?」

「ここです。あの、あれ、棺桶なんですか? 昨日は、ありませんでした」

「どこかで見たことは?」

「い、いえ……」砂羽は首をふる。「どうして、あんなものがここに?」

「さあ、どうしてでしょうね」水野は思わず舌打ちをしてしまった。

誰かが持ち込んだことは明らかである。棺を用意した人物が、死体をラッピングしたのだろう。殺したのも、同一人物かもしれない。たぶん、その可能性が高い。だが、ラップの外側から観察したかぎりでは、大きな傷のようなものは見当たらなかった。極めて、綺麗な死体だったといっても良い。

「隅吉真佐美さんであることは、まちがいないですか？」水野は念のためにきいてみた。

「え？　そうだと思いますけれど……」

「違うかもしれない？」

「わかりませんよ、あんなふうになっていたら」

「まあ、そうですね。でも、警察が来たら、それをきかれますよ。確かめなくてはならないことです」

「もっとじっくりと見ろとおっしゃるのですか？」

「いえ、そういうことではありません。すみません、私も、気が動転しているのでしょう」水野は誤魔化《ごまか》した。

「ごめんなさい」砂羽は下を向いてしまった。口に手を当てている。

周囲に目を向けると、午後の光のほとんどは樹々に遮られ、涼しげな木陰の中に、この家も、そして自分たちもいた。蟬は鳴いていなかった。鳥の声も聞えない。とても静かだ。

砂羽の叫び声は、ほかにも誰かに聞えなかっただろうか、と考えた。そういえば、加部谷と雨宮は、どこからこのエリアへ入ってきたのだろう。芸術村の外側にいたはずである。また、そこまで砂羽の叫び声が聞えたのに、エリアの中の住人、たとえば、丹波や棚田には聞えなかったのだろうか。老人だから耳が遠いのかもしれないし、なにか作業に没頭していたのかもしれないが、誰一人来ないというのは、少々不思議でもあった。それほど距離が離れているとは思えないからだ。

「さっきの二人ですけれど、彼女たち、一般のコテージに泊まっているんです」水野は砂羽のために説明した。「ここへ来るまえに会って、話をしました。でも、この芸術村の外になります。いったいどこから入ってきたんでしょうね。私が入った扉は、鍵がかかっていましたから、外からは入れないはずです」

「きっと、この先の裏口の方でしょう。そちらの方がここから近いんです。そこが開いていたんじゃないでしょうか」

「鍵がかかっていないことがあるのですか？」

「ありますよ。中の人が、荷物を入れるか出すかするために、トラックを使うことがあるんです。本当はいちいち鍵をかける決まりなんですけれど、少しの時間で済む作業だったら、開けっ放しにしておくことはけっこうあります」

「では、誰か、今、トラックを中に入れている、ということですか？」

「たぶん」

それらしい車のエンジン音は聞えない。トラックのことが気になったのは、家の中にある棺が重そうで、一人では運べないだろう、と考えたからだった。今水野が立っているところまで、自動車で入ることができる。であれば、棺をトラックでここまで運び込んだ可能性は高い。もしそういうことがあったとしたら、それは時間的にだいぶまえのことだろう。そのあと、ずっと出入口が開いていたならば、作業が終わって、そのままトラックで逃げたのではないか。

「その出入口は、どこを通って、表の道路へ通じているのですか？」

「えっと、やっぱり裏のゲートがもう一つあって、そこから出て、山道を行くと、表の県道に出られます。トラックはいつも、そちらの裏ゲートの外に駐車してあります」

「誰のトラックですか？」

「ここのトラック、えっと、みんなのトラックです」

「ああ、美之里の所有なんですね？」

「鍵は私たちで管理しています」

「海江田さんは、使わないのですか？」

「海江田さんは、表の駐車場にある車を使われます。乗用車とワンボックスカーがあります。その三台が、個人のものではなくて、美之里所有の車だと思います」

「個人で車を持っている人もいるんですね？」

「棚田さんくらいじゃないかしら」

「そうですか、棚田さんがお持ちなんですね。その車はどこに？」

「たぶん、裏の駐車場だと思います」

死者とは直接関係のない話をしているためか、砂羽は落ち着いてきたようだ。もう泣き顔ではなかった。時刻は四時に近いが、太陽はまだ高い。

「私たち、どうすれば良いでしょうか？」呟くように、砂羽がきいた。

「管理人さんが、きっと警察に連絡をするでしょう。警官が来るまでは、ここにいなくちゃいけませんね。二人でいる必要があります」

「どうしてですか？　ああ、一人だと不安だからですか？」

「そうじゃなくて、一人だと、変に疑われたりします。なにかなくなっているものがあったりしたら、盗んだんじゃないのかって思われるかもしれません。二人なら、お互いに証言ができます」

「そうか、警察は誰でも疑うんですね」

「それが仕事ですからね」

「せっかく幸せに暮らしていたのに、ここのみんなに疑いがかかりますね」

「ある程度はしかたがありませんね」水野は言う。自分だって、とんだとばっちりだ、と思っている。殺人なんて余計なことをしてくれたものだ。やった人間に一言文句が言いたいところである。しかし、そんな周囲の迷惑なんてものを気にする人間だったら、こんな犯罪はできないだろう。もっと強烈な動機によって不可避に近い状況に追い込まれた結果なのである。そう考えると、不思議に同情に近い念も起こる。

ただ、こんな手の込んだ処理をした理由は何だろう。十分や二十分でできる作業ではないように思える。危険を冒《おか》してまで、これだけの労力をかける意味は、どこにあったのか？

いやいや、そんなことは、もっとあとで考えれば良いことだ。今は、自分の身を心配しよう。警察が来たら、どんなふうに説明をすれば良いのか、決めておかなければならない。取材というのは表向きの名目であって、本当は隅吉真佐美に会いにきた。会って、実家に連絡をするように説得をするつもりだった、と正直に話した方が良いだろうか。たぶん、いずれは話さなくてはならない状況になるのではないか。であれば、初めから話した方が得策だ。もし警察に話すならば、そのまえに依頼主に確認しておいた方が良い。

待て、依頼主というのは、真佐美の父親だ。つまり、まず娘が死んだことを彼に知らせなければならない。そうか、ちっとも頭が回っていないようだ。

水野は、また小さく舌打ちをしてしまった。

3

加部谷恵美と雨宮純は、管理人の海江田を呼びにいき、芸術村で人が死んでいることを知らせた。海江田は、目を丸くして口を開けたまま五秒ほど動かなかった。

「死んだ？」ようやくその口から出たのはエコーの言葉だった。

「水野さんと、あともう一人女の人が、その家の前にいます。見つけたのは、女の人で、そこへ水野さんが来たみたいでした。私たちも、呼ぶ声が聞えたから、二人で中に入っていったんです。あの、えっと、柵の扉が開いていましたから……」

「死んでいたって、誰が？」

「誰だって言ってたっけ？」加部谷は雨宮を振り返った。

「すみ……なんとかさん」雨宮が答える。

「隅吉さん？　まさか……。どうして……」

「とにかく、すぐに警察へ連絡をして下さい」

「警察？　いや、警察じゃなくて……」海江田は顎鬚を指で摘《つま》んだ。「救急車じゃないかな」

「そうかもしれませんけど、亡くなってもう何時間も経っているみたいなんです」加部谷は説明する。蘇生するような可能性はない、という意味だ。

「とにかく、まず見てみないと……。あ、そのまえに、きいてみないと」

「え？」

「あ、いや、わかりました。対応します。どうもご連絡ありがとうございます。もう、コテージに戻っていただいて、あの、けっこうですから」そう言うと、海江田は、建物の奥へ入っていく。

しかたなく、二人は外に出た。

「どうしよう？」雨宮がきいた。

「うん……」加部谷も同じく、どうしようかと考えていた。

ゲートの外から子供の声がする。少し歩いて、見えるところまで出る。家族連れが自販機で入場券を買っているところだった。大人二人と子供二人。一人は母親に抱きかかえられていた。彼らがこちらへ近づく。受付の女性が現れて、入場券を受け取った。

「お客さん、入れて良いのかなぁ」加部谷は呟く。

「ほかにも、もう入っているかもだし」雨宮が言う。

ここまで来る途中、誰にも会わなかった。入場者が少ないことは確かだが、しかしゼロではないだろう。園内は広い。これといった遊具や施設があるわけではないので、人が集まっているところ、というのはない。それぞればらばらに散って、木陰で涼んでいるのかもしれない。

とりあえずは、コテージに戻り、山吹に事態を知らせることにした。彼は、窓際のテーブルでパソコンに向かっていた。

「なにか面白いものあった？」暢気《のんき》な顔で、山吹がきいた。

「びっくりしないで下さいよ」加部谷は近づく。

「何？　死体でも見つけたの？」

「うわぁ、びっくりした」加部谷は自分の胸に片手を当てる。「そうなんです。そのとおりなんですよ」

「本当に?」

「本当です」

「へえ、見たの? 誰だかわかった?」

「えっと……、名前は、すみださん、だっけ?」加部谷は雨宮を見る。

「そんな感じ。まさ……なんとかじゃなかったかな」

「奥の芸術家のエリアにいる人です」

「え!」山吹は立ち上がった。「隅吉さんじゃない? 本当に?」

「山吹さん、知っているんですか?」

「知ってる。ここへ来たとき、何度か会って話をした。彼女、まだ大学生だよ。若くて、それに美人だし」

「美人ですか……」加部谷は言葉を繰り返す。「その人、裸で死んでいたんです」

「裸で? どうして?」

「どうしてかは、わかりませんけど。裸って……、下着もなしです。まっ裸だったよね。そうか、全裸っていうのか。ね?」加部谷は雨宮を見た。「見たでしょう?」

「たぶん」雨宮が眉を顰めて頷いた。

「お風呂で死んでいたの?」山吹が尋ねた。

「違うんです。えっと、棺の中です」

「ちょっと待って、もっと順序立てて、説明して」

「だから、説明しているじゃないですか」

叫び声が聞えたところから、家に駆けつけ、そこで水野に会ったところまで、事情を話した。ここまでは、簡単な内容である。難しいのは、このあとだ。室内に棺らしきものがあって、その中に、裸の女性の死体があった。それから……。

「棺って、棺桶?」

「えっと、桶ではないかもですね、箱みたいなタイプの」

「どんな形?」

「ドラキュラが出てくるやつですよ」雨宮が言った。

「ドラキュラって、あまり見たことないから」山吹は首を捻る。

「見にいきますか?」加部谷はきいた。

「いや、それはできないよ」山吹が首をふる。

「どうしてです?」

「だって、裸なんでしょう。可哀相《かわいそう》だよ。そんな姿を人に見られたら」

「ああ……」加部谷は思わず頷いてしまった。思いもしなかったからだ。「そう言われてみれば、今のところ、目撃したのはまだ女性だけですね」加部谷は考えながら話す。

「水野さんが、女だとして、ですけど」

「もうすぐ、管理人の男の人が駆けつけるから」雨宮が呟くように言った。

「そうだ。そんな、女性の裸を見ちゃ駄目だなんて言ってる場合じゃないですよ。死んでいるんですから」

「死んでも、尊重すべきだと思うけれど」

「えっとですね。そんな場合じゃないと思うんです。あれは、ただ死んでいたんじゃなくて、殺されたんだと思います」

「え、そうなの？」

「たぶん」

「どうしてそう思うの？」

「だって、ラップされているんですよ」

「ラップ？　何、ラップって」

「ラップって、サランラップみたいな、あれです」

「何がラップされているの？」

「だから、死体が」

「死体が？　どういうこと？」

「ですから、えっと、つまり、死体にぐるぐるとラップみたいな透明なフィルムが巻きつけられていたんです。透明だから、顔も躰も見えますけど、でも、そんなにしっかりはわかりません。水野さん、触ってみたらしくって、もう死後硬直で硬くなっているって話していました」

「それが、棺の中に？」

「そうです。ラップした死体が、棺みたいな箱にきちんと、こう、真っ直ぐになって、入っていたんです。あ、そうそう、横に蓋がありました。ほら、やっぱりドラキュラが入っているみたいな感じです。真ん中が少し幅が広くなっていて、菱形っていうのか、違うな、六角形の細長い形になりますね」

「ああ、だいたいわかった。でも、ラップは不思議だね」

「不思議ですよぅ。見たことないですよ、あんなの」

「鰹節《かつおぶし》みたいになっていましたね」雨宮が言った。

「紡錘形《ぼうすいけい》ってことかな」山吹が首を捻る。

「鰹節っていわれると、そう、そんな感じです。ちょうど、箱もそれらしいですし」

「あぁ、気持ち悪」雨宮が額《ひたい》に手を当て、溜息をつく。

「とにかくですね、あんなふうにされるっていうのは、普通に死んだんじゃないですよ。それは確かだと思います」

「なるほど」山吹は頷く。「なんか、久し振りに加部谷さんに会ったら、またもや事件？」

「え、これって私のせい？」彼女は雨宮を見る。

「そうなんじゃない？」雨宮が頷いた。

「まさかぁ……」加部谷は首をふった。「絶対にそんなことありませんって。だって、いつも山吹さんだっているじゃないですか」

「いや、今回は僕、現場にはいなかったでしょう？」

「ほんのちょっとの距離じゃないですか！」

「ちょいちょい、そんなことでむきになったらかんがね」雨宮が肩を叩いた。「まあちょっと落ち着こうぜ。ああ、なんか飲もう。喉が渇《かわ》いた」

雨宮は、保冷バッグを開けて缶ビールを取り出した。

「あ、それ、夜の分でしょう」加部谷が止める。

「夜にのんびり飲んでられるかな？」雨宮が言った。「警察は来るし、飲み会してる暇あるか？」

「そうかぁ……」と頷いたものの、やや引っ掛かった。「だけど、酔っ払った状態で警察に対応するわけ？」

「ああ、そうか、あの子、死んじゃったんだぁ……」山吹が息をふっと吐いた。

なにか二人の間に関係があったのだろうか、と加部谷は勘ぐった。そういう目でじっと山吹を見つめていると、跳ね返すように視線が戻ってきたので、慌てて目を逸《そ》らす。

たしかに綺麗な女性だったな、とは思った。スタイルも良いし、とも思った。もちろん、生きていなければ、その表現に意味はないのだが。

4

　管理人の海江田がようやく現れた。加部谷たちが呼びにいってから、三十分ほども経過していた。普通に歩けば、往復十分程度の距離なので、「遅い」と感じる時間が長く続いていた。特に、こんな状況では、時間を過剰評価しやすい。海江田は、加部谷たちと一緒ではなく、一人だった。水野は、彼に家の中を見せ、状況を簡単に説明した。

　海江田は黙ってそれを聞いていた。厳しい表情だった。彼は、玄関から中には入らず、ただ、じっと室内を見た。棺の中も一部が見える。都合が良いことに、玄関からは、死者の顔だけが見えた。それも、鮮明ではない。なにしろフィルムが巻かれているのだ。

「警察には、もう連絡をされましたか？」水野は尋ねた。

「いいえ、まだしておりません」海江田は答える。「現在、一般のお客さんが園内に何人かいらっしゃいます。もう一時間もすれば、皆さんお帰りになりますから、それからでも遅くはないと思います。必要以上に大騒ぎしない方が良いのではないかと」

「こういった場合、直《ただ》ちに知らせる義務があると思いますが」水野は言った。しかし、本心ではない。海江田の言っていることも、わからないではなかった。もっともだと理解もできた。死体の状態からしても、一刻を争う状況ではない。

「わかっています。私が責任を持ちます。水野さんは、私に知らせた。すぐに警察に通報してくれと。私はたしかに頼まれました。ですから、あとは私の判断です。私は、この責任者です」

「代表の曲川さんに、知らせましたか？」つい、思いついて質問してしまった。

「はい、指示を仰ぎました」海江田は僅《わず》かに顔を歪《ゆが》めた。

「何とおっしゃっていました？」

「私は、その指示に従っているだけです」

「え、では、すぐに警察には連絡するなと言われたのですか？」

「私の判断です」海江田は繰り返した。

どうも意味がわからない。嘘をついているようだ。矛盾している。

「とにかく、ここを、現場を保存した方が良いと思います。もっとも、私も砂羽さんも、室内に入って、あちこち触ってしまいました。死んでいるかどうかも確かめる必要がありました」

「ええ、警察が来るまでは、私がここで番をします」

緊急性はない。死亡したのは少なくとも十時間以上もまえのことだ。したがって、近くに殺人者がまだいるといった危険も少ない。今警察が来ても、すぐに日が暮れてしまうから、周辺の本格的な捜索は明朝からということになる可能性が高い。海江田の言うとおり、一時間くらい警察の到着が遅れても影響はないだろう。

しかし、連絡を遅らせる理由は、納得がいくものではない。客がパニックになることしを心配しているような口ぶりだったが、そんなに大勢の人間がいるとは思えない。お昼頃に見た駐車場の車の数からして知れている。

そこへ、丹波と棚田が現れた。二人で、道をこちらへ歩いてくる。

「管理人さん、どうしたんです？」近くまで来て、棚田が尋ねた。

海江田が二人に、隅吉真佐美が死んだことを告げると、老人たちは驚いた表情で黙ってしまった。それから、家の中を戸口から覗き込んだ。入らないで下さい、と管理人が注文をつけ、老人たちは黙って頷いた。

「私は、一旦コテージに戻ります。また来ますので」水野は海江田にそう言うと、殺人現場を後にした。

加部谷たちがやってきた太い道の方へ歩いた。すぐに鉄柵が見えてくる。そこの扉が開いているのがわかった。海江田もこちらから来た。事務所からも、このルートが近いようだ。ゲートを出たところから、真っ直ぐいけばコテージや事務所である。もう一本、横に逸れる道もあって、轍《わだち》ができていることから、車が通る道だとわかった。

水野はそちらへ進み、二百メートルほど歩いた。真っ直ぐの道ではないので、前後の見通しが悪い。また鉄柵が見えてきて、同じような鉄製の扉があった。外にトラックとジープのような車が駐められているのが見える。扉は閉まっているので、外には出られない。動かしてみようと試《こころ》みたが、鍵がかかっていた。ここが、美之里の裏ゲートである。荷物の搬入などに使われているのだろう。

道を引き返し、コテージに近づいた頃、一般客と思われる数人が歩いているのが見えた。ゲートの方へ向かっている。五人だった。老人ばかりである。全員がカメラか双眼鏡を持っている。植物か野鳥の観察にでも来たのだろうか。なるほど、いないわけではないな、と水野は思った。

ここなら電波が通じるかもしれない、と思い立ち、携帯電話を取り出した。モニタを見ると、弱いながらも大丈夫そうだ。

思い切って、現在の仕事の依頼主にかけてみることにした。すなわち、死んだ真佐美の父親である。

電話は通じたが、ベルが鳴っても出なかった。十回ほどコールしたが、留守番電話にも切り替わらない。しかたなく切って、もう一度かけてみたが、結果は同じだった。

まだ警察も来ていない。警察が来れば、被害者の家族にはまもなく連絡が行くだろう。そちらから知らせてもらった方が良いかもしれない、と考えた。こんなことを知らせるのは、なによりも辛《つら》いし、調査の報告も、これからの説得も無用になってしまったわけだから、伝える自分もやりきれない。考えてみたら、なにもかも台無しになったのだ。

しばらく、酒でも飲んで、ぼんやりしたい気分になった。

5

加部谷恵美は、自分の時計で時刻を確かめた。六時十五分まえだった。水野が戻ってきてから、四人でビールを飲んでおしゃべりをしている。食べるものは、つまみも菓子も沢山用意してあった。調理が必要なものはない。だらだらとこれが夕食になりそうな雰囲気である。

窓の外はまだ明るい。樹々に横から光が当たっているので、森林が特別に綺麗に見えた。今のところ、パトカーのサイレンなどは聞えない。人の声も聞えてこない。鳥と蟬の声だけだ。誰も、呼びにこなかった。

「そろそろ、警察が来ても良さそうですけどね」水野が腕時計を見ながら言った。ちゃんと女物の小さな時計を腕の内側に付けていた。「もう、閉園している時刻ですね」

「暗くなってからじゃあ、捜査が大変なんじゃないかな」山吹が言った。「でも、あれは、偶然殺してしまったわけではなくて、全部準備をしてきたわけだから、とっくの昔に犯人は安全なところへ逃げていますよね」

「恐いなぁ。何の意味があるんだろう、あれ」加部谷は呟く。あれというのは、もちろんラッピングのことだ。

「恐いついでで、申し訳ないんですけれど」水野は空の紙コップをテーブルの上に置いた。「この美之里には、代表と呼ばれる人物がいて、その人の名は曲川さんっていうんです。曲がる川と書きます。それで、その人について、私、事前に調べてきたんですけれど、自分のことをですね、なんと、βと名乗っているんですよ。ただ、ここでは、みんながそう呼んでいるのかどうかは確認できませんでした。それについては、もう少し話が進んでから質問しようと考えていたんです。みんなが口々にβと呼んでいると想像してきたんですが、そういうふうではありませんでした。宗教を連想させるような具体的な話は聞けませんでしたね」

「ベータですか？　アルファ、ベータの？」山吹が目を細めた。

「そうです。聞くところによると、神様の次に偉いという意味があるそうです」

「ああ、だから赤柳さん、ここへ取材に来たわけですか」山吹が言った。

「いや、違います。今回はそうじゃないんです。あの、私の名前、どうか、お願いします。注意して下さいね」

「あ、そうか、すいません」山吹は頭に手をやった。

「いえ、私の事情なんです。申し訳ないのはこちらです」

「そういえば。まだ、お聞きしていませんでしたね。どうして、水野さんになったのか」加部谷は気がついて指摘した。

「ええ、それはつまり……、もうだいぶまえのことになりますけど、例のギリシャ文字関連の事件を追っている途中で、これはちょっとヤバいな、と感じることがあったんです。私がいろいろ調べていることを、相手が察知《さっち》したんじゃないかって……。実際に、警告のような、その、物理的な害を受けたんです。それで、西之園先生にも相談をしたんですが、とても私たちが相手にできるようなスケールではない、ということでした。そういうわけで、しばらくは大人しく潜伏していた方が安全だろうと考えたわけです。赤柳という男は、行方不明になりました。夜逃げしたんですよ」

「なるほど……」山吹は頷いた。

「夜逃げって、何ですか？」雨宮がきいた。「あ、あとでいいです」

「あの、余計な心配かもしれませんけれど……」加部谷は尋ねる。「警察が来て、私たち、いろいろ質問を受けると思うんです。特に、水野さんは、第二発見者じゃないですか。そうなると、偽名を使っていることとか、大丈夫ですか？」

「それは、ええ、たぶん大丈夫です。水野涼子というのは、戸籍もちゃんとあります。本物の水野さんは、行方知れずなんでしょうね。そういう戸籍を融通してくれる裏の商売があるんですよ」

「いきなり違法じゃないですか」

「まあ、それはこの際ですから、見逃して下さい。身の危険を避けるためなんですから」

「警察、なかなか来ませんね」雨宮が窓の方を見て呟く。「ということは、まだニュースにもならないわけですか……、あ！」彼女は立ち上がった。「そうだ、ニュースだ。これって、もしかして、スクープ？　どうしよう、どうしよう。ね、どうしたらいいと思う？」

「どうしようもないでしょ」加部谷は答えた。

「そうか、テレビに出ているんでしたね」水野が首を傾げる。「それだったら、必要なものは、やはり映像でしょう。動画だったら、もっと良いですね。高く買ってもらえるかもしれませんよ」

「デジカメだ」雨宮が部屋の奥へ歩く。「デジカメ持ってきたんだ。動画も撮れる。うん、よし……」自分のバッグに手を突っ込んで探している。「そうか、その動画をネットで送ればいいんだ。やったぁ！」

「明るいうちに、撮りにいった方が良いと思うよ」加部谷は助言する。

「そうだそうだ。さあ、行こうぜ」雨宮は、加部谷の腕を摑む。

「え、私も？」

「一人じゃ撮れんがね。私を撮ってくれなかんでしょう。あ、待って……、お化粧し直そ」

「してるじゃない」

「ちょっと待っとって、着替えてくるで。五分後に」雨宮は、バッグを持って奥の寝室へ入っていった。

「職業意識に燃えていますね」水野が言った。「まだ警察が来ていないのなら、私ももう一度見てこようかな。なにか手掛りがあるかもしれない」

「手掛り？　どうしてですか？」山吹が首を傾げる。

「いや、ああ、つい自分が探偵だと……」水野は誤魔化した。

もしかしたら、隅吉真佐美の死について、引き続き調査依頼があるのではないか、という想像もしていたのだ。この美之里で何があったのか、外部にいる者には想像できない部分も多い。そもそも、どうして彼女はここに籠《こも》って、親にも会わなかったのか。それを知りたいと親ならば考えるのではないか。また、こんな最悪の事態になってしまった以上、こうなった詳しい経緯を知ろうとするのも人情というもの。

警察が来てしまったら、現場や近辺に立ち入ることは難しくなる。被害者の持ちものも証拠品として押収されるだろう。たとえば、メモや日記のようなものがあるかもしれない。調べるならば今のうちだ。

既に、彼女の部屋は簡単にならば捜索した。何がどこにあるのかは、だいたい把握《はあく》している。見ていないのは、ベッドの奥にある収納スペースだけだ。

「あ、でも、死体をカメラで撮っても良いのかなぁ」加部谷が呟いた。「道徳的にまずいんじゃないですか？」

「そこらへんのことは、テレビ局で処理するんじゃない？」山吹がそっけなく言う。

「そうか、モザイクとかかけるんですね」

「僕も、その棺？　それが見てみたいから、ちゃんと写真を撮ってきてね」

「見るのは可哀相だって言ってませんでした？」

「だから、その死体じゃなくて、棺。どんな具合に入っていた？　う〜ん、つまり、なにか、隙間に詰めものがしてあった？　花とか入っていた？　そういったこと」

「えっと……、私はそこまでじっくりとは……」

「花はないけれど……」水野が加部谷の代わりに説明する。「躰の横は、フェルトみたいな板でしたね。つまり、う〜ん、寝ている躰の半分くらいの高さに、その板の平面があるというか、この説明でわかりますか？」

「わかりません」山吹は首をふった。「半分の高さ？　ああ、つまり、棺の途中に上げ底みたいな板があるということですか？」

「そうです。それで、たぶん、人間の形ぎりぎりに穴があいているわけです、その板にね。人の形をした穴です。そこにすっぽり嵌《はま》り込んでいるわけですよ。きっちり死体が嵌って、動かないようになっているんです。だから、躰の半分は板よりも下になりますから、上からは見えません」

「ラッピングされているわけですよね。それでも、そんなにぴったり嵌りますか？」

「いや、それが、本当にぴったりだったんです。見たところ、隙間なんかなかったですよ」水野は自分の顔の横に指を当てて、上から下へ動かした。「人間の躰は弾力があるから、その板の穴を多少小さめに作っておけば、嵌り込んでぴったりになるんじゃないでしょうか」

「死後硬直する以前に、そこに嵌め込んだことになりますか？」山吹が質問した。

「そうか……。どうでしょう。死後硬直といっても、皮膚に近い部分までかちかちになるわけじゃありませんから」

「そういう細工をするためには、被害者の体形をかなり正確に知っていないと駄目ですね？」山吹が指摘する。

「あ、そうかぁ」加部谷は頷いた。「さすが、山吹さん。そうか、そうなると、犯人は、被害者の女性の体形に詳しかったことになりますね」

「そんなこと言うつもりはなかったんだけれど……。だって、時間はたっぷりあったわけだから、死んでから、その板を躰に合わせて加工すれば良いと思う」

「待って下さいね。あの部屋で、そんな工作をしたでしょうか」水野は言った。「床に木屑《きくず》一つ落ちていませんでしたよ。それだけの加工をするならば、道具も必要です」

「特殊な道具ではありませんね」山吹が言う。

「まあ、そうですけど」水野は小さく頷いた。「近くにいる芸術家たちの中には、それくらいの工作はお手のものという人がいそうですね」

「木を切ったり削ったりした屑は、掃除機で吸い取ったかもしれませんし」山吹が言う。

「掃除機は、あの部屋には見当たらなかったですね」水野は視線を宙にさまよわせる。

「ただ、もちろん、一番不思議なのは……」山吹が言う。「どうして、そんな加工をわざわざしたのか、ということですけど」

「たまたま私たちが発見してしまったわけです」水野は慎重に話した。「もし、今日、あそこを誰も訪ねなかったら、どうなります？」

「どうなるんですか？」加部谷がきく。

「おそらく、犯人は、あれをどこかへ運び出すつもりだったんじゃないでしょうか」

「ああ、じゃあ、そのために箱に入れたということですか？」加部谷が目を丸くする。

「周りの板をぴったりの形にしたのも、運ぶときに死体がぐらぐらしないようにするためですか？」

「そんなことしないでも、なにか詰めものをした方が簡単だよ」山吹が言う。

「そうですよね」

奥のドアが開いて、雨宮が出てきた。

「推理合戦するよりも、まずは現場を観察しましょう」彼女は余所行きの高い声で言った。「まだまだ見落としていることが沢山あるはずよっ！」

6

結局、四人全員で出向くことになった。コテージには加部谷が鍵をかけた。自分たちの荷物があるので、念のためである。

雨宮純は、着替えてくると言ったのに、それまでの衣装と同じだった。加部谷がそれを問うと、ストッキングを替えたと答えた。髪を後ろで束《たば》ねていたし、化粧はむしろ控えめになったのではと思えるほどだった。なにかしら、彼女なりのノウハウがあるのにちがいない。

自動車が通ることができる鉄柵の扉は、やはり開いたままだった。しばらく歩いていくと、人の話し声が聞えた。

隅吉真佐美の家の前に、数人が集まっている。管理人の海江田はもちろん、砂羽、丹波、棚田の顔もあった。さらに三人、知らない男たちがいた。いずれも四十代から五十代の中年。Tシャツにジーンズといったラフな服装で、美之里の職員ではなく、ここに住んでいる芸術家たちらしい。

水野が海江田に、警察に通報をしたのかと確認すると、今したところなので、まもなく来るはずだ、と彼は答えた。時刻は六時半を回っている。太陽は見えないが、地平線に近づいているはず。しかし、まだ充分に明るい。

玄関の扉が閉まっていた。それを開けて、水野は家の中を確かめた。以前と同じだったが、一点だけ違っていた。棺の蓋が閉まっていたのだ。

「あれ、蓋を閉めたのですか？」水野は、海江田に尋ねた。

「ええ、あまりに可哀相なので……。いけなかったでしょうか？」

「いえ、べつに、かまわないと思いますよ」水野はむしろほっとした。そもそも、蓋を開けたのは自分なのだ。蓋を開けたから、そこへ来た砂羽が死体を見つけたのである。そのあと、蓋を移動させる振りをして、蓋に触っておいた。指紋が残っているから誤魔化すためだった。しかし、海江田が蓋を戻したことで、ますます不自然さがなくなったことになり、好都合だ。

「中に入って、もう一度、見ても良いですか？」水野は海江田に許可を求めた。

「いや、私には判断できません。べつに問題はないと思いますが」

「隅吉さんの顔をもう一度確認させて下さい。彼女の知合いだそうです」そう言って、山吹を手で示す。

「ああ、そういえば……」海江田も、山吹の顔に見覚えがあると気づいたようだ。

「あとは、奥の収納スペースを調べたいのです」水野は申し出た。

「どうしてですか？」

「誰かが隠れているかもしれませんから」水野はそう言って、微笑んでみせた。

海江田はびっくりした顔になったが、すぐに無言で頷いた。

「じゃあ、ここでお願い」雨宮は加部谷にデジカメを手渡し、自分は家の前に立った。目を大きく開けようとしている。「一回リハします」

「リハ？」

「リハーサルのこと」雨宮は自分の時計を見る。「はい、ただいま午後六時三十八分です。およそ二時間まえのことですが、この建物の中で女性の変死体が発見されました。まだ警察は到着していませんが、偶然にも近くにいた私、雨宮純が、現場の様子をご報告いたします」雨宮は、また時計を見た。「よし、いくよ。カメラ回して」

「え？　回すの？」加部谷は、デジカメを縦にした。「縦長にするのね？」

「違うわぁ。動画を撮るのぉ。もう動画モードになっとるから、シャッタを押して、私がしゃべり終わったら、もう一回シャッタを押す。わかったぁ？」

「はい、わかりました……。人使い荒《あら》」

彼女たちをそこに残し、水野は玄関から入った。山吹が一緒についてきた。

「全身を見てみる？」水野は、棺を指差して小声できいた。

「いえ、顔の方だけ」山吹が答える。

水野はそっと棺の蓋を持ち上げ、脚の方へ、つまり玄関の方向へ三十センチほどずらした。山吹が近づいてきて、その中を覗き込んだ。

隅吉真佐美のラッピングされた顔がそこにあった。髪も含めて、フィルムで包まれている。頭の形に合わせてくり貫かれた板が、ほぼ高さの中央にあった。艶《つや》やかな黒で塗装された板である。

「どう？　本人？」

「そうですね……」山吹はじっと見つめていたが、やがて頷いた。「ええ、たぶん」

「はっきりは、わからないよね」

「これは、荷物なんかに使うストレッチフィルムですね。非常に薄いものですけれど、何重にも巻きつけることで強度が増します」山吹は言った。「付着するから、巻くだけでものを束ねることができます。接着剤とかテープが不要なんです」

「ホームセンタで長いものを買うと、これで巻いてくれるよね」水野が静かに言った。

「じゃあ、閉めますよ」

山吹が頷いたので、水野は蓋を戻した。山吹は蓋には手を触れなかった。その方が良いだろう、と水野も思う。

家の前で、しゃべり続けていた雨宮の最初のレポートが終了したらしく、戸口から、二人が覗き込んだ。中には入ってこないつもりのようだ。

「誰もいないところの写真の方が良くない？」加部谷がきいている。

「うーん、どうだろう。あの棺桶の横に立ってレポートするのは、ちょっとやりすぎだよな。ここは、静止画だけにしとこうか」雨宮は、出かけるときよりは弱気になっている様子だった。「やっぱり、死んでる人がいる場所って、なんか空気が冷たく感じるよ。何だろう、魂がまだ近くにいるのかな」

「非科学的なコメントも必要？」加部谷が尋ねたが、雨宮は向こうへ行ってしまった。

水野はベッドを調べることにした。多少乱れるが、警察には、犯人を探す必要があった、と言い訳しよう。ベッドは、整《ととの》った状態だった。つまり、使ったあとにきちんと片づけられている。おそらく、昨夜は使われていない。ベッドが使われるまえに、すべての犯行が実行されたのだろう。

奥のクロゼットは、洋間には珍しい引き戸だった。ベッドと壁の隙間を戸が移動する。ベッドに完全に蓋をされた形になっているため、ベッドの上にのらないと、そこを使うことができない。水野は、ベッドの上に膝をつき、その戸を開けた。奥行きは五十センチもない二段の棚で、段ボール箱が幾つか収まっていた。一番手前に使い古したボストンバッグがある。黄色に白いストライプが二本。ブランドものではなさそうだ。

それを慎重にベッドの上に取り出し、ファスナを開けた。中身は、ブラウスなどの衣類かタオルばかり。サイドにある大きなポケットを開けると、財布が見つかった。札入れと小銭入れを兼ねている。中には二万数千円の紙幣と、何枚かの硬貨が入っていた。また、カード類が五枚ほどと、運転免許証もあった。いずれも隅吉真佐美の名が記されている。ポケットには、ほかに眼鏡とサングラス、さらに化粧道具が幾つか。筆記具はなかった。

段ボール箱の上や横に手を差し入れて、なにか隠されていないか調べてみた。どの段ボール箱も、箱ごと手前に完全に引き出さないと開けることができない。持ち上げて重さを確認したが、空のものはなく、また極度に重いものもない。おそらく衣服の類だろう。水野は、ここを諦め、バッグを戻してから戸を閉めた。

山吹が黙って、すぐ近くで水野の行動を見守っている。腕組みをしていた。

「何を探しているんですか?」彼がきいた。

「日記を書いていないかなと思って」水野はベッドから降りて立ち上がった。

「日記を書くとしたら、ネット上でしょうね」山吹がさらりと言い、周りを見回した。

「でも、パソコンがここにはありませんね」

「掃除機もない。電化製品が嫌いだったのかな」

「あ、もしかして、携帯電話もない？」

「この場所は、電波が届かないみたいだからね」水野は言う。「うん、パソコンね。でもね、この人、絵を描く人だから、そう、絵を描く人って、日記でもちょっとした絵を描きたくなるんじゃない？」

「ああ、そうですね。スケッチブックみたいなものかな」山吹は、デスクの方へ歩いた。

「いや、そちらはもう見たんですよ。ありません。そもそも、絵の道具がそんなにない。もっと作品が沢山あっても良さそうなものなのに」

「スランプだったんじゃないですか？」山吹が答える。

水野はもう一度、部屋中を見回す。天井からは裸電球が二つぶら下がっている。そのための配線が天井の表面を伝っている。素人《しろうと》が工事をしたみたいだ。電球の上半分には埃《ほこり》がついているのが見えた。あそこまでは、掃除の手が届かなかったのか。

あと、一箇所だけ可能性があるのは、ベッドのマットレスの下である。枕がある側の横で屈《かが》み、水野は手を差し入れた。

「あった」すぐに言葉が出た。

摑んだものは、ずばりスケッチブックだった。大きさはA4。厚《あつ》さは一センチほど。中は画用紙ではなく、薄い紙で枚数は多い。開いてみると、意外にも絵ではなく、ぎっしりと細かい文字が書かれていた。

7

「それでは、付近にお住まいの方にお話を伺ってみます」雨宮は、男に近づいた。口髭を生やし、オールバックの長髪、手には大きなレンズのカメラを持っている。加部谷が、少し離れてデジカメを構えた。「お名前を教えて下さい」

「猪野《いの》といいます。あの、写真撮らせてもらって良いですか？」

「え、何の写真ですか？」

「君の写真です」

「いえ、それは困ります。あの、ちょっとおききしても良いですか？」

「あっちの子は、何をしているんです？」

「えっと、動画を撮っているんです」

「じゃあ、そっちもやめてもらいたいな。お互い様でしょう？」

「そうか、そうですね。うーん、しょうがない。じゃあ、一枚だけなら撮ってもらってもかまいません」

「ありがとう」猪野はにっこりと微笑んだ。「本当は一枚と言わず、三十枚くらい撮りたいところだけど、まあ、いいや。はい、ちょっとね、もっと普通にしてて、そうそう、ちょっと視線、横へ、そうそう。いいね。ほんの少し口を開けてみて。はい」

シャッタを押したようだ。モニタを確認している。雨宮はそれを見せてもらった。確かに上手い写真だと思った。

「もしかして、写真がお仕事ですか？」

「うん、売れないけれど、写真集を三冊出した。でも、人はあまり撮らないよ。今日は、なんとなくね、君を見ていたら久し振りにピンと来るものがあって」

「お上手ですね。あの、ではインタビューしますよ。加部谷、お願い」

「はい、わかりました」

「お近くにお住まいの猪野さんです。こんにちは。亡くなった隅吉さんは、どんな方でしたか？」

「あ、いや、そんなに話をしたことないから。でも、綺麗な子だったね。物静かな感じで、知的な目をしていたな……」

「どんな話をされましたか？」

「いや、ほとんど話したことはありません。挨拶程度です。今日は暑いですね、くらいの」

「彼女の写真を撮られたことは？」

「ありません」

「どうしてですか？」

「僕は、鳥とか昆虫が専門なんです」

「あれ？　じゃあ、どうして私を？　ああ……」雨宮は溜息をついて加部谷の方を振り返り、指でハサミの真似をする。「カットね」

「カマキリみたいだからじゃない？」加部谷が真面目な顔で言う。

「やかましいわ」と睨《にら》んでから、再び仕事モードの顔で猪野に対面する。「失礼しました。誰が、一番彼女と親しかったのですか？」

「彼女って、隅吉さん？」

「そうです」

「さあ、そりゃあ、やっぱり、砂羽さんじゃないのかな。若い女性といったら、ここでは三人しかいない。ほかは、おばあちゃんが二人いるけれど。あ、今のはオフレコでお願いしますよ」

「三人ですか。ここには、砂羽さんしかいらっしゃいませんね。もう一人はどなたですか？」

「ジェーンさん」

「あ、外国の方？」

「ハーフですね、たぶん」

「そうですか。あの、最後の質問ですけれど、この事件について、どう思われましたか？」

「事件なんですか？　あの、何で死んだんですか？」

「あ、そうですね……、それはまだ不明でしたね。どうもありがとうございました」

雨宮は、加部谷の方へ近づいた。

「上手くいかんな」彼女は大きな溜息をついた。

「やめない？」加部谷が顔を顰《しか》める。「メモリもそろそろいっぱいだよ」

「メモリ？」

「デジカメの」

「え、もう？　あ、そうかぁ、動画だからか」

「なんか、私たち、浮いているし」

「浮いていなくちゃ。沈んだらかんがね」

「でも、まあまあなんじゃない。純ちゃん、ちゃんとしているよ」

「なんかさ、みんな、とぼけとるんか、それとも天然なのか、ぼんやりしすぎとる感じがする。芸術家って、ああいうもん？」

「知らない」加部谷は首をふる。「こんなところにいると、気持ちも大らかになるんじゃない？」

「ほいじゃあ、デジカメはやめてぇ。いざというときのために、メモリは残しておかんでな。じゃあとは、君、メモを取って」

「え？　メモって？」

「メモを知らんのか。メモランダムの略だ」

「それは知っているけど、なにをメモするの？」

「私がインタビューをするから、要所をメモるの」

「どこに？」

「うーん、手帳は？」

「そんなの持ってないわよ。紙もないよ。書くものは？」

「あ、ボールペンがある」雨宮は携帯電話を取り出した。「ほら」

携帯電話に沢山ぶら下がっているストラップの一つが短いペンだった。

「紙はぁ……」雨宮は周りを見回してから、隅吉の家の方へ向かって歩いていった。

8

水野がスケッチブックを持ち、ページを捲《めく》っていく。山吹はすぐ横に立って、紙面に書かれた文字を目で追った。横書きである。文字は、均等な大きさで、罫線《けいせん》もないのに傾くこともなく、各行も等間隔で整然と並んでいた。文字自体も非常に読みやすい。

最初に日にちと時間があり、数行で出来事などが細かく端的に書かれている。まず確かめたのは、最後の記述だ。それは、一昨日の夜の日時だった。僅かに二行で、《絵を描く気分になれない。いつものように散歩を少し。久し振りにジェーンさんを見た。挨拶だけ。また彼女と話がしたい。661661からメッセージあり。神様とどっちが偉い？》とある。スケッチブックのそのページのあとはすべて白紙だった。

また、最初のページの日にちを見ると、昨年の四月から始まっているようだ。一年の記述はないものの、水野がぱらぱらとページを送って確かめたところ、一年と四カ月まえだということがわかった。毎日書かれているわけではなく、日にちはときどき飛んでいる。

「何ですか、661661って」山吹はきいた。

「さあ……」水野は首を傾げた。

その後、ページを捲っていくうちに、また661661の記述が見つかった。同じく、《661661からメッセージ》と書かれている。三カ月ほどまえだ。

「なんか、意味深だね。電話番号ってわけでもないでしょうし、もちろん六十六万という数量でもないでしょうね」水野は呟いた。「ま、警察が考えてくれるから、このスケッチブックは、ここに置いておきましょう」それをベッドの上に置く。「私たちが見つけて、中を読んだことは、警察にも話さないといけませんね」

「すいませーん」戸口から呼ばれる。雨宮純が立っていた。「紙、ありませんか？」

「紙？」山吹が応える。

「なんか、書けるものが欲しいんです」

「紙はあるだろうけれど、でも、この部屋から持ち出したらまずいよ」

「どうしてですか？」

「だって、殺人現場……、かもしれないし、警察がまだ来ていないんだから」

「でも、紙の一枚くらい大丈夫だと思いますけど」

「うん、僕もそう思うけどね」山吹は困った顔をする。

「そのスケッチブックから、一枚破いて使ったら駄目ですかね？」雨宮がベッドの上を見て言った。

「駄目だと思うよ」

「白紙なら、関係ないんじゃぁ？」

「うーん、まあ、理屈としてはそのとおりなんだけれど……。水野さん、どうですか？」

「いいんじゃない」水野は笑って答える。「常識的には駄目だと思うけれど、でも、たしかに理屈としては決定的に否定する根拠がないね。一枚くらい減ったって、大したことないと思いますよ」

「そうですよ」雨宮は得意げな顔だ。「たぶん、既に何枚かは破いているはずです。そうやって使うものじゃないですか」

「じゃあ、水野さん、一枚破いて下さい」山吹が頼んだ。

「え、どうして私が？」

「大勢が触らない方が良いと思います。指紋が残るわけですから、警察の鑑識の人がそれだけ面倒になりませんか？」

「うん、それも理屈だな。本当に理屈屋さんばかりいますねぇ」水野は短い溜息をつくと、再びスケッチブックを手に取り、後ろの一枚を破いた。穴が沢山あいている紙が、スプリングのような金具でまとまっている構造のものである。簡単に一枚の紙が分離された。水野はそれを山吹に手渡し、山吹は玄関まで歩いて、雨宮に差し出した。彼女は、部屋の中に入らないつもりのようだった。

「ご協力、どうもありがとうございます」雨宮は頭を下げる。声も仕草も仕事モードになっている。

「まだ、動画を撮っているの？」

「いえ、もうメモリがなくなるので、これからはメモしようと思ったんです」

「それで、紙がいるのか」

「いちおう、一人ずつ少しだけ動画を撮っておきますけど」

「どうして？」

雨宮は、顔を近づけて、山吹に囁いた。

「身近な人が犯人だということがありますからね。そうしたら、その映像が貴重になります」

加部谷も戸口にやってきた。

「何をしているんですか？」彼女は、雨宮と山吹の横から部屋の中を覗き込む。「水野さん、あんまりあれこれ触ると、怪しまれますよ。証拠隠滅しているって思われちゃうかもしれないじゃないですか」

「恐いことを言うね、貴女は」水野は振り返った。「それじゃあ、もうこの辺にしておこう」

水野はもう一度スケッチブックをベッドの上に置き、部屋の様子をざっと確認した。窓は閉まっている。裏口は施錠されていない。照明は灯っていない。窓の外が少し暗くなったように感じた。

「どうしますか、これから」山吹が外に出ながら振り返ってきいた。

「ちょっと、周辺を見てきましょう。一緒に行きますか?」水野も外に出てくる。

海江田たちは、少し離れたところ、小川の近くにあるベンチに座っていた。丸太を半分にして作った簡素なベンチが二つ並んで、道から数メートル草むらに入ったところに設置されている。丹波、棚田、それにあと三人の男を加え、合計六人でそこで話をしていた。砂羽の姿はない。家に帰ったのだろう。雨宮と加部谷は、男たちの方へ近づきつつあるところだった。

水野は、海江田のところへ行き、芸術家たちのエリアをぐるりと回ってくることの許可を得た。

「そろそろ警察が来るでしょうから、それまではここで番をしています」と海江田は言った。

水野は、道が細くなる方へ進むことにした。砂羽の家がある方向だ。山吹と並んで歩く。彼はなにか考え込んでいる様子だった。

「何を考えているの?」水野はきいてみた。

「どうやって殺されたのか、です」山吹は答える。「外傷らしいものはなかったって聞きましたけれど、あれだけラッピングされていると、わかりませんよね」

「そうですね。後頭部を殴られたとか、あるいは背中から刺されたとか、ですね。あの状態じゃあ見えませんから。少なくとも、前から襲ったという痕《あと》は見当たりませんでしたよ」

「やっぱり、自殺や自然死は、ありえませんよね。たまたま死んでいたから、それを見つけた人間がラッピングして、板も加工したうえで棺に入れる、なんてことはありえない」

「ありえないこともないですよ。自殺の可能性はあります」

「ああ、そうか。つまり、本人が死ぬまえに、頼んだわけですね」

「そう、自分が死んだら、ラッピングして棺に入れてくれって」

「それをした人物は、自分がしたことを黙っているわけですね。どうしてでしょう？」

「余計なことはしゃべりたくないから」

「自殺は、薬ですか？」

「まあ、そんなところでしょうか」

「手首は見えましたか？　あ、腕はどんなふうになっていたんですか？」

「両手をお腹の上にのせていました。指を組んでいたようです。その姿勢にして、ぐるぐるとフィルムを巻きつけたわけです。手首を切ったかどうかはよくわかりませんが、少なくとも、血の痕はまったくありませんでした」

「自殺したあと、自分をあんなふうに処理してくれと頼むのは、ちょっとありえない気がしますね」

「自分以外だったら、ありえますか?」

「そうですね。まあ、それは趣味の問題ですから」山吹は言う。「世の中には、いろいろな人間がいます。ああいうことを本気でしたいと考える人がいても、不思議ではありません。いえ、もの凄く不思議ですけれど、でも、それくらいの異常さは、なんていうか、人間のばらつきとして、ありえる範囲ですよね」

「ありえますね」水野は頷いた。「私も、最初にあれを見たとき、正直なところ、これは綺麗だな、と感じましたから」

「綺麗……、ですか?」

「ええ、なかなかクールだと思いました。ご本人が綺麗な人だということもありますけれど、まあ、極めて趣味が悪いとは感じませんでした。ただ、でも、世間一般の感覚からすれば、まちがいなく、これは悪趣味で異常な部類ですね。たとえば、TVのコメンテータなら、絶対そうとしか言わないでしょう」

「もし、綺麗だったとして、その綺麗さのために、殺すことがあると思いますか?」

「それは、あるでしょう」水野は頷いた。「たとえば、異常犯罪として処理される多くの性犯罪は、当事者にとっては、美しさを追求した結果といっても良いかもしれません」

「そうかなぁ……。それは、ちょっと文学的すぎるというか、美化しすぎだと僕は思いますけれど」

「いえいえ、なにも、そういう犯罪を肯定しているわけではありませんよ。憎むべき凶悪犯罪であることにはまちがいない。でも、その手の犯罪を分析すれば、そういった動機が見えてくるはずです。私は、そういうものだと思います」

　砂羽の家の前まできた。横の作業場に彼女の姿はない。家の中の明かりも点《つ》いていなかった。屋外はまだ暗いというほどではないが、部屋の中はそろそろ照明が必要だろう。

「ここが、砂羽さんの家」水野は山吹に説明した。「彼女は、金属で作品を作るみたいです」

「電気の溶接機がありますね。あと、あれは、酸素ボンベかな」山吹が呟く。

「ああ、あの黒いやつがですか？　何のために？」

「あれも、溶接に使うものです。ガス溶接です。アセチレンと酸素で」

「山吹さん、さすが工学部ですね」

「いえ、僕はやったことはありません。砂羽さん、女性なのに凄いですね。でも、この頃、溶接工っていうのは、おばさんが多いですけどね」

　また、しばらく歩く。棚田の家、そして丹波の家の前を通り、柱の彫刻が立っている広場まで来た。

「最初は、向こうから入ってきたんです」水野は指を差す。「もうちょっと行ったところに出入口があって、そこの扉は、海江田さんが鍵を開けてくれました。そのときは、てっきり、このエリアは完全に隔離されていると思いました。でも、裏口の大きな扉が開きっ放しでしたね。車が通る方の道です」水野は、歩いてきた後方を振り返る。「あちらは、敷地の外に出るための裏のゲートにも通じていました。外にちょっとした駐車場もあるし、道は表の県道に繋がっているそうです」

「そのゲートは開いていましたか？」

「いえ、閉まっていました。私が見にいったときは施錠されていました。だから、車でそこを通ることができるのは、鍵を持った人間だということですね」

水野は、今まで行ったことのない方向へ歩くことにした。小川沿いに下っていくと、やがて平たい草原のような場所が見えてきた。そこに白い家が建っている。辺りは、だいぶ薄暗くなってきた。特に、周囲の樹木が密集している中はほとんど見えないほど暗い。その家の周辺だけが、明るさを残していて、不思議な雰囲気だった。窓に明かりは灯っていない。

さらに近づいたとき、その家の向こう側から人影が現れた。黒っぽい服装のために最初はシルエットのように見えたが、立ち止まってこちらを見たとき、砂羽だとわかった。水野たちがそちらへ歩いていくと、砂羽もこちらに気がつき、びっくりした顔になる。軽く頭を下げたが、彼女は黙ったままだった。

「ここは、誰の家ですか？」水野は優しく話しかける。

「ジェーンさんです」緊張した表情で砂羽が答えた。

「ああ、ここがそうですか。お留守のようですね」

「はい、ほとんどここにはいらっしゃらないから。ほんのときどき、お会いできるだけです」

「では、美之里の外で活躍されているのですね。その方は、どんなものを創られるのでしょう？」

「えっと、お人形です」

「へえ、人形ですか。今、そちらで何をされていたのですか？」彼女が家の向こう側から出てきたので、その理由を尋ねたのである。

「はい……」砂羽は後ろを振り返った。まるで、そちらに誰か隠れているような素振りにも見えた。「いけないことですが……、窓から、中を覗きました」

「どうして？」

「中が見たかったから」

「何故、見たかったのですか？」

「あの、私……」砂羽は下を向いた。

「いえ、べつに、その、答えたくなかったら、それでかまいませんよ。私は、警察ではありませんからね。ただ、ちょっと知りたかっただけです」

砂羽は顔を上げ、山吹を一度見てから、水野に視線を戻した。

「あの、実は、ジェーンさんのところに、よく似た棺があるんです」

「棺が？　ここにですか？」

「そうです。ジェーンさん、棺をベッドの代わりに使っていらっしゃるんです。よく似ているなと、あの、私……、思ったものですから」

「隅吉さんのところに、あれがあったから、それで見にきたのですね？　窓から見て、どうでした？」

「わかりませんでした。中は真っ暗なんです」

辺りは既に薄暗い。無理もないだろう。水野は、家の入口のドアをじっと見た。開くだろうか。少なくともノックはしても良いはずだ。水野は、ステップを上がって、そのドアに近づいた。

「いけません、勝手に入っては」後ろで砂羽が言った。

水野はノックをする。そして、「こんにちは、いらっしゃいませんか？」と声をかけた。それから、ドアの取っ手を握り、それを回そうとした。「駄目だ、鍵がかかっていますね」

振り返ると、砂羽がほっとした表情だった。水野はステップを下りていく。

「この辺り、夜は暗くなりそうですね」山吹が言った。「そろそろ帰った方が良いかもしれません」

「私、これで失礼します」砂羽は頭を下げ、水野たちが来た道を戻っていった。途中から駆け足になり、たちまち林の闇の中に消えた。

遠くでパトカーのサイレンが鳴っているのが聞えた。一台の音ではない。

「ようやく来ましたか」水野は天を仰ぐようにして言った。「いやいや、今日はちょっと疲れましたね。あ、というよりも、酔いが醒めてきましたね」

「飲み直そうにも、もうほとんどアルコールがありませんよ」

「それは残念」

9

雨宮と加部谷のインタビュー隊は、隅吉の家の前に集まった男性全員に質問をし、名前や芸術のジャンル、それにこの事件についての感想などを聞き出した。加部谷は、メモを取った。紙切れ一枚では書きにくいので、二回折って小さくし、手のひらで受けてなんとか書き留めた。どうしてこんなことを自分はしているのだろう、と不思議に思ったけれど、雨宮が質問すると、男性たちは喜んで話してくれるので、それだけは面白かった。雨宮がテレビに出ているということで、有名なタレントだと勘違いしたみたいだ。なんとなく、自分はそのマネージャになったみたいで、悪くない気分だった。

メモは、だいたい見た感じで歳の順にした。若い順番である。

猪野‥動物や虫の写真家。女性も撮りたがるが、隅吉を撮ったことはない。

三原《みはら》：日本画家。風景にしか興味はない。霧が好きだという話が長い。

坂城《さかき》：美術評論家。三原の友達で、一週間まえからここへ来ている。

海江田：管理人。真面目そう。みんなに慕《した》われている様子。

棚田　：洋画家。隅吉さんのことをとても残念がっていた。良い子だったと話す。

丹波　：木工の彫刻家。凄いおじいさん。でも、とても八十二歳には見えない。

いちおう、全員の静止画と動画を撮影した。協力的すぎて気持ちが悪いくらいだった。誰かが一言しゃべると、ほかの全員が頷いたり、そうだそうだと相槌を打ったりする。この場所のせいかもしれないし、あるいは変死体が近くにまだあるという特殊な条件のためかもしれないが、なんとなく異様な雰囲気を、加部谷は感じた。

そうこうしているうちに、パトカーのサイレンが聞えてきた。男たちも立ち上がった。海江田が、ゲートへ警察を迎えにいく、みんなこの場を離れないでくれ、と言って立ち去った。

このとき、既に加部谷と雨宮は、全員から少し離れたところで内緒話をしていた。

「なんかさ、どえらい変な雰囲気、感じん？」雨宮が言う。

「感じる。いろいろな年代の人たちなのに、みんな子供みたい。聞き分けが良すぎる感じ？　芸術家って、あんな素直なんだね」

「普通、逆だと思うな。やっぱ、ここは、あれよ、神様がおらっせるでな」

「そうだよね、そういうふうに、こちらも見ちゃうよね。偏見かもしれないけれど。きっちり先入観あるよね」

「どうする？　ここで警察を待つ？」

「山吹さんたちが行った方へ、行ってみない？」

「おお、そうしよう」

雨宮は、芸術家たちのところへ歩いていき、ぺこんと頭を下げた。

「あの、私たち、これで一旦失礼します。コテージに泊まっていますから、明日もお会いできるかもしれません。またお話を聞かせて下さい」

「はいよ、がんばってな」棚田が片手を上げる。「そっちの小さい子も、夜は冷えるからね、風邪《かぜ》を引かないように」

「ありがとうございます」加部谷も頭を下げたが、口の中でぶつぶつと呟いていた。

二人で、まだ歩いたことのない道を進んだ。鬱蒼と茂る樹の枝がオーバハングしていてトンネルのように暗い。すぐに、男たちからは見えないところまで来た。

「酷いわぁ、風邪を引かないようにだって。お子様扱いじゃない」

「かっかしやぁすなって」

「職場でも、だいたい同じなんだよなぁ、下手《したて》に出ているから、いけないのかしらって、思っちゃう」

「いやいや、下手にかぎるって。女は愛嬌《あいきょう》だでな」

「ああ、でも、なんか……」加部谷は空を仰ぎ見る。「薄暗くなってきたね。大丈夫かな」

「道があるところは、ちゃんと電気が点くみたいだで、大丈夫だろ」

すぐに家が見えてきた。ちょうど玄関の前に、砂羽の姿があった。彼女はドアを開けて中に入ろうとしていたが、こちらに気づいた。

「あの、水野さんたち、どちらへ行ったかご存知ないですか？」加部谷は尋ねた。

「えっと……、あちら」砂羽は指を差す。「あの、肉体の柱が立っている広場を過ぎて、そのまま右の方へ下っていくと、白い家があります。そこでさきほどお会いしました。先へ行かれるようでしたが、その先は行き止まりなので、戻ってこられると思いますよ」

「そうですか、ありがとうございます」加部谷はお辞儀をする。

砂羽も軽く頭を下げてから家の中に入った。室内の照明が灯り、黄色い光が窓から漏れる。隣に作業場があって、終業後の工場のような雰囲気だった。

二人は先を急ぐ。その後、何軒か家の前を通り過ぎたが、いずれも照明は消えていて、留守のようだった。広場らしき場所に出る。中央に柱が一本立っていた。

「これが肉体の柱か」雨宮が呟く。「蛙《かえる》の柱かと思ったぜ」

「気持ち悪いね」加部谷は辺りを見回す。道が二つあった。「どっちかな」

「右だから、こっちだろ」

「そのままって、言ってなかった？」

「いや、右は右だで」

「うーん、そうかな。そっちは暗いね」

左へ行く道は、先の方まで明かりが見えた。電信柱に蛍光灯が取り付けられているのだ。どちらかというと、そちらの方が道らしい道だった。二人が選んだ右の道は、すぐに林の中に入る。たちまち辺りが暗くなり、足許も見にくいほどになった。

「これってさ、まだ目が慣れていないからじゃない？」加部谷は言う。

「そうかもな」雨宮も少し不安そうな声だ。「あ、あそこに電気がある」

ずっと先に白い光が見えたが、歩いているうちにまた見えなくなる。樹に邪魔されているようだ。道はカーブしているので、先はよくわからない。下っているのか上っているのかも判然としない。舗装されていないので歩きにくく、気をつけていないと飛び出した石や植物に躓《つまず》きそうだった。

ようやく、その光が直接見えるところまで来た。常夜灯ではなく、家の明かりのようである。

「誰かいるのかな」加部谷は呟く。

「誰の家？」

「さっきのところにいなかった芸術家が、まだいるんじゃない？」

「山吹さんたち、どこ行きゃあただ」

「変だね……、もしかして、道間違えた？」

「じゃあ、さっきの左の道か？」雨宮がきいた。「戻る？」

「あの家までは行ってみようよ」加部谷は足を止めなかった。

あと二十メートルほどまで近づいたとき、突然その家の照明が消えた。舞台が暗転したみたいだった。辺りは真っ暗になる。加部谷は立ち止まり、その背中に雨宮がぶつかった。

「消えたね」小声で呟く。

雨宮は答えない。

また歩きだす。そして家の前まで来た。白い家なので僅かな光を反射し、暗闇の中でもうっすらと浮かび上がって見えた。家の中は真っ暗だ。音もしない。

雨宮が、加部谷の手を後ろへ引っ張る。帰ろう、という方向だろう。しかし、それを振り払い、加部谷はドアへのステップを上がっていった。

室内で物音がした。

がたんという音。なにかにぶつかったときのような。

彼女は息を止めて、最後の段を上がった。もう、とにかく、ドアをノックするしかない、と心に決めていた。軽く振り返ると、いつの間にか雨宮がいない。びっくりして、後方を探した。道を数メートル戻ったところに立っている。

「加部谷、やめとけって」小声で雨宮が言った。「もう帰ろまい」

そのとき、加部谷の背後でドアが開いた。

加部谷はステップを飛び降り、雨宮のところへ。

「なんだ、君たちか」上からの声は、聞き慣れたものだった。

「山吹さん？」加部谷は振り返る。「ああ、びっくりしたぁ」

「私の方がびっくりしたわぁ」雨宮が言う。声が震えている。

二人は互いに抱きついていた。同時に、大きな息が漏れる。

「誰か来たから、やり過ごそうと思って、電気を消したんだけど……」山吹が言う。

「警察は来た？」家の中から水野の声がする。「そろそろ出た方が良いかな。そのまえに、加部谷さんたち、ちょっとこちらへ来てごらん」

「何をしているんですか？」加部谷はステップを上がる。「ここは？」

「ああぁ、まあかんと思ったわぁ」雨宮が遅れて戸口に近づいてきた。「一気に、腹が減った感じ。肝試《きもだめ》ししにきたんじゃないでね。お願いだわ」

「誰の家ですか？」

「ジェーンさんという人らしい」加部谷の問いに水野は答える。

「面白いものがあるんだよ」山吹が戸口で言う。「電気を点けますよ」

一瞬で明るくなる。

黄色っぽい照明の中、そこに現れた光景は想像もしないものだった。

「うわぁあ」加部谷は思わず声を上げる。「びっくりしたぁ」

「何、これ」雨宮も目を見開いていた。「いやあ、まあ、心臓に悪いで」

まず沢山の顔が、目に飛び込んできた。幾つもの目が、こちらを見ている。色彩的には煌《きら》びやかだが、そこにあるものは、ぞっとするほど怪しい。

それほど広くない室内には、大きな人形が数体。どれも、ドレスを着ている。人間よりやや小さい。しかし、子供というわけではない。そういうスケールの人形なのだ。非常に写実的で、人間に近く、それだけに不気味だ。今にも動きだしそうだった。

落ち着いて数えると、大きいものが三体ある。奥に立っている白いロングドレスの女、左の椅子に座っている黒いドレスの女。そして、ドアの近くの壁際に座っているピエロの服装の女だった。女に見えるというだけで、もしかしたらこのピエロは男かもしれない。いずれも、身長は加部谷と同じくらいだ。ただ、顔も小さいしずっと細い。実物を八割くらいに縮小している感じだった。さらに、六十センチくらいの背丈の人形がキャビネットの上に十数体並んでいる。顔が白いもの、黒いもの、髪の毛も金髪、銀髪、黒髪とそれぞれで、民族衣装のような服装のものもあれば、衣装を身に着けず、人形の構造が見えているものもある。関節で動かせるようになっているのがわかった。自立することはできないらしく、背後で支えるスタンドらしきものも幾つか見えた。小さい人形たちは、人間の模型というよりは、明らかにおもちゃっぽく、目が比較的大きくて、口は小さい。大きな人形に比べれば可愛《かわい》らしい顔に見えなくもない。

「これ」と水野が指を差したのは、左の壁際に置かれている棺だった。

「本当」加部谷は頷く。「同じですね」

それは、ラッピングされた死体が入っていた棺とほとんど同じ形だった。ただ、蓋の上に描かれている文様が異なる。色も違っていた。大きさと形状が似ているというだけである。

「中は見ました?」当然の疑問を加部谷はぶつける。

「開けようとしたら、外から声が聞えたから、電気を消したんだ」山吹は言う。

「もしかして、勝手に入ったんですか、ここ」雨宮がきいた。「叱られません?」

「かもね……」水野は微笑んだ。「私が責任を持ちます。ここまできたら開けるしかないでしょう?」

10

灯ったときには眩しいほどだった部屋の照明も、目が慣れてくると、充分な明るさとは言い難《がた》かった。人形たちの影が、壁や床に落ちて、その闇が少しずつ、全体に拡散していくみたいに思えた。窓の外はもう真っ黒。ガラスに映る自分たちの姿、それに、人形たちの不気味な視線が気になった。

水野と山吹が棺の蓋の両端を持ち、それを開けようとした。しかし、簡単には動かなかった。

「おかしいな。開きませんね」山吹が一度手を離して呟いた。

「重いんですか?」加部谷がきく。

「上に開ける仕組みじゃないかもしれませんね」水野は息を吐いた。「あるいは、鍵がかかっているのか」

「やめた方がいいんじゃないですか？」雨宮が高い声で言う。「もう、戻りましょう」

「ジェーンさん、お留守なんですよね？」加部谷が尋ねる。

「なんか、砂羽さんの話では、この棺の中で寝ているって」山吹が言う。

「誰がですか？」

「そのジェーンさんが」

「ひえぇ……」加部谷は一歩後退した。「あ、私を脅かそうとしているんですね？」

「違うよ。驚くのは自由だけれど」

「まあかん……」雨宮が加部谷の側へ行く。二人は躰を寄せ合っている。

「さっき見た隅吉さんの日記に、一昨日ジェーンさんに会ったと書かれていました」水野は淡々とした口調で説明した。「だから、そのときはいたわけです。今はお留守みたいですが」

「鍵もかけずに出ていくんですね。ここは、皆さんそうなのかしら」加部谷が首を傾げる。「ここから、どうやって出かけるのかなぁ、バスですか？　やっぱり、ジェーンさんといえども、バスですよね」

「何を言っとるの、あんたは」

「なんか、しゃべってないと、躰が震えそうだから」

「あ、これがロックしているんだ」棺の横で屈み込んでいた山吹が言った。「たぶん、これで開きますよ。スプリング式で密着する機構のようです。どうしてロック機構なんかあるのかなぁ」彼は立ち上がった。「あ、そちら側のも外さないと……」そう言いながら、棺を跨《また》ぎ、壁との隙間に手を入れる。「あれ？」

「どうかしたんですか？」加部谷が尋ねた。

「うん、いや、棺からダクトみたいなものが出ている」山吹が言う。手探りをしているようだ。暗くてよく見えない場所だった。「壁を突き抜けていますね。外に繋がっているみたい」

「ただの棺じゃないですね」水野が呟く。

「ダクトって、何ですか？」雨宮が尋ねた。

雨宮の質問には、誰も答えなかった。山吹は二メートルほど離れたところにある窓へ行く。出窓になっているので、その凹んだ部分に頭を入れて、外を覗いているようだ。

「暗くてよくわかりませんけど、なんか、ボンベみたいなものがありますね。酸素かなぁ。棺の中へ気体を送り込んでいるのかも」

「どうしてですか？」加部谷は尋ねる。

「いや、どうしてかな……。全然わからない」

水野が蓋を持ち上げると、壁の側にヒンジがあるようで、手前が上がり、蓋が斜めになって開いた。「あ、簡単に開くじゃない」

「ひぃ！」水野のすぐ近くにいた加部谷が後ろへ飛びのく。

「こらっ」加部谷を受け止めた雨宮も声を上げる。「押すな」

「中に人がいる」加部谷が叫んだ。「人がいますよ！」

「これは、人形でしょう」水野が言った。

「あ、本当だ、よくできてるなあ」山吹が覗き込んだ。

水野は蓋を完全に開けた。部屋にあるどの人形よりも大きい。真っ白な肌に黒髪の女性で、目を閉じて眠っているようだった。棺に死者が収まっている、と見るのが正しいのかもしれない。着ているものは絹だろうか、白いドレスが腕も脚も隠している。見えるのは顔と手首から先だけだった。両手は、胸の少し下で組まれている。その指、爪も実物と見紛《みまが》うばかりの精巧さだった。

加部谷は、恐る恐る近づき、じっくりとその顔を見た。人形とはいえ、大変な美人だと思った。モデルにした人物がいるのだろうか。おそらくは、二十代、あるいは三十代。日本人にも見えるし、白人にも見える。その顔を見ていると、なかなか目を逸らすことができなかった。

「では、もう閉めましょう」水野が言う。「外、真っ暗になりましたね。コテージに戻りましょう」

「お腹が減りましたね」雨宮がしみじみと言った。

水野が蓋を閉める。それでも、加部谷はその人形の顔を見続けていた。そして、蓋が閉まるその直前に……。

「あ！」彼女は思わず叫んだ。

「びっくりするがや」雨宮が応じる。「やめてちょ、もうそういうの」

「目が開いた」加部谷は言う。自分の目も大きくなっていることに気づく。

「あんたの目がかね」

「違う違う、人形」

「どの人形？」

「だから、この中の」加部谷は指を差す。

「目が？」そう言いながら、水野がもう一度棺の蓋を開ける。

再び現れた、棺の中の人形。

沈黙の中で、四人が見つめる。

目は閉じられていた。さきほどと同じ。

「よういわんわぁ」雨宮が顎をずらして、加部谷を睨む。「今頃アルコールが回ってきたかい、お嬢さん？」

「あっれぇ……、おかしいなぁ」加部谷は、人形をまだ見ている。

「そもそも、目が開くようにできてないじゃん」山吹が意見を言う。

目を開けたり閉じたりする人形は珍しくないが、それはそういう構造になっている。

今、加部谷の目の前にある人形は、蠟《ろう》人形みたいな感じなのだ。怖いから触っていないので材質はわからない。ゴムかもしれない。本当にリアルなのだ。ただ、目が開くような仕掛けがなさそうなことは、加部谷にもわかった。

「そうですよね……」加部谷は棺から離れ、玄関の方へ後退した。「目が開いて、こちらをじっと見たんです。なんか、青か緑か、そんな色の目でした」

「気が済んだ？　閉めますよ」水野が言う。

加部谷は無言で頷き、水野が棺の蓋を閉めた。今度は人形を見ないようにした。

四人は玄関から出た。最後に山吹が部屋の照明を消して、ドアを閉めた。

水野は、砂羽がこの家を窓から覗いていたこと、それから、玄関のドアに鍵がかかっている振りをして、彼女をさきに帰したことを話した。山吹と道を奥へ行く振りをし、砂羽が見えなくなってから家に戻ったのだと。

「ま、フェイントってやつですね」水野はその表現でまとめた。

山吹は、家の横へなにかを見にいっていた。さきほどの棺のダクトが外に出る辺りのようだ。

「砂羽さんという人は、なんか神経質そうな感じですね」山吹が戻ってきた。「ここにある棺が、殺人現場で使われたと考えたんでしょうか」

「さっきの人形も、ぴったりの型に嵌っていましたよね」雨宮が言う。「こちらのは、軟《やわ》らかそうな感じでしたけど。ちょっと違うかな」

「そう、少し違うけれど、似てはいるね」山吹が答える。「姿勢も同じだったんじゃないですか?」

「そう、だいたい同じ」水野が答える。「だけど、棺桶に入るときは、みんなあの姿勢でしょう?」

「加部谷、大丈夫?」雨宮が親友の肩を叩いた。

「おかしいなぁ、見間違えるかなぁ」加部谷は首を傾げる。「たしかに、目が開いたんだって、本当なんだって」

「そういうことって、普通にあるよ」山吹が言う。「見間違いというよりも、頭でイメージするものを見てしまうんだ」

「どうせ、見間違いですよ」加部谷は口を尖《とが》らせる。「私が、無意識に期待していたんでしょうね。きっと、そうなんだ。ああ、だけど、怖かったぁ。今でもどきどきする。どうしてあんなに怖かったんだろう。あの人、誰なんでしょうか?」

「誰って、人形だがね」雨宮が言う。

「そうじゃなくて、誰かをモデルにして作ったんじゃない?」

「そんなの、作った人にきいてみな」

「ジェーンさんが作ったんですよね。自分をモデルにしたのかもしれませんね」加部谷は言う。「会ってみたいなぁ」

「あのダクト、何だろうって、ずっと考えているんだけれど」山吹が言う。

「外を見て、なにかわかりました?」

「いや、暗くて詳しくはわからなかった。どうして、棺と繋がっていたのかな」

「もしか、酸素ボンベだとしたら?」加部谷は言う。「あの棺の中で寝れば、酸素を吸引できますよね」

「ああ、ジェーンさんがあそこで寝ているっていう話と、合致するかも」水野が言う。

「あの部屋、ベッドがなかったですね」雨宮が言う。「ハンモックでもかけるのかしらって」

「いや、酸素を吸うためじゃないと思う」山吹は話す。「それだったら、もっと手許に、量を調節するバルブ類があるはずだよ」

「あるかもしれませんよ」雨宮が言う。「棺の中にです。人形で見えなかっただけかも」

「じゃあ、自分が寝るときは、あの不気味な人形を出すわけ?」加部谷は言う。「どっこいしょって? 重そうだったけれど」

四人は、真っ暗な道を歩いていた。話をしていないと、お互いに確認できなくなりそうだった。しかし、ようやく前方に光が見えてきた。肉体の柱がある広場である。

「死んだ人はともかく、生きている人間が、あんな狭いところで寝られるでしょうか?」加部谷は話す。「私なんか、朝起きたら、正反対向いていることがありますよ。枕が足の方にあるんです」

「じっとして寝る習慣があれば、できるんじゃないかな」山吹が簡単に答える。「だって、寝袋だって、そうでしょう?」

「寝袋は、寝袋のままで転がれるじゃないですか」

「加部谷も、あの棺で何日か寝たら、きっと大人しくなるわさ」雨宮が言う。

「はいはい、矯正《きょうせい》みたいなね」加部谷は顔を顰める。

「ああ、そうか、もしかしたら、固まるまで、あそこに置いておくつもりだったのかも」

山吹が話す。「つまり、硬化したとき、きちんとした形になっているように、あそこに収めたわけ」

「何の話ですか？　あ、死体のこと？」

「そうそう。死体が綺麗に真っ直ぐになるように、型に嵌めたわけ」

「何のために？」加部谷がきく。「大きなボウリングのピンにするんですか？」

「死んだ人で、そういう冗談言ったらかんよ、君」雨宮が窘《たしな》める。

「冗談じゃなくて、本当にそう思ったの。それくらい、気持ち悪いってこと」

「ま、尋常じゃない気持ち悪さだわな」雨宮は大きく頷いたようだ。

「あれはジグだってことだね」山吹が言った。前を歩いているので、顔は見えない。

ちょうど、砂羽の家の前を通り過ぎたところだったので、窓からの明かりがあって、道も暗くなかった。

「何ですか？　ジグって」加部谷はきいた。

「あれ？　通じない？」

「私も知りませんよ」水野が言った。「日本語？」

「ええ、治める道具と書いて、日本語も治具《じぐ》ですね。でも、もとは英語ですよ。水野さんは、知らなくても普通だと思いますけれど、工学部出身者なら、通じると思った」山吹は呟く。

「純ちゃん、知ってる？」

「えっとね、聞いたことあるなぁ、その響きは。実験の演習で出てきたような……」

「ものを作るとき使う、位置合わせとかの道具なんだけれど、ようするに、汎用的《はんようてき》じゃないもののことをいうんだよ」

「汎用的じゃないもの？」加部谷は首を傾げる。

「いろいろな場合には使えないということ。ある特別な場合にしか使えない道具だね。たとえば、人間をボウリングのピンみたいに固めてしまう、という場合でも、人間全員には使えない。ある個人にだけしかフィットしない。そういう道具のこと。接着剤が乾くまで仮固定しておくとか、穴を同じ位置に何度か開けるときに使ったりとか……、ほら、学生のとき、鉄筋を曲げたでしょう。そのとき、使ったじゃない」

「ああ、そうそう、あれか」雨宮が言う。「フープ筋のジグだ。レポート書いたぞ」

「私、思い出せない」加部谷は首をふった。「どうして、純ちゃんは覚えているの？」

「どうしてかしら、私のこの素晴らしい知能のせいじゃないかしら」

「今の山吹さんの説明を聞いても、さっぱりわかりません」加部谷は首を捻る。「どうしたらいいですか？」

「ま、潔《いさぎよ》く忘れることだね」山吹が即答した。
「ジグかぁ、ジグ、ジグ、うーん、汎用的でない道具なんですね。うーん」
「わかった。あとできちんと説明してあげるから」山吹が言う。

11

ちょうど、現場に警察の第一陣が到着したところだったので、水野だけがそこに残り、若い三人はコテージに引き上げることにした。水野は、死体の発見者の一人だからである。

コテージの明かりを点けて、椅子に腰掛けたとき、加部谷恵美はさすがに疲れている自分に気づいた。まだ夕食を食べていないのに、空腹感はまったくない。昼のバーベキューと、そのあとのビールやつまみでカロリィ過多だったせいかもしれないが、それよりも、精神的なショックのためにちがいない、と自分では考えた。なにしろ、自分一人だけが、あの人形に睨まれたのだ。思い出すだけで背筋に寒気が走る。

雨宮がお湯を沸かして、カップラーメンを食べようとしていた。夜に空腹になることを見越して買ってきたものだった。山吹は、窓際のテーブルでパソコンを開いている。キーボードを打っているので、メールでも書いているのだろう。

加部谷はぼんやりと考えた。こんな静かなところで生活するのは、自分にはとてもできないだろう。でも、仕事をしなくても良い、というのは大きな魅力だ。ここでは、ほとんど無料で暮らせるみたいだ。インタビューのとき、そういう話を聞いた。好きなことができる、というのは充実した人生にきっと直結するだろう。ただ、今の自分には、そういった明確な「好きなこと」があるだろうか。創作系の趣味はない。絵なら描けるかもしれないから、今からでも始めた方が良いのではないか。

　それにしても、あの人形はインパクトがあった。あのときは、怖いだけだったけれど、それだけ人に衝撃を与えるというのは、凄いことではないか。人形作りも面白そうだ。自分にはできそうにないが……。

　そもそも、芸術の動機とは何だろう？　建築学科に在籍していたので、デザイナになりたい人間が比較的周囲に沢山いた。自分は、そういった才能があるとは思えなかったので、少し距離を置いていたけれど、一般的には建築自体が芸術の一ジャンルと見なされている。特に、建築家はそう考えている人が多いみたいだ。建築家はデザイナではなく、アーティストでなければならない、という指向も聞いたことがあった。単に作るものが大きすぎるし、費用がかかりすぎるから、自分勝手に作れないだけのこと。だから、スポンサを探し、その代わり、スポンサがそれを使えるように要望を取り入れる。しかし、基本的には、自分の個性を表現する作品である。建築のデザイナでも、かなり一流にならないと、芸術に近づくことは難しいように思う。クラスの半分くらいがアーティスティックなデザイナを目指していたように思うけれど、みんな社会に出て、きっと現実との擦り合わせを迫られていることだろう。

自分はといえば、大学院へ進学するつもりだったのに、結局、四年で卒業して就職してしまった。同級生だった海月及介が三年生で転学していなくなり、先輩の山吹早月も国立大学の博士課程へ進学した。お世話になっていた大先輩の西之園萌絵は、ドクタを取得してすぐに東京の私学へ就職が決まった。みんな、突然離れていってしまったのだ。たぶんそれで、なんとなく、自分もどこかへ行きたくなってしまった。

四年生になって、大学院入試の願書まで書いていたのだけれど、たまたま受けた地方公務員の一次に合格したので、そちらの二次試験のための勉強に本腰を入れることにしたのだ。二次に落ちたら、どうなっていただろう。たぶん、地元の建設会社くらいに就職するか、浪人して大学院を受け直すか、という選択だったはず。大学院の願書を出すかどうか、一番迷っているとき、国枝先生に相談にいったら、「そんなの、どっちでもいいじゃん」と言われて、少し気持ちが楽になったっけ。そんなことを思い出した。

昔のことを思い出したのは、事件のせいだと気づいた。大学時代に、つまり、西之園萌絵や海月及介が彼女の身近にいたときに、幾度か殺人事件に遭遇したのだ。遭遇というのは、ニュースとかで見たのではなく、もっと近くで目撃した、否、体験したと言っても良いくらいの意味である。それは、もっと昔、彼女が中学生のときにもあった体験だった。珍しい境遇なのではないか、と自分のことを思う。

水野が帰ってきた。

「早かったですね。警察に質問攻めに遭われていると思ってました」と加部谷が言うと、

「ええ、拍子抜けですね」と水野は微笑んだ。

こうしてみると、やっぱり水野は女性なのだ、とわかる。というか、もう完全にイメージが上書きされてしまった、と加部谷は感じた。

「え！」突然、山吹が叫んだ。椅子から飛び上がらんばかりの驚きようだった。

「また、そうやって……」加部谷は苦笑する。「もう今日は、私ちょっと、驚き疲れましたから」

「いや、違うんだよ。本当に凄い情報なんだ」

「情報？」

「あのね、事件のことを西之園さんにメールで知らせたんだけれど、一緒に、何枚か写真を送ったの。携帯で撮ったやつだから、あまり鮮明じゃないんだけれど。僕は、あの棺を見てもらいたかったのと、あと、日記にあった661661のページの写真も。それから、ついでに、さっき見た人形、棺の中にあったやつ、あれも送ったわけ」

「ちょっと待って下さい。何ですか、ロクロクイチって。私、聞いてませんけど」

「そうかそうか、それはあとで話す。とにかくね、西之園さんからね、最後の人形について リプライが来たんだ。知っている人かもしれないから、もっと解像度の高い写真を希望って」

「それが、情報ですか？」

「凄いでしょう」

「何がです？　西之園さんの知合いに似ているというだけでしょう。もしかしたら、ジェーンなんとかさんを、西之園さん、ご存知なのかもしれませんよ。彼女が作った人形を見たことがあるとか」

「ああ、まあ、そういう可能性もないとはいえないけれど」

「それよりも、山吹さん、なんでも西之園さんに相談するんですね」

「うん、まあ、事実上の指導教官だからね」

「もう指導してもらわなくても、独《ひと》り立ちしなけりゃいけない立場じゃないですか」

「いや、そんなことないよ。まだまだ、ぺいぺいだから」

「ぺいぺいって」加部谷は吹き出した。

「あれ？　使わない？」

「一兵卒《いっぺいそつ》と同じくらい使いませんね」

「そうかぁ」山吹は残念そうな顔をする。

「ふうん、えっとぉ、何でしたっけ、ロクロクイチ？」

「ああ、それはね……」

山吹は、隅吉の日記について加部谷と雨宮に説明した。雨宮がしばらく黙っているのは、カップラーメンを食べているからだ。山吹も食べたくなったらしく、説明が終わったところで、カップの封を切った。

「ムロイ・ロロヒトさんとか？」加部谷は言う。

それを聞いて、雨宮が呟き込んだ。

「ちょっと検索をしたいから、山吹君、パソコンを貸してもらえないかな」水野が言った。それまでずっと携帯電話のモニタを見ながら、ときどきボタン操作をしていた水野である。

「あれ、水野さんのそれ、ネットに繋がるんじゃないですか？」山吹は答える。「ええ、もちろん、使ってもらうのはかまいませんけれど」

「いや、モニタが小さいから。せっかく検索したけれど、ちょっと写真が小さすぎるんですよ。今の西之園さんの話じゃないけれど……」

「何がです？」加部谷がきいた。「何の話でしたっけ……」

水野は、彼女の問いには答えず、山吹のパソコンの前まで歩く。そして、立ったままでモニタを覗き込み、キィとパッド上に指を触れた。

「私も、ラーメン食べようかなぁ」加部谷は溜息をつく。「水野さんは、お腹、空きませんか？」

「ええ、私は、けっこうです」

「お湯が足らんと思う。悪い、沸かし直してな」雨宮が言った。

加部谷は薬缶《やかん》を持ち上げる。足りそうな気もしたが、念のために水を足してから、コンロの火をつけた。

「あった。ほら、ちょっとこの写真を見て下さい」水野がパソコンのモニタをこちらへ向ける。

山吹がカップを持ったまま歩いていく。

彼は、モニタを見て言った。「え、誰ですか、これ」

雨宮も覗き込む。「本当、この人だ」

加部谷も急いでそちらへ行く。そして、モニタの一番大きなウィンドウに出ている顔写真を見た。それは、棺の中で目を開けた人形によく似ていた。人形よりもずっと美人だった。黒髪の長髪も同じ。それに、瞳が青い。加部谷だけが見た瞳だ。

「ほら、目が青いって、私、言ったじゃないですか。本当に開いたんですよ、見間違いじゃないですから」

「誰だと思う？」水野が言った。珍しく押し殺したような、緊張した声の響きだった。

そのとき、加部谷も思い出した。あまりに美人なので、気づかなかったのだ。そうだ、自分もその写真を見たことがある。

「真賀田四季《まがたしき》ですね」その名前を口にして、彼女はぶるっと震えてしまった。

第3章　因果と疑似について

もし仮りに魂《アニマ》の本質が不死であるとして、生れ出て来る時に肉体内に這入り込むのだとしたならば、我々は以前に過した時代の記憶をもなお持っていてしかるべき筈だのに、記憶できないのは何故であろうか？以前行ったことの痕跡を少しも我々はとどめていないのは何故であろうか？

1

加部谷恵美はその夜、二段ベッドの上で寝た。なかなか寝つけなかった。救急車のサイレンの音も聞えたし、人が話す声も聞えたように思えた。しかし、全部夢だったかもしれない。なかなか寝つけなかったのは、頭痛がしたからだ。

固く目を閉じると、真賀田四季の顔が暗闇に浮かんでいた。青い目が光っていて、それがだんだん大きくなる。ぼんやりとピントがずれてくるように。あるいは、頭痛の原因は、夜風に当たりすぎたせいかもしれなかったけれど、その青い目が、稲妻のようにぴりぴりと意識の空間で発光し、長く残響が続いた。

それでも、ふと目を開けたら明るくなっていた。やはり、眠れないという夢を見ていたようだ。頭痛はもうない。目は真上の天井の板目にピントが合っていた。天井といっても、屋根の傾斜のままで、水平ではない。

案外よく眠れたようだ。もしかして、自分は図太いのではないか、と思った。微《かす》かな鼾《いびき》が聞える。ベッドの下からだった。雨宮純だ。寝息というには、やや喧《やかま》しい程度だ。枕許に置いたはずの時計を探した。幸い、枕は頭の側にあった。時計も見つかった。良かった、昨日と連続した今日だということが判明したのだから。

時刻は六時半。たしか、ベッドに入ったのが十一時頃だった。睡眠時間は充分である。やっぱり、あれは自分の見間違いだったのだろうか。明るいところで、もう一度、あの真賀田四季の人形が見たい、と思った。できれば触ってみたい、とも思った。

ベッドを軋《きし》ませて、梯子《はしご》を下りた。しかし、下の段で寝ている雨宮は微動だにしなかった。死んでいるくらいぐっすり眠っている。口を開けているし。写真に撮りたくなるような顔だったが、もちろん親友を貶《おとし》めるようなことはできない。

着替えをしてから、歯磨きとタオルを持って、寝室から出ていった。リビングには誰もいない。歯を磨き、顔を洗った。外で人の声がした。窓まで行って覗くと、ベンチに水野と山吹が座っていて、その前に背広を着た男性が二人立っていた。たぶん、刑事なのではないか。昨日から徹夜で捜索をしているのだ。公務員は大変だ。

すぐに出ていきたかったけれど、簡単に化粧をすることにして、一旦寝室に戻った。五分後に外に出たが、もう背広の男たちの姿はない。

「おはようございます。今の、刑事さんですか？」

「そうだよ」山吹が答え、欠伸《あくび》をした。

「おはよう」水野は微笑んだ。「眠れましたか？」

「ええ、ぐっすり。あれ？　水野さんは、どこで寝たんですか？」

「山吹君と一緒に」

「誤解を招く言い方しないで下さいよ」

「隣のコテージじゃなかったんですね」

「だって、管理人さんが用意できなかったから、しかたなく」

「雨宮さんは？」山吹がきいた。

「まだ寝てます。ねぇ、どんなふうです？　警察の人、なにか言っていませんでした？」

「そりゃあ、いろいろ言っていましたけれど」水野が話す。「でも、事件に進展があったとは思えない。まだ、捜査を始めたばかりってところじゃないかな」

「水野さんも、あまり追及を受けませんでしたね。怪しいのに」山吹が言う。

「そうだね」水野は素直に微笑んだ。怪しいことは自覚しているようだ。「死亡推定時刻が、半日もまえだったから、私たちがここへ来るまえのことなんですよ、全部。芸術村の人たちは、しっかり聴取を受けたんじゃないかな」

「水野さんは、一昨日の夜は、どちらにいらっしゃったんですか？」加部谷はきいてみた。「私と純ちゃんは、那古野《なごの》で飲んでいましたから、アリバイがあります」

「そんなのアリバイにならないよ。ここまで二時間もあれば、来られるでしょう」山吹が笑った。

「そういう山吹さんは？」

「僕は……、えっと、一昨日は夜遅くまで研究室にいたけど、一人だったから、駄目だね、院生みんな帰っちゃったんだよね」

「じゃあ、私が一番アリバイが確かかも」水野は言った。「金曜日は夜九時まで、東京にいたから」

「それ、警察にきかれました？」

「きかれましたよ」水野はこくんと頷いた。「でも、それ以上のことはきかれなかった。アリバイを確かめたかったら、証明できる人間がいるかとか、もっと質《ただ》すはずだよね」

「あ、死因は？　聞いてません？」

「いえ、聞いていない」水野は首をふった。「そのうち発表があるでしょう、きっと。ニュースを見ればわかるかも。といって、殺人じゃなかったら、ニュースにもならないでしょうけど」

「ここは、どうするのかな？」加部谷は呟く。「今日は、閉園でしょうね、きっと」

「たぶんね。僕たちは、ここにいても良いのかな」

「帰ってくれって言われたら、どうします？」加部谷は言う。

「帰ればいいんじゃない？　あまり関わらない方が良いに決まっているし、大学に戻って、仕事を片づけようかなぁ」そう言いながら、山吹は両腕を上げて、深呼吸をした。欠伸を誤魔化したのかもしれない。

「ああ、でも、もう一度、私、あの人形を見にいきたいなぁ」

「真賀田四季の？」

「その後、西之園さんからメールはありませんか？」

「ないよ。だって、こちらから新しい写真、送ってないしね」

「さあて、じゃあ、私は現場に行ってきます」水野が立ち上がった。「刑事さんとおしゃべりしてこなくちゃ」

水野は一人で歩いていった。

「警察が、来てくれって言ったんですか？」加部谷は山吹にきいてみた。

「いや、そんなふうではなかったよ」

「何の話をしていたんです？」

「661661って、心当たりはないかって」

「ああ、やっぱり。私たちが知っているはずないじゃないですか」

「みんなに聞いているんだよ、きっと。芸術村の誰かが答えられたなら、僕たちのところまで質問には来ない。つまり、誰も知らなかったということだね、たぶん」

「凄い、朝から論理的ですね」

「単なる推論だよ。論理的じゃない」

「ラッピングのことは？　なにか言っていませんでしたか？」

「なにも。ああいうことは、警察は無駄に考えたりしないんじゃないかな」

「無駄に考えるって？」

「うん、つまりね、どうしてあんなことをしたのか、何の目的があったのか、とか、そういうことって、考えてもしかたがないよね。それよりも、このストレッチフィルムはどこで入手したのか、どんな商品なのか、という方向へ調べていく。それが科学的だし、つまり論理的だね」

「そういうもんですか。それじゃあ面白くないですね」

「面白くある必要なんかないから」

山吹の意見はもっともである。加部谷もそう思った。しかし、不思議であることには変わりない。答がたとえ出ないにしても、自分としてはなにがしかの納得が欲しい。それが人情というものではないだろうか。

雨宮が出てきた。眠そうな顔をしているし、頭の毛が立っていた。化粧もしていない。けっこう無防備だな、と加部谷は思った。山吹一人だから、まあいいか、という判断なのか、スッピンでも自信があるのか、それとも単に、判断力がまだ眠っているのか。

「おはようございます」籠った声で欠伸を嚙《か》み殺しながら雨宮はお辞儀をした。「お腹が減りましたね。ご飯、どうします？」

「起きて、いきなり？」

2

水野は、昨日通った芸術村の裏ゲートからの道を選んだ。思ったとおり、警察の車が多数裏口から入り、現場の近くにまで、ワゴン車など数台が駐車されていた。芸術村の中には駐車場というものはなく、単に草むらに無理に入った感じだった。こんなふうに現場に車を何台も入れてしまったら、ここへトラックが入ったかどうか、タイヤの痕跡《こんせき》がわからなくなってしまうのではないか、と水野は心配になった。指揮をしている人間がそこまで頭が回っていない可能性もある。

現場に来ている人数は、相当なものだった。見える範囲でも二十人くらいはいる。ほかのところにもいるだろう。となると、やはり自然死ではない、ということか。

現場の建物の外に、昨夜話をした刑事が立っていた。三重県警の川西《かわにし》という男だ。年齢は水野と同じく五十代。もしかしたら、彼の方が上かもしれない。だとしたら、もう数年で定年退官である。考えながらゆっくりと話すのが特徴で、一見頭の回転が遅いように見えるが、そうではないことは、目つきでわかった。

目が合ったので頭を軽く下げる。すると、川西の方から小走りに近づいてきた。

「おはようございます。なにか思い出されたのですか?」徹夜のはずだが、まったくそんな様子ではない。ただ、ネクタイが少し緩んでいる点だけが、昨夜との違いだった。

「思い出したわけではないのですが、実は、是非お話ししたいことがあって来ました。一晩考えて、やはり話しておいた方が良いだろうと思いまして……」

「何でしょうか?」

水野は辺りを見回した。それを察して、川西は人がいない方向へ歩く。水野は彼の横を歩きながら、話すことにした。

「昨日は、私がここへ訪ねてきた表向きの用件をお話ししました」

「表向き? というと、違う用件があったというのですか?」

「そうです。そちらが本当の目的でした。私は、実は探偵業を営んでいます。もう、二十年近くになります。こちらへ訪ねてきたのは、隅吉真佐美さんに会うためでした。彼女の安否を確かめ、できれば、ここから出て一度実家に顔を出すように、と伝えることが私の仕事だったのです」

「なるほど。すると、貴女にそれを依頼したのは、被害者のご家族の方、というわけですね?」

「依頼主のことを話すのは、守秘義務に反します。そこはお察《さっ》しいただければと思います」

「隅吉真佐美さんの実家へは、既に連絡をしました。電話に出たのは母親でしたが、今こちらへ向かっているはずです。遺体の確認をしてもらわなければなりません。父親は、海外出張中だそうです。南米へ昨日発ったところだそうです。ああ、つまり、私がききたいのはですね、水野さんにその依頼をしたのは、母親ですか？　それとも父親ですか？」

「私は、真佐美さんのお母様に会ったことはありません」水野は答える。

「そうですか。いつ、隅吉氏から依頼されたのですか？」

「それも、話すわけにはいきません。ただですね、私のアリバイについて、昨日お話ししたと思いますが、私は、一昨日は東京におりました。夜の九時過ぎの新幹線で愛知まで戻ったのです。刑事さん、死亡推定時刻は出ましたか？」

「一昨日の夕方から夜にかけてです。六時から十時頃ではないかと」

「私のアリバイを証明してくれるのが、その隅吉氏なんです。彼と七時から八時半まで一緒でした。食事をしたのです。赤坂の料亭で。彼の屋敷のすぐそばなんですが」

「なるほど。私たちは、水野さんを疑ってなどいません。ご心配なく。しかし、そうですね、いちおう捜査の手順として、関係者のアリバイは確認をします。それに、被害者の父親となれば、話を伺わないわけにもいきません」

「隅吉さんをご存知ですか？　大変な資産家です。有名な方です」

「そうらしいですね。お嬢さんは、どうしてこんな田舎へ来たんでしょうか？」

「その事情は、私も聞いていません。ただ、両親の意に反する行動であったことは確かなようです。連れ戻しに、ここまでいらっしゃったこともあるそうです。そういう話を伺いました」

「そのときは、会えたのですか？」

「そのあたりは、ご本人から聞いて下さい」水野は答えた。「私がべらべらしゃべるわけにはいきません」

「ごもっともです」

「ですから、彼女の家を必要以上に捜索した理由は、そういうわけだったのです。ご理解をいただきたいと思います」

「なるほど、わかりました。それから、あの、コテージにいらっしゃる連れの若い方たちは？」

「いいえ、彼らはまったくの偶然なんです。これは本当です。私は昨日は、ここを夕方には引き上げる予定で来ました。たまたま知合いがコテージにいたので、ここに泊まることになったのです」

「どんなご関係なのですか？」

「あの子たちは、三人とも愛知のC大の出身なんです。私も近くに住んでいたことがあって、たまに会って話をしたり、食事をしたりしていました。調査の仕事を手伝ってもらうために、バイトとして雇ったこともあります。ただ、もう三年くらいまえのことです。今は、三人とも立派な社会人ですよ。一人はM大の先生ですし、一人は那古野のテレビ局に勤めています。あ、あと一人は、えっと、どこだったかな……」

「ここの芸術家たちにインタビューをされたと聞きましたよ。なにか落ち着かない様子の人など、いませんでしたか？」

雨宮純のインタビューの話か、と思ってしまったが、刑事がきいているのは、水野が取材で回ったことのようだ。

「いえ、そんなことはなにも。そのときは、こんな事件のこと、思いもしませんでしたし。だって、犯行から半日以上経っていたわけですから、あれをやった人間はとっくに姿を眩《くら》ましているんじゃないですか？　誰か、見当たらない人間がいませんでした？」

「調べていますが、誰がいて、誰がいないのか、まだはっきりしないのです。会社みたいにタイムカードもないし、定例の会合もないみたいですしね」川西は口を歪《ゆが》める。「まあ、しかし、あんなおかしなことをするなんてのは、普通の人間じゃないでしょう」

「死因は何ですか？　教えてもらえませんか？」

「まだわかりません。調べております。そのうち結果が出るでしょう」

「あの巻かれていたフィルムは、外してみたのですか？」

「ここではしませんでした。あの棺のまま運んで、検死と同時に」

「それが賢明ですね」

「結果が出たら、お知らせしましょうか？」

「ありがとうございます。是非お願いします」

「どうして、そんなに知りたいのですか？」

「職業病でしょうか」水野は微笑んだ。「こちらには、警察に知合いがいません。どうかお見知りおき下さい。以後よろしくお願いいたします」

3

山吹をコテージに残し、加部谷と雨宮は、買いものに出ることにした。今日の食料品を調達するためである。出入口近くの事務所まで来たら、管理人の海江田と受付の女性が立ち話をしていた。ゲートの外側に警官が立っているのが見える。

「おはようございます。今日は、閉園にするのですか？」加部谷は海江田に尋ねた。

「いえ、一般の方の入園はかまわないということになりました」

「あ、そうですか」加部谷は時計を見た。まだ開園までに一時間以上ある。

「今日は日曜日ですから、大勢お客様がいらっしゃるのでしょうね？」雨宮がレポータモードで質問する。

「そうですね。昨日よりは多いと思います」

「一日にどれくらい入場者があるのですか？」雨宮がきく。

「昨日は……」管理人は横に立っている女性を見る。

「昨日は、三十六人でした。うち子供が十一人です」その女性が答える。生真面目そうな感じだ。

「私たち三人を入れて、ですか？」

「そうです」

警察が捜査をしている現場は、奥の芸術村で、一般客が入ることができるエリアとは隔離されている。閉園にならなかったのは、おそらくそのためだろう、と加部谷は考えた。

「私たち、お買いものに出たいのですけれど、帰ってきたら、また入場券が必要ですか？」

「いいえ、大丈夫です。半券をお持ちならば、三日間は出入りが自由です」受付の女性が答えた。

そんなこともあろうかと思い、二人とも半券を持ってきていた。

ゲートから外に出て、警察官にも軽く頭を下げた。向こうは、ただじっとこちらを睨んだだけだ。どうしてそんなところにいるんですか、と質問したかったが、やめておいた。これから来る警察関係者を誘導するためだろうか。

駐車場の車まで歩く間に、雨宮は職場に電話をかけ、美之里で死体が見つかったという情報を知らせていた。たぶん、まだニュースにもなっていないだろう。

加部谷が車のドアを開けようとしたら、雨宮に肩を叩かれた。

「俺様に任せなって」

「あ、そうだね。そうしよう」加部谷は素直に引き下がり、雨宮にキィを手渡した。

助手席に回り、加部谷はシートに座ってベルトを締めた。雨宮がエンジンをかける。県道の交通量はそれほど多くない。車は滑らかにスタートし、坂道を下っていった。五キロくらいのところに、昨日入ったスーパがある。そこが目的地である。

「真賀田四季の人形な、あれ、どえらいテレビ映えするけども、いくらなんでも勝手に映すわけにいかんし、難しいとこだわな」雨宮が車を走らせながら言った。「作った本人、ジェーンさん？　その人に会えたら、話つけたるんだけど」

「テレビ映えするっていうのは、どうして？」

「だって、ときどき特別番組とかあるでな。絶大なる人気だがね。真賀田四季といえば、ほりゃあ、一部マニアの間では、完全に神だでね」

「あまり、特番とか、見たことないけれど、そう？」

「やっぱ、だいぶまえの、ほら、島であったあの事件が大きいわな。いまだに、ときどきフィルムとか出とるよ。あんだけ美人だったら、天才じゃなくても食っていけるわさ」

「ふうん。西之園さんが、会っているんだよね」

「そうそう、そんな話、どこぞから聞いたわな」

「今の事件自体は、でも、真賀田四季とは関係ないでしょう？　あったら凄いけれど」

「雨宮純の推理を聞くかい？」

「聞く聞く」

「あれはな、つまり、自分も人形みたいになりたかったんだがね。ほれ、あそこの人形とそっくり同じになっとったでしょう。ま、一種の憧れというか、そういう美を追求しやあた形だわさ」

「誰に手伝ってもらって？　自分じゃできないでしょう？」

「いんや、違う。自殺じゃなくて、えっと、つまり、憧れたといっても、自分が人形になるわけにいかんでしょう。だから、人形を作ったわけ。だけど、そんなに上手くは作れぇへんから、人間を使ったわけだわさ。それで、人形のように姿勢良くかちかちになるように、ラップを巻いたと」

「誰がやったの？」

「それは、ま、芸術家の一人だわね」

「ちょっと待ってね。女性とはいえ、人間を一人殺して、それにラッピングして、あの箱に収めるなんて作業、なかなか体力的にできないと思うんだけど。たとえば、私には無理だわ。持ち上がらないもの」

「男ならできるだろ。ま、俺も、できる気がせんでもない」

「できるかな。どうやってフィルムを巻くの？　床に転がして、上手く巻ける？　ぶよぶよにならない？　春巻きみたいになるから」

「うーん」前を見ながら、雨宮は唸った。「言われてみれば、そうだな、簡単にはいかんわな。生きているうちなら、本人を立たせておいて、周りをぐるぐる回って、フィルムを引っ張りつつ巻けるけどが、死んでまったら、もう立たせられぇせんわけか」

「そうだよ。難しいと思うよ。二人でやっても大変じゃない？」

「そこは、なにぞ道具でも使ったんだとしか思えんな」

「どんな道具」

「うーん、つまり、うーん、具体的にはイメージできんけども、とにかく、ジグだわな」

「ジグ？　ああ、そうそう、専用のジグが必要だよね。汎用的ではなくて、特殊だよね、用途が」

「死体にフィルムを巻くマシーンみたいなのな」

「あ、たとえば、しっかりとした机が二つあればできないこともないかも。机を少し離して並べるわけ。それで、その机の上に死体をのせるのね、二つの机に渡す形で。そうすると、机どうしの隙間のところは、ラップがぐるりと巻けるでしょう？」

「ほう、それで、少しずつ場所を変えて、全体を巻く気？　そんなもん、どえりゃあ面倒だがや」

「でも、一時間くらいあったら、できるんじゃない？　全身をぐるぐる巻きにできたら、もしかしたら自立するかもしれないでしょう？」

「するか、そんな……」

「壁に立て掛けておけないかなぁ。きゅっときつく巻いたら、ぴんとなるんじゃない？」

「ま、いいけども。それで、そのぴんとなったやつを、今度は棺に入れなかんに」

「そうだよ。そこは力がいるわね」

「そのときに、棺の板にあける穴を調節するわけだ。死体を置いてみて、きつかったら、そこを削ったりせなかんに」

「そうだよね。そう簡単に、死体を置いたり、また戻したりって、できないよね」

「できんわ、そんなもん」

「あ、そうか！　わかった。ぐるぐる巻きにした死体を机の上に寝かせておいて、そこに板の方を持ってきて、当てつつ削って調節するわけ。これ、どう？　板の方が軽いわけだから」

「そうか、それはできそうな感じ」

「あの部屋でやったとすると、ベッドと椅子を使ってジグにしたんだね。板を当てるときは、床に寝かせておいたかも。それで、最後は、木の削り粉を綺麗に掃除する、と」

そんな話をしているうちに、スーパの大きな看板が見えてきた。途中に信号が一つもないので、あっという間である。雨宮は、車を駐車場に入れた。

「さあて、食いもんをしこたま買おうぜ」雨宮が言った。

そこで、牛の鳴き声がした。雨宮に電話がかかってきたのだ。彼女の携帯は、牛の声でそれを知らせる。

「はい、もしもし、雨宮です。あ、はい……、そうですか、あ、わかりました。ええ……、えっと、はい？　あ、そうです。今も、現場の周辺で取材を続けております。そうです……。はい、わかりました。またご連絡いたします。どうもありがとうございました」

雨宮は電話をポケットに仕舞う。ふっと溜息をついた。
「ニュースのこと?」
「まだ、全然情報は来ないって。警察が発表してないってことだな」

4

西之園萌絵は、研究室の自分のデスクに座って溜息をついた。パソコンのモニタが数秒遅れて明るくなり、スケジュールを表示する。午前中に委員会の会議が一つ予定されていたが、昨夜延期になるというメールが届いていたので、今から数時間はフリーである。両手を上に伸ばして深呼吸をした。こういう姿を見たら怒るのは、執事の諏訪野《すわの》か、あるいは叔母様だな、と想像したが、ここには彼女一人だけである。窓のブラインドも下りていた。

メールをチェックした。昨夜、公安の沓掛《くつかけ》という男に、三重県で真賀田四季に似ている人形が発見され、同じ場所で変死体が見つかったため、今警察が調べつつあるところだ、という内容を送っておいた。沓掛は、警察あるいは公的な機関の関係者の中では、もっとも真賀田四季に詳しい人間である。

その彼から、メールの返信が届いていた。《情報に感謝します。ただちに確認をいたします。新しいことがわかりしだいお知らせいたします》という端的な内容だった。

同じことを、N大の犀川にも知らせるべきかどうか、を迷っていた。少なくとも昨夜は保留した。犀川は、今日は上海《シャンハイ》の大学にいるはずだ。シンポジウムに参加している。彼とはスケジュールを共有しているので、どこにいるのかはお互いに把握しているのである。もう少し、情報の価値かその精度が高まってから知らせた方が良い、という判断があった。沓掛が調べてくれれば、少なくとも精度は上がるだろう。

そのほかのメールは、中身を読まなくても用件だけで想像できるものばかりだった。立ち上がって、ブラインドの角度を変える。部屋が明るくなった。

ドアがノックされたので、返事をする。誰だろう、と思って時計を見た。学生が来るには少し時刻が早い。事務職員もまだ出てこない時刻だった。

ドアが開いて、黙って入ってきたのは、グレィのワンピースの女性で、大きな帽子を被っていた。手には同じくグレィの日傘を持っている。

「叔母様！」押し殺した声で西之園は叫んだ。本当にびっくりした。真賀田四季が入ってきたら、これと同じくらい驚くのではないか、と密かに連想した。「どうして、こんなところに？　いつこちらにいらっしゃったんです？　あの、どうして、この場所がわかったの？」

「質問が多すぎるわよ。一度見たかったんですもの、可愛い姪《めい》の仕事環境がね。昨日からホテルに泊まっているの。諏訪野に案内してもらったのよ。駐車場で待たせています」

「諏訪野は、どうしてここを知っているのかしら？」

「誰かに聞いたんじゃない？　ここへ来たことはないの？」

「ありませんよ。大学に来たことだってないと思う」

「ま、私が行くと言ったから、調べておいたのでしょう。それくらいのこと、許してあげなさい」

「いえ、べつに怒ってはいませんけれど」

「ふうん……」佐々木睦子《むつこ》は書棚を眺めながら、ゆっくりと近づいてくる。「そこそこね。酷く悪い感じじゃないわ。こういう雰囲気って、そう、昔からあまり変わらないものね。パソコンがなかったら、二十年まえとまるで同じだわ」

「三十年じゃないですか？　二十年まえなら、パソコンはありましたよ」

「授業とか会議とかゼミとかは、ないの？」

「まだ早いので」

「偉いじゃない、こんな朝早くから出勤するなんて」

「それも、諏訪野に聞いたんですね？　事前に」

「朝に強くなったのは、まちがいなく歳のせいですけどね」

「強くないですよ。朝は全然駄目です。叔母様、コーヒーはいかがです？」

「そうね、いただこうかしら」

「そこにお掛けになって下さい」

西之園は、コーヒーメーカが置かれているテーブルへ行き、準備を始める。佐々木は、ソファに腰掛けた。

「そこのキャビネットにある楯《たて》は何？」

「え？　ああ、それは、学会でいただいた賞です」

「へえ、私、聞いていませんよ」

「いえ、いちいち報告するほどのことでもありませんから」

「そう？　寂しいわね、貴女も大人になったのかしら」

「だいぶまえから、大人ですよ」

「はぁ……、歳のことを考えると、溜息しか出ないわ」

「そんなことおっしゃらないで下さい。あ、そうだ……。覚えていらっしゃるかしら、あの、赤柳さんっていう探偵さんなんですけれど、叔母様、どこかでお会いになって、私が写真を見せたとき、その人は女だって、おっしゃいましたよね？」

「ええ、覚えていますよ。その人がどうかしたの？」

「今は女性になっているらしいです」

「いえ、まえから女性ですよ。化けていたんです」

「さすがに慧眼《けいがん》ですね」

「見たらわかりますよ、普通」

「いえ、誰も疑いもしなかったんですから」

「そうなの？」

「この頃、男性でも女性として生きている人、けっこういるじゃないですか」

「昔からいますよ。今ほどおおっぴらじゃありませんでしたけれどね」

「そういう人だと思われなかったのは、何故です？」

「それは全然違います。見たらわかるわ」

「わかるかなぁ……」コーヒーメーカをセットし終わり、西之園は首を傾げる。「うーん、わかるとしたら、まちがいなく歳の功というやつですね」

「違いますよ。これはね、人間の勘という能力です。才能よ」佐々木は、そう言ってにっこりと微笑んだ。

「山吹君たちが、三重県で、その赤柳さんに会ったんだそうです。名前も違っていて、性別も違う。でも、そうやって身を隠しているって。もうずっと、行方知れずだったんです。私、心配していました。まえに会ったとき、赤柳さん、東京で外国人の二人組に襲われて、パソコンを奪われたあとだったんです。どうも、真賀田四季関連のことで調べていたらしくて、その関係で狙われたんじゃないかって……。これって、お話ししました？」

「初めて聞きました。そうですか。久し振りに聞く名前ね。はぁ……」佐々木はそこでまた溜息をつく。「この頃、鳴りを潜めている感じじ？　そうじゃない？」

「そうですね、少なくとも日本では、ここ数年、聞きませんね」

「海外ではあるの？」

「ええ、一般的なニュースとしては伝わってきませんけれど、断片的なものは幾つか。このあいだ、瀬在丸さんにお会いして、教えてもらいました」

「そう……、あまり、貴女、関わらない方がよろしいのじゃない？」

「わかっています。私も、今は研究で手一杯ですし、そんな余裕がありません」

「それが、普通の人間の生き方ですよ。立派なことだと私は思います」

「叔母様ね、一度、瀬在丸さんに会っていただけません？」

「え、どうして？」

「うーん、だって……、私の保護者といったら、第一に叔母様じゃないですか」

「こういうときにだけ、何ですか……」佐々木は口を結んでしばらく黙った。しかし、天井を見上げる視線のあと小さく頷いてから言った。「まあ、そうね、たしかに、ご挨拶しないといけませんね。難しい方なんでしょう？」

「そんなことありません。どちらかといったら、叔母様の方が……」

「え？　何ですか」

「とっても上品な方ですよ。お綺麗ですし」

「そこは、私と同じね」

「そういうことは、絶対におっしゃらない方です」

「私だって、他人様にそんなことは言いませんよ。貴女は身内だから、甘えているだけじゃないの」

「うーん、そうですねぇ……」西之園の頭の中で数通りのシミュレーションが走った。

「叔母様と瀬在丸さんとなると、もう意気投合するか、それとも大喧嘩《おおげんか》をするか、どちらかでしょうね」

「覚悟しておくわ。はぁ……。ところで、コーヒーは？」

「あ、いけない」西之園は立ち上がった。

5

加部谷恵美たちは、コテージの前でバーベキューをしていた。水野涼子も一緒だ。二回めなので、炭の扱いも完璧《かんぺき》だった。昨日は肉がメインだったが、今日は魚や貝など、海の幸《さち》が中心である。缶ビールも仕入れてきた。あまり酔っ払わないように、ソーダとウーロン茶もあるが、まだ全員がビールだった。

水野が、警察から仕入れてきた情報を三人に報告したが、取り立てて目新しいものはなかった。まだ死因もはっきりしていない。ただ、後頭部に打撃を受けた傷があること、首に押さえられた痕が残っていること、などから、後ろから殴られて倒れたか、気を失ったところで首を締められたのではないか、というのが最初の推測だったらしい。解剖によって、さらにこれらを裏づけるデータが出るものと見られている。死亡推定時刻については、現段階では確定ではなく、また詳細なものでもない。ただ、金曜日の夕刻から夜にかけて、というだけである。芸術村のメンバで最後に被害者と会ったのは砂羽知加子であり、その時点では、事件の兆候らしきものはなにもなかったという。したがって、そのあとに何者かが被害者を訪ね、また棺を運び込んで、すべてを実行したと見られている。夜に、現場の前を通りかかった者はいない。朝まで充分な時間があったことになる。したがって、逃走した場合には、遠くまで行く時間的余裕があると判断され、非常線を張るなどの捜査は今のところは行われていない。このほか、周辺に住んでいた芸術家たちからは、関連しそうな目撃情報は得られなかった。

問題のストレッチフィルムによるラッピングについては、目的は不明だが、それが行われたのは、死後の早い段階、少なくとも数時間以内であることがわかっているらしい。殺してすぐにラッピングしたわけである。少なくとも、生きているうちに巻かれたものではない。使われているフィルムは、主として荷物の梱包《こんぽう》などに用いられるもので、ポリエチレン製で幅は三十センチ、その厚さは僅か二十ミクロンだという。一般にどこでも安価に入手ができ、広く大量に出回っている製品である。

水野からの情報は、その程度だった。雨宮の職場からもその後連絡は入らず、山吹がネットで検索をしても、まだ事件の情報はアップされていない。ようするに、世間ではまだニュースにもなっていない段階だ。死体が発見されて、そろそろ二十時間ほど経過しているのに、悠長《ゆうちょう》な進展である。警察もそれほど緊迫感を持っていないのかもしれない、と水野は感じた。

おそらく、死体の処理などからして、普通の神経の者の仕業《しわざ》とは考えにくく、変質者という言葉を持ち出さなければ説明ができない状況であることが、おおかたの見方だろう。警察は、美之里の芸術村にいる芸術家たちに的を絞っているのかもしれない。町中や住宅地で起こった事件ではない、という点が、今回の特徴であり、わざわざこんな場所まで外部から侵入して犯行に及ぶのは不自然だ、と考えるのが普通だろう。もし、外部の者の犯行ならば、あのような処理を施《ほどこ》す余裕はないはずで、そんな危険を冒すメリットもない、と想像されるからだ。

こういった、閉鎖的な条件、すなわち捜査範囲が限定されている有利さが、警察の落ち着きに繋がっているのではないか。落ち着きというよりは、のんびりとした、緊張感を欠いた雰囲気といっても良い。あるいは、この地方のやり方なのかもしれないが、傍《はた》から見ていると、どうしてもじれったく感じられる。まだ正式発表を行っていないのも、都会の警察本部では珍しいことだろう、と水野は思った。

満腹感に気づいた頃、見知らぬ男が一人で訪ねてきた。この炎天下でもネクタイを締めている。さすがに上着は脱いでいた。灰色のスーツで、上着を片手に持っている。年齢は四十代だろうか。がっちりとした体格で、一見して警察あるいは役人だと水野は見抜いた。何がそう思わせるのかといえば、それは彼らに共通する目つきである。

男は挨拶をし名乗ったが、名刺は出さなかった。公安調査官の松沼《まつぬま》で、東京から来たと説明した。これを聞いて、水野は驚いた。これはつまり、真賀田四季の関連だ、と理解したからだ。

「お話を伺おうと思いまして……」松沼は丁寧な口調で話した。

「殺人事件のことでいらっしゃったのですか?」

「いいえ、そうではありません。それは三重県警の仕事です。私が参りましたのは、こちらに真賀田四季の人形がある、という情報を得たからです」

「えっと、どこからそんな情報が?」水野は思わず立ち上がってしまった。

「西之園先生からです」松沼は即答する。そして、水野を数秒間見つめたあと、山吹、加部谷、雨宮と視線を移した。「私は、その人形を確かめに参りました」

「そうですか……」水野は息を吸った。「実はですね、言いにくいんですが、その人形は、ジェーンさんという方のロッジの中にあったのです。殺人現場と同じような棺がそこにある、と砂羽さんという人から聞いたので、あの、つまり、玄関の鍵が開いていたので、ええ、ここはどこもそうらしいのですが、つまり、お留守でしたが、無断で入って、その棺の中を見ようと思いました。そのときは、ただ、殺人事件に関係があるだろう、という考えで、その、調べた方が良い、という気持ちがあったのです」

水野は、そのときの経緯を説明した。最初は、砂羽が家の中を覗いていたこと、家の中には人形が沢山あったこと、棺には配管が施されていて、外部にある酸素ボンベらしいものと繋がっていること、思い切って棺を開けてみたところ、そこに等身大の人形が収まっていたこと、などである。

「その人形の写真を西之園先生に送ったのは、僕です」山吹が言った。「そうしたら、知っている人に似ているから、もっと解像度の高いものが見たい、というリプライがありました。でも、もうその人形の写真を撮る機会はないだろう、と思いました。ところが、ネットで真賀田四季を検索して写真を見たら、本当によく似ていることがわかったので、それをまた、西之園先生には知らせました」

「わかりました。では、管理人から、その家の立入り許可を取りましょう。協力していただけるものと思います」松沼はそう言って頷いた。「ほかに、なにかお気づきのことはありませんか？」

「被害者の日記に、ジェーンさんに一昨日会った、と書かれていました」水野が説明する。「さきほど話した砂羽さんも、ジェーンさんと親しかったようです」

「あ、あの……」加部谷は片手を上げた。「私、その人形が目を開けたところを見ました」

「目を開けた？　そういう仕組みになっているのですね？」松沼が何度か瞬きをして言った。

「みんなからは、見間違いだと言われたのですが、そうではなかったと思います」

「貴女だけが見たのですか？」

「はい」

「ほかの方は？」松沼は、三人の顔を順番に見た。

「目が動くように、あれができているとは思えませんでしたけれどね」水野が代表して答える。「でも、かなり精巧な人形、というかロボットだったら、顔もシリコンで作られていて、もしかしたら、動かせるのかもしれませんね」

「そうか、そういうことなら、あのダクトは空気を送っているのかもしれませんね」山吹が言う。「ボンベに圧縮空気が入っていて、その力で小さなピストンを動かすんですよ、アクチュエータっていいますけど。それなら、ほとんど音もなく作動すると思います」

「わかりました。それも調べてみましょう。そのジェーンさんという作者に会うことができれば、話が早いですけれどね……。ありがとうございました。またあとで、もう一度こちらへ伺うかもしれません」

松沼はお辞儀をして、くるりと向きを変えて立ち去った。彼自身がロボットなのではないか、と加部谷は感じた。どことなく動きが硬かったからだ。

「凄いですね。公安」水野は笑いながら感想を漏らした。「あれくらいの情報でも、すぐさま人を送り込んでくるなんて……。だって、本人を見たというんじゃない、似た人形があったというだけですよ。うーん、それくらい、情報に飢えているのか、それとも、つぶさに調べなければならないほど、危機感を持っているのか、どちらでしょうね」

「私たち、危機感ないですよね。今日もバーベキュー完食なんですから」加部谷は言う。

「ちょっと、でも、また見たくなりましたね。今の人についていけば良かった」

「行きましょうか」水野が提案した。

「行かなくちゃ」雨宮が高い声で言った。

「待って待って……」山吹が片手を上げた。「ちゃんと片づけてからにしようよ。火の始末もあるし」

6

バーベキューの後片づけを三人に任せて、水野一人は松沼を追いかけた。ちょうど、ゲートの近くで、彼が前を歩いているところを見つけた。向こうも気がついて、足を止めて待ってくれる。

「すいません、一緒に行ってもよろしいですか。人形の家にです」

「どうしてですか?」

「私も興味のあるテーマなのです。あの、協力できると思います。以前から、その方面のことを調べているのです。西之園さんにも親切にしていただいたことがあります」

「そうですか。ええ、かまいませんよ。では一緒に……」

芸術村に入るゲートの前には警官が立っていた。車が通ることができる道である。パトカーが近くに駐車されていた。

「真賀田四季博士は、今はどこにいるのですか?」水野は歩きながらきいてみた。

「さあ、どこでしょう。もしそれがわかって、もしそれが国内ならば、警察が踏み込んでいるでしょうね。彼女は、指名手配されている殺人犯です」

「国内にいる痕跡はないのですね？　まあ、そうでしょうね。しかし、日本としては、真賀田博士が国内にいないことは、痛手ですよね。天才の力を借りられれば、日本の情報技術ももっと向上したのでは？」

「私は、その方面のことはわかりません。ただ、調査をしているだけです」

「あの、ここだけの話ですが……」水野は声を落とす。「この美之里についてです。ずばり、どうでしょう？　真賀田四季との繋がりがある、と見て良いのでしょうか？」

「それも、私にはわかりません。どうして、そんなことをきかれるのですか？　もしよろしければ、お話しいただけませんか」

「この種の宗教団体には、昔から真賀田博士と関係を持つところが幾つかあります。私が知っている範囲では、三つだけですが」

「関係というのは？」

「主に資金的な支援ですね。団体の方から真賀田博士への資金提供です。どんな見返りがあるのかは、私には想像できませんが、カリスマを求める側と、存在自体がカリスマといえる人物ですから、不思議なことではないと思います」

「こちらが宗教団体だということは、認識していますが、私は、それ以上の情報は持っておりません」

　話をしているうちに、隅吉真佐美の家の前まで来た。周囲には鑑識らしき係官が数人。

家の中にもいるようだ。小川の近くのベンチに川西刑事の姿があった。管理人の海江田も彼の横に立っている。二人で話をしていたようだった。

川西は、こちらに気づいて立ち上がり、片手を頭のところまで持ち上げた。松沼に対して敬礼をしたようだ。松沼はそちらへ近づいていったので、少し距離を置いて、水野もついていった。話がぎりぎり聞えるくらいの距離になるように努めた。

松沼は海江田に、ジェーンという芸術家の家の中を見せてほしい、と頼んだ。

「私も、今それをお願いしていたところです」川西刑事が言った。「おそらく、松沼さんがご覧になりたいものは、そこにあります」

「誰からそれを聞かれたんですか？」松沼が尋ねた。

「砂羽という女性からです。昨日の夕方、そこへ棺を見にいったと言うのです」川西は、水野の方へ視線を送った。

「はい、私もそこにいました」水野はさらに近づきながら、当たり障りのない言葉を選んで答えた。

「とにかく行きましょう」川西が言う。

川西、海江田、松沼、それに水野を加えた四人でそちらへ向かった。距離としては、四百メートルほど離れている、というのが水野の感覚だった。

「ジェーンさんというのは、どんな人ですか？」松沼が海江田に質問した。

「ジェーン・島本《しまもと》さんです。ええ、あの、どんな人と言われましても、その……、綺麗な方ですよ。えっと、二十代か三十代か、あと、うーん、色が白いですね。髪は長くて黒いです」

「日本語を話すのですか？」

「はい、私も何度かお話をしました。話しているかぎりでは、まったく日本人です。でも、見た目は、ちょっと違いますね」

「ここに来るのは、どれくらいの頻度ですか？」

「そうですね。しっかりと把握しておりませんが、たまに見かけます。ここにいる人たちの方が詳しいでしょう。私は、一年に数回しか会いません。彼女がここにいても、私が知らないことが多いとは思いますが」

「ここにいないときは、どこにいるのですか？」

「それはわかりません。そういったプライベートなことは、基本的に尋ねないことにしています」

「だいたいどこの人だ、というのもわからないのですか？」

「ええ、わかりません。少なくとも、私は知りません」

「でも、たとえば、アーティストとして活躍をされているなら、個展などを開いたりしませんか？　作品をどこかで発表するといったことがありませんか？　そういった活動をしていれば、連絡先というものがあると思うのですが……」松沼が早口できいた。少々苛立《いらだ》っているようにも感じられた。

「ええ、もちろん、親しい人ならば、知っているかもしれません。ただ、ここでは、そういったプライベートなデータを持っていませんし、私も管理人として、そういったことをききません。むしろ、意識して立ち入らないようにしているのです」

「どこかから、ここにいる作家の人に連絡が来ることはありますか？」その質問をしたのは、松沼ではなく川西だった。水野は三人の後ろを歩いている。一番前を歩く川西が振り返って、海江田にきいたのだ。

「手紙や電話が来ることはときどきあります。こちらにずっといる人は、ここを住所にしていますからね。でも、ここ以外を本拠にしている人も多くて、そういった場合は、もちろん手紙も電話もこちらへは来ません。ここにいる人に、もし外部から電話が事務所にかかってきた場合、本人に伝言をするだけです。あとは、携帯電話を持っていなくて、電話をするために事務所に来る人がたまにいるくらいです」

「皆さん、携帯電話をお使いでしょうね」松沼が言う。

「この奥のエリアは、携帯電話が繋がりにくいところがあります」海江田は説明した。

「でも、高いところへ出たり、事務所の方へ近づけば、なんとか使えますね」

「ジェーンさんには、そういった手紙や、事務所を通した電話はなかったのですか？」

川西がきく。

「えっと、そうですね、私が知っているかぎりでは、一度もなかったと思います」

その質問のあとは、しばらく黙って歩いた。広場を通り過ぎ、緩やかな坂道を下っていく。白い家が見えてきた。

水野は家の横にあるボンベを見た。黒い色で、直径三十センチ、高さ一メートルほどの円筒形で、二本並んで立っている。その奥に、コンプレッサらしいモータも見えた。山吹が話していたとおり、圧縮空気を溜める装置かもしれない。

海江田がステップを上がって、ドアをノックする。返答はない。彼は、ドアノブに手をかけ、それを押し開け、中を覗き見る。川西と松沼もその横から覗き込んだ。松沼の方が背も高く、また肩幅も広い。

「こりゃあ、また、なんというのか……」川西が呟いた。「ああ、その棺桶のことですね」

「砂羽さんによれば、ジェーンさんは、その棺をベッドの代わりに使っていたそうですよ」水野は後ろから説明した。

「ベッドの代わりに？」川西が中を見たまま、言葉を繰り返した。

松沼と川西は部屋の中に足を踏み入れる。二人は、周囲をゆっくりと観察した。

水野が見たかぎりでは、部屋の中の棺も、そして人形たちも、昨日のままだった。ただ、窓から入る光が違う。室内はひっそりとした空気で、人形たちはいずれも大人しくただ座っているだけのように見えた。なんとなく、昨日よりは「死んでいるように」水野の目には見えた。それくらい、昨夜は生き生きとした感じだったのだ。

「問題の人形は、この中ですね？」松沼が指をさし、戸口に立っている水野の顔を見た。

「はい、そうです。横にロックがあります。それを外すと、こちら側が持ち上がって、蓋が開きます」

「どうしてそんなことを知っているんですか？」川西が、水野を睨んだ。

「ええ、あとでご説明します」水野は答える。管理人がいるところでは話しにくいと思ったからだ。

松沼と川西が、棺の横に屈み込み、ロックを探した。そして、ようやく蓋を開けることができた。

「おお、なるほど」松沼がそれを見つめながら立ち上がった。

「こりゃ、ちょっと……、凄いな」川西はしゃがんだままだった。人形の顔に手を触れようとしている。

その彼の指が、人形の頬に触れようとしたとき、人形は目を開けた。

川西が、後ろに尻餅をつく。松沼も一歩後退した。逆に、水野は部屋の中に一歩踏み込んでいた。管理人の海江田が、水野の後ろに立っていたが、はっという驚いた息遣いが聞えた。全員が人形の顔に注目していたのだ。

目を開けた人形は、やや頭を持ち上げ、横を向いた。

「何故、私を起こしたの？」人形の口が動き、優しそうな声が漏れ出る。

人形の上半身が、ゆっくりと持ち上がった。

棺の中に座っている格好になる。

「誰ですか？　貴方たちは」

しばらく、誰も口がきけなかった。

7

バーベキューの後片づけが終わって、加部谷たちは出かけようとしていた。水野があの人形の家に行くと話していたのが、加部谷は気になった。遠くから見ているくらいなら捜査の邪魔にはならないだろう、という野次馬的発想だった。加部谷と雨宮は、既に外に出て、山吹を待っていた。彼は、コテージの中でメールの確認をしているようだ。窓からそれが見えた。雨宮は、カロリィを取りすぎたと言い、ストレッチをしている。

すると、木陰から人影が現れ、黙って近づいてきた。黒いシャツに黒いズボン。帽子も被っていない。あっけにとられた加部谷の前まで来て立ち止まった。そこまで来ても、一言も声を発しなかった。

「海月君……」ようやく加部谷の口から音声が零れ出た。

「森の妖精かと思ったがね」雨宮が言う。「いや、思ってぇせんけども」

コテージのドアから山吹が出てきた。「お、海月、早かったね」

海月及介は、腕時計を見た。「そうでもない。予定どおりだ」

「どうしたの？　来られないって言ってたのに」加部谷が尋ねる。「いえ、来てくれたことは、その……、加部谷は、もの凄く嬉しいんだけれど」

「惜しかったなぁ、さっきまでバーベキューだったのに」雨宮が言う。

「土曜日は、時間が取れない、と書いた」海月は呟くように言った。

つまり、土曜日からは参加できない、しかし、日曜日ならば行ける、という意味だったのか、と加部谷は解釈した。たぶん、その解釈で正しいのだろう。正しいような気がする。確かめたかったが、それ以上質問をする雰囲気ではなかった。そもそも、海月及介に対して質問する雰囲気というものが、この世界には存在しないのである。

それから、いろいろなことを話した。そのうち、加部谷がしゃべったのが七割くらいで、雨宮と山吹が残りの三割を均等に分担して説明したし、加部谷の補足もしてくれた。奇妙な死体のことと、真賀田四季の人形のことが、双璧《そうへき》として語られた。海月は黙って聞いているだけで、質問さえしなかった。

「ところで、海月君が来ること、山吹さんは知っていたんですか？」話が一段落したところで、加部谷はきいてみた。

「来られるかもしれない、くらいにはね」山吹は答える。「海月、昼は食ったの？」

「ああ」海月は小さく頷いた。

「とにかく、じゃあ、芸術村へ行ってみようか」山吹は言った。

四人は歩き始めた。歩く間も、加部谷はしゃべり続けた。海月に話したいことが沢山あったからだ。海月は相変わらず無言でそれらを聞いた。すべての言葉がブラックホールへ吸い込まれていくようだった。加部谷は、久し振りにその手応えのなさを感じて、嬉しくなった。そうだ、こうだったんだ、と思い出して懐かしかった。

芸術村へ入る裏ゲートの前に警官が立っていた。中に入っても良いかと尋ねると、どちらへ行くのかと問われたので、咄嗟に砂羽さんに会いにいく、と答えた。警官はそれを聞いて通してくれた。

「砂羽さんに、会わなくちゃいけなくなりましたね」ゲートを通り過ぎてから、加部谷は言った。

砂羽の家は、この道を行くと、殺人現場よりも先にある。四人は、まず隅吉真佐美の死体が見つかった家の近くを通った。警察の関係者が多いので、邪魔にならないようにできるだけ迂回し、小川の脇の小径を歩いた。海月に現場を説明するには良い機会だった。

そのあと、また元の道に戻り、砂羽の家に向かう。この道は、肉体の柱の広場へ通じているし、その先にジェーンの家もある。

砂羽は、家の横の仕事場にいた。黒いゴムのエプロンをしていたし、手には革の大きな手袋をはめていた。

四人は、そのアトリエの前で立ち止まった。山吹が挨拶をして、みんなを紹介した。

「さっき、警察の人かな、あと、えっと、水野さん？　女の人、みんなで、あちらへ歩いていかれましたよ」革の手袋を外しながら、砂羽は言った。

「ジェーンさんの家に行ったんだと思います」山吹が話す。

「ジェーンさんの？　どうして？」

「棺を調べるためでしょうか」

「あ、そうか……」砂羽は手袋を外し、溜息をつく。「ああ、大変なことになったんだなって、今日になって思うの。昨日は、なんだか頭がぼうっとしてしまって……。もう驚くばかりだったから。警察の人と沢山話をして……」

言葉の途中で、砂羽は黙ってしまった。

「何を作っているのですか？」加部谷が尋ねた。

「何になるか、まだわからないわ」砂羽は少し微笑んだ。額の汗を手の甲《こう》で拭う。「でも、こうして作業をしているのが、一番落ち着く」

鉄の板や棒材が沢山あった。大きなボルトやナットもある。バイクのエンジンみたいなものも転がっている。また、太いコードがあって、その先に大きなクリップのようなものが繋がっていた。溶接をするためのものだろうか。

「あの、ジェーンさんが写っている写真をお持ちじゃないですか？」山吹が尋ねた。

その質問を聞いて、加部谷は、なるほどなと思った。

「ありますよ。その写真、警察にも見せたの。えっと、待ってて……」

砂羽は、ゴムのエプロンを外してから、仕事場から出て、家の中に入っていった。

「そうか、写真という手があったか」加部谷は言う。

「少なくとも、ジェーン・島本という名前で検索しても、ネットでそれらしいものはヒットしなかった」山吹が小声で言った。

砂羽が玄関の戸を開けて出てきた。ハガキよりも少し大きい写真を手にしていた。

「これ。あまり大きくは写っていないけれど……。猪野さんに撮ってもらったの」

五人が立って並んでいる写真だった。バックは広場のようで、例の肉体の柱がほぼ中央に写っている。女性が三人、男性が二人、五人の全身が写っているので、顔は小さいが、一番背が高いのが、日本人離れした顔立ちの女性だった。それがジェーン・島本らしい。彼女が中央で、その左隣が、死んだ隅吉真佐美、さらに左に砂羽知加子。また、右には、丹波耕太郎、そして右端が棚田直治だった。二人の老人は笑っている。女性たちは三人とも澄ました表情だった。

人形と同じだ、という言葉を加部谷は呑み込んだ。

砂羽に礼を言ってから、四人はそこを離れた。しばらく進むと、さきほどの写真を撮った場所が見えてくる。そこで右の細い道に入り、森の中をさらに奥へと進む。

「この辺には、警察の人、いませんね」ぐるりと周囲を見回してから、加部谷が言う。

「ジェーンさんの家の方にいるのかなぁ」

「どうかな」山吹が応える。「でも、事件とは無関係かもしれないし」

「似ていましたよね、さっきの写真」加部谷は思い出して話す。

「人形に似ていたってこと？」雨宮がきいた。

「そう、自分をモデルにして、あの人形を作ったんだね。てことは……」加部谷はそこで息を呑んだ。言葉がすぐに出てこなかった。

「ジェーンさんが、真賀田四季に似ているっていうことになる」山吹が代わりに言ってくれた。

「似ているだけでしょうか？」加部谷は追加した。山吹の表現があまりにも冷静だったからだ。

「だって、ネットに公開されている真賀田四季の写真って、もの凄くまえのものだよね」山吹は相変わらずの口調である。「最近の写真はないはずだから。そうなると、写真に似ているというのは、昔の真賀田四季に似ている、ということでしょう？　ほかに、どういう解釈がある？」

「ですから、ジェーンさんが、その、真賀田四季本人だという可能性ですよ」

「本人だったら、もう少し歳を取っているんじゃないかな」

「いやぁ、わかりませんよう、女性ですからね。ねえ、純ちゃん、どう思う？」

「どきどきしてきたがね」雨宮が答えた。

「歳くらい、誤魔化せますよう。そんな十年くらい、屁《へ》の河童《かっぱ》ですよ」

「屁の河童か、そこまで力説するなら、そうかもしれない」山吹は頷いた。

「強調しすぎました。べつに、力説しているわけじゃありませんけど。あ、そういえば、さっきの写真、警察にも見せたって話していましたよね。どうして、警察はあの写真を持っていかなかったんでしょうか？」

「警察は、まだあの人形を知らなかったからだよ」山吹が言った。「その時点で警察が見たかったのは、ジェーンさんじゃなくて、隅吉さんの写真だったんじゃないかな」

「おお、そうか……」加部谷は、山吹の解釈に素直に感心した。「じゃあ、今頃、人形を見て、慌ててますね。あの写真をもう一度確認したいから貸してくれって言いにきますよ」

「ジェーンさんの写真は、もしかしたら、ほかにもあるかもね。えっと、写真家の人にきいてみた方が良いかも、名前は……」

「猪野さんですね」雨宮が答えた。

8

ヘリコプタのローター音が轟《とどろ》いた。水野は、玄関の庇《ひさし》よりも外に出て、空を見上げた。小型のジェットヘリだが、文字などは読めない。

「マスコミが嗅ぎつけたのかな」川西も出てきて、舌打ちをした。「この頃はなあ、早いんだよ、どこからでも漏れる」

「記者会見はまだですか?」水野は尋ねる。

「今日の午後です」時計を見ながら川西が答えた。「うーん、もうすぐかな」

ヘリは南の方角へ飛んでいった。姿はまだ小さく見えるが、音は届かなくなった。たまたま、通りかかっただけかもしれない。

川西は部屋の中に戻り、水野もそれに続いた。海江田だけが、玄関から入らず、デッキに立っていた。

「しかし、よくできていますね。ちょっと離れたら、完全に生身の人間に見える」川西が呟くように言った。彼は、人形の近くにまたしゃがみ込み、手を伸ばして顔に触れる。

「ゴムみたいなものですね」

「シリコン樹脂《じゅし》でしょう」松沼が言った。彼は、少し離れたところに立っていた。ピエロの人形に近い位置だ。「声は、真賀田四季のものではないように感じました。合成音っぽいですね」

「真賀田四季？」管理人の海江田がきいた。彼は玄関の外から覗き込んでいた。

「この人形は、ジェーンさんが作ったものですか？」川西は、振り返って海江田に尋ねた。

「だと思います。確かなことは言えませんが」

「この人形を、ご覧になったことがありますか？」

水野の質問に答えるまえに、海江田は玄関から一歩だけ室内に入り、棺の中に座っている人形の顔をじっと見た。横に立っている松沼調査官が海江田を睨んでいた。

「たぶん、初めてでしょうね」海江田は目を細めて答える。「もしかしたら、ジェーンさんだと思ってしまったことがあるかもしれませんが」

「え、どういうことですか？」

「いえ、つまり、たとえば、窓際にこれがあって、外の遠くから見たら、ジェーンさんがいると思いますよね」

「人形として、ご覧になったことは？」

「それは、一度もありません。だいたい、ジェーンさんの人形は、もっと小さいものばかりです。大きくても、えっと、そこにあるピエロくらいです、せいぜい」

「この棺桶はどうですか？」川西が続けて質問をする。「これをご覧になったことは？」

「これは、そうですね、ええ、だいぶまえから、そこに置いてありましたね」

「聞くところによれば、ジェーンさんは、この棺桶をベッドの代わりに使っていたそうですが、それはご存知でしたか？」

「ベッドの代わり？　その中で寝ているということですか？」

「たぶん、そういう意味だと思いますが」

「さあ、私は、そこまでは知りません」

「でも、この部屋にはベッドがありません。どこで寝ているのか、と思いませんでしたか？」

「いいえ。あの、ジェーンさんはそんなに長くここに滞在されません。日帰りでいらっしゃることが多いようにお見受けしています。泊まられることがあったかもしれませんが、そのときは、ソファかなにかで代用されていたのでは？　こんな箱の中で寝られないでしょう」

　部屋にはたしかにソファがあった。二人がようやく座れるくらいの小さなものだ。今は、そこには大きな人形が一体と、小さな人形が三体のっていた。

「あ、もしかして、砂羽さんは、この人形を見て、ここでジェーンさんが寝ていると勘違いしたんじゃないですか？」海江田が言った。

「砂羽さんの話だと、どうして思われたのですか？」川西がすぐにきいた。

「え？」

「私は、砂羽さんから聞いたとは言いませんでしたが」

「ああ、ええ……、たぶん、砂羽さんだろうと思っただけです。違うんですか？　ジェーンさんと砂羽さんは、仲が良さそうですので」

「隅吉さんは、ジェーンさんとは？」

「あ、それは知りません」海江田は首をふった。

「そうですか……。わかりました」川西は何度か小さく頷いた。「どうもありがとうございます」

　どうやら、質問は終わったようだった。

「あの、一つよろしいですか？」水野は海江田にきいた。「この人形をジェーンさんだと勘違いしたのでは、とおっしゃいましたけれど、砂羽さんは、ジェーンさんと親しかったのなら、この部屋で、つまり近くでこれを見せてもらっていたのでは？」

「ええ、そうですね。でも、私だって、本物と見間違えましたよ。特に、動いたり、しゃべったりするならなおさらです」

「ちょっと待って下さい」松沼が片手を持ち上げた。「ジェーンさんという方は、この人形に似ているのですか？」

「似ているというか、そっくりですよ。自画像の人形版というわけですね」海江田が答える。

「自分をモデルにして作った、という意味ですね？」松沼が慎重な口振りで確認する。

「ええ、そうです」海江田が答えた。

「そうだ、ジェーンさんが写っていた写真があったな」川西が呟いた。「えっと、砂羽さんが持っている」

外で声がした。水野が外へ出ると、加部谷たちがこちらへ歩いてくるところだった。人数が一人多い。黒い服装の男だ。近くまできて、それが海月及介だとわかった。

「懐かしい。海月君じゃない」ステップを降りていき、水野は彼に近づいた。

「あ、あのね……、内々に私が説明してあげましょう」加部谷が二人の間に入って言った。

「今、砂羽さんのところで、ジェーンさんの写真を見せてもらったんです」山吹が水野に報告した。たしかに今は、水野と赤柳の関係よりも、そちらの方が緊急を要する用件であることはまちがいない。

「そうそう、こちらも、今気づいたところ」水野が言った。「人形のモデルが、ジェーンさん本人らしいってことに」

9

砂羽知加子は、溶接用のヘルメットを被って、電気溶接をしていた。曲げた鉄筋を鉄板に溶接し、少し大きめの虫籠《むしかご》のようなものを作ろうとしていた。それがどんな意味を持つのかは、まだわからない。ただ、虫ではなく、そこに入れるものがたしかにあるような予感がしていた。たとえば、人間の心臓などがそうだ。虫籠の中で心臓が鼓動している、そういったイメージだった。

ヘルメットには、閃光《せんこう》に反応して光を遮る液晶のスクリーンが前面に付いている。溶接の光が消えると、スクリーンは透明に戻る。そのとき、視界の端に動くものがあった。彼女はそちらを向く。ワンピースの女性が、作業場と家の間に立っていた。

砂羽は慌てて立ち上がり、ヘルメットを外した。汗で髪が額に付着している。そんな自分に比べて、そこに立っている美女は涼しげな表情だった。薄いレモン色のワンピースに、同じ色のサンダルだった。

「ジェーンさん。どこにいたの？」

「今来たところです」

「警察の人に会った？」

「いいえ」

「たぶん、探しているんじゃないかな」

「どうして？」

「どうしてって、あの、知らないの？　隅吉さんが亡くなったの。それで、大変な騒ぎになっているわ」

「それは知っています」

「どうして知っているの？」

「そこで、棚田さんに会ったから。教えてもらいました」

「あの、誰かに見られるといけないから、家に入りましょう」

「いいえ、あちらへ行きましょう」

ジェーンに誘われるまま、砂羽は歩いた。作業場のジャンク置き場の裏手から、山の中へ入る細い道がある。この時期は草が伸び、道があることさえわからないくらいだった。以前も、ジェーンと一緒にその道を歩いたことがある。それを砂羽は思い出した。その道を行けば、高台の展望の良い場所まで上ることができる。砂羽のお気に入りの場所だった。おそらく、ほかの者は知らないだろう。ときどき、双眼鏡を持って一人でそこへ行く。野鳥を見たり、遠くの風景を眺めたりできるのだ。

二人は黙って、その場所まで上っていった。ジェーンの足許を見ながら、砂羽はついていく。ジェーンはどこから来たのだろう。このエリアに入るには、どこかで警官と顔を合わせなければならない。なにも言われなかったのだろうか。もしかして、それほど重要なことだと、まだ警察は気づいていないのかもしれない。

そうか、警官に会わなかったというのは、つまり、ジェーンはこの芸術村の中にいたのだ。どこかに隠れていたのだろう。この森には、そんな場所はいくらでもある。そうにちがいない。

見晴らしの良い場所に出た。日差しが厳しいので、景色を眺めるような場所へは出ていけない。手前の木陰で二人は立ち止まり、向き合った。

ジェーンは知っていると言ったけれど、棚田から聞いた簡単な情報だけだろう。砂羽は、隅吉真佐美の死体がどんなふうになっていたのかを説明した。それを見つけたのは自分なのだ。そして、その死体が入っていた棺についても。

「私、警察には言わなかったけれど、真っ先に思いついたの。これは、ジェーンさんの真似《まね》をしているんだって」

「私の真似?」

「だって、ジェーンさん、棺の中で寝ていたでしょう?」

「それを、誰かに話したのね?」

「え、ええ……。あの、ごめんなさい。話してはいけなかった?」

「だから、私の家の中に、人が入った」

「そうなの？　どうして、そんなことが……」

「ここは、とても楽しい場所だったのに、残念だわ」

「どういうこと？」

「言葉の意味のとおりです」

「ねえ、あの、隅吉さんは、どうしてあんなふうにされたの？　いえ、そもそも、どうして殺されたの？　誰に殺されたの？」

「それを知りたいの？」

「ええ、知りたいわ」

「何故？」

「だって、そうでしょう？　どうしてああなったのかを知ることは、大事なことなんじゃない？　私は、同じ過ちを犯《おか》したくない。あんなふうになりたくないから」

「ああ、そういうこと。ええ、貴女は大丈夫よ。隅吉さんには、殺される理由があったのです。どんなことでも、必ず理由があります」

「そう、そうね。罪があったのね？」

「罪は誰にでもあります。でも、殺されるのは罪のためじゃない。それは、殺す方の罪の深さに比べれば、微々たるもの。そうでしょう？」

「わからない。なんだか、とにかく、私は怖い」

「羊はいつも怖がっているのよ。でも、それでも毎日草を食べる」

「どういうこと？　わからない」

「貴女にお願いがあります。貴女にしかできないことなの」

「え、何？　私にできることなら、ええ、ジェーンさんのためなら……、私、できると思う」

「そう、貴女は大丈夫」

「私は、大丈夫？」

「可哀相に、迷っているのね？」

「私は、可哀相？」

10

松沼と川西たちは、まだジェーンの家にいた。管理人の海江田は、事務所に戻ると言って立ち去った。加部谷と雨宮と海月の三人は、真賀田四季の人形をちらりと見学したあと、やはり戻っていった。加部谷が海月に話したいことがあるようだった。

水野と山吹は、ジェーンの家の外をぐるりと一周してから、近くで立ち話をしていた。ボンベとコンプレッサを確かめたが、コンプレッサは電源が切れていた。人形が動いたのは、ボンベに残っていた空気によるものだろう。連続して作動させるためには、コンプレッサの電源を入れる必要がある。これは、山吹の見解だった。水野には、そこまではわからない。ただ、どうしてこんな仕掛けがあるのか、という点について考えていた。単に人を驚かすためだろうか。趣味的な作品というだけだろうか。あるいは、もっと重要なものへ目を向けさせないカモフラージュなのではないか。

それから、ボンベのある壁を見上げると、屋根の妻面《つまめん》の高い位置に小さなパラボラアンテナらしきものが設置されていた。衛星放送を受信するためかもしれない。ただ、アンテナ自体は通常のものより小さいように感じられた。方角はほぼ南上空を向いている。

「テレビはなかったですよね」山吹が言う。

「まあ、パソコンを持ってきて、見ていたのかもしれませんね」水野は答えた。

道をこちらへ歩いてくる男の姿が見えた。画家の棚田直治だった。ちょうど、ジェーンの家から、刑事と調査官も出てきた。中の捜索を打ち切ったようだ。二人とも、近づいてくる棚田を目に留めた。

水野と山吹が立っていた近くへ、五人が自然に集まった。

「ジェーンさんの家で、なにかあったんですか？」棚田がさきに質問をした。

「どちらへ行かれるのでしょう？」川西が逆に尋ねる。

「いや、そのぉ、ジェーンさんに会いにきました」棚田は答える。

「お留守です」川西が言った。

棚田は、家の方を見て、それから、ぐるりと辺りを見回した。

「この道の先は行き止まりですね？」川西がきく。

「ええ、そうです」

「ジェーンさんは、どちらに？」ジェントルな声で松沼が尋ねた。

「あ、いや、知りませんよ、私は……」棚田は言う。

「どうして、彼女がいると思われたのですか？」松沼がさらにきいた。

棚田の視線は、そこで空に向けられた。しかし、慌てて、また周りを見る。さらに足許を見た。片足で地面を小さく蹴る仕草を二回。

「どうしたんですか？」川西が優しく言った。「べつに、隠すようなことではないでしょう。違いますか？」

「さっき、そこで、見かけたから」下を向いたまま棚田が言う。六十を超えた老人と言うよりは、まるで子供のようだった。

「どこでですか？」川西が即座に質す。

「えっと……」棚田は振り返って、指を差す。「広場の方だけど」

川西と松沼は、ほぼ同時に携帯電話をポケットから取り出した。しかし、この場所が圏外だとほぼ同時に気づいたようだった。松沼は小さく舌打ちをする。川西は走り出した。それを見て、松沼も彼を追っていった。

残されたのは、三人。水野と山吹と棚田である。

「ジェーンさんは、どうやって美之里へ来るのですか？」水野は尋ねた。「バスですか？自動車ですか？」

「いやあ、よくは知りませんけれど……」棚田は首をふる。

「さっき、上を見られましたよね」水野はそう言って、空を見上げた。

棚田は答えなかった。そして、無言で頭を下げると、くるりと背中を向け、来た道を戻っていった。

「さぁて、どうしましょうか」水野が暢気そうな口調で言う。なにか面白いことでもあったのか、声が弾んでいるようにも聞えた。

「僕、あの人形の写真を撮りたいんですけど……。警察の人がいるうちは、ちょっと気が引けたから……」山吹は片手にデジカメを軽く持ち上げた。「解像度の高い写真を送れって、指令を受けているので」

「指令？　命令なんですか？」水野はくすっと笑った。

「当然、命令ですよ」山吹は無表情だった。

11

加部谷と雨宮と海月は、肉体の柱がある広場でベンチに腰掛け、おしゃべりをしていた。この近辺は、比較的警官が少ない。見通しがきく範囲には一人しか見えなかった。なにをしているふうでもなく、ただ立っているだけの制服の警官だった。おそらく、この広場を監視する役目なのだろう。

加部谷は、久し振りに会えた海月及介と話すこと自体が楽しくて、興奮気味だった。話題は、主として宗教に関するもので、この場所にも、そして海月から意見を引き出すテーマとしても相応《ふさわ》しいものだ、と彼女は感じた。

どうして人間は宗教に頼るのか。精神安定には宗教が必要なのか。しかし、戦争を引き起こす原因となっているものも、テロの背景にあるのも、また宗教である場合が多い。それはどうしてなのか。そういった疑問を海月にぶつけてみた。もしかしたら、それらは、学生のときに既に議論したことがある内容だったかもしれない。海月とはそんな話ばかりしていたのだ。あれが自分の青春だったのではないか、と加部谷は思う。しかし、今はそんな感慨は口にしていない。そういった感情を持ち出すのは、雨宮に遠慮したからではなく、海月には不向きだと理解しているからだった。

海月が少ない言葉で語ったところによれば、戦争に宗教が絡むのは必然で、その理由は、復讐をしたり悪事を糺《ただ》したりするのであれば、それはあくまでも個人を攻撃することになる。そうではなく、その背後にあって個人に悪事を働かせた神が悪いのだ、と考えなければ、国や地域といった集団を無差別で攻撃するための動機が揺らぐ。人を戦争に駆り立てる理由が、宗教を対象にしないと不完全になる。その悪神を信じているものは、すべて間違っているのだから、もはや同じ人間ではない、と考えなければ、誰がいるのかわからないところへ砲弾を撃ち込むことは、通常の良心からは難しい。そういった説明だった。極めて妥当だ、と加部谷は思った。

その話題から、今度は芸術と宗教の関係について疑問が投げかけられた。雨宮が、どうして古来、芸術は宗教がらみなのか、と問い、この美之里が宗教として成り立つ仕組みをどう考えたら良いのか、と彼女にしてみれば非常に真っ当な質問を持ち出したからだった。さすがにジャーナリズムの現場に関わると、しっかりしてくるものだな、と加部谷は感じずにはいられなかった。

海月は、宗教と芸術は本来は無縁だろう、と簡単に答え、それらを結びつけているのは、芸術家がスポンサに従ったからにすぎない、ようするに芸術家も人間であり、食うためにその技量を消費せざるをえなかった歴史が過去にあった、と話した。そして、それは同時に、この美之里でも両者の関係は同じなのではないか、と言う。すなわち、スポンサである宗教は、芸術家を食わせる、そして、彼らの作品を布教活動に利用することで元を取るのだと。

「あ、なるほどなぁ。そうか、そのとおりだがね」雨宮は腕組みをしていたが、左右に首をゆっくりとふった。「うん、海月君と話すと、頭の中が整理整頓される気がする。たまには、こういう話をせんといかんね」

「そういう意味じゃあ、昔は建築家も、ほとんど宗教と関係していたよね。宗教建築が一番大きな仕事だったわけだから」加部谷は言う。「今は、芸術も建築も、宗教からは解放されたけれど、これはつまり、宗教以外のものに富が配分されて、いろいろなところから仕事をもらえるようになったからなのね」

「芸術の場合は、印刷や写真、それから美術館や劇場といったもので、広く大勢が楽しめるようにもなった」海月が話した。「また、生活に直結しないようなものにも関心を示せるだけ、一般大衆の生活に余裕ができたことも、ここ最近の特徴だ。たとえば、文学や音楽は今では簡単にコピィできるから、大衆が安価にそれを求められるようになった。昔は、王族や貴族のお抱えとしてしか、詩人も音楽家も活動できなかった。そういったことで、芸術における宗教色は、どんどん薄まったといえる」

「いまだにコピィできない芸術もあるよね。たとえば、彫刻とか」加部谷は言う。「絵は画集として売れるけれど、彫刻作品って、一般から、なかなかお金が取れないでしょう？」

「そうかな、写真に撮ればだいたいはわかるで」雨宮が言う。「まあでも、彫刻家で人気作家になるってのは、ちょっとないか」

「音楽や小説や映画や漫画みたいに、一発当ててってのは、ないんじゃない？」

「宗教も、最近ではなかなか大流行はしない」海月が指摘する。「アングラになった」

「おかしいよね。宗教の教義とかはコピィが簡単だし、ネットもあるわけだし、昔よりも布教は、手法的には広くなんでも利用できるようになっているのに」

「マスコミは、けっこう宗教には敏感だでね、かえって難しなっとるかもしれん」

「ああ、そうか、逆に豊かになりすぎて、宗教の必要がなくなったということかしら」

「そうだ、それだがぁ」雨宮が頷く。「生きる苦しみが、昔よりは減ったわな。昔のこと、あんま知らんけどが」

　そこへ、川西刑事が走って森の中から現れた。加部谷たちを一瞥《いちべつ》したものの、そのまま道を先へ急ぐ。少し遅れて、松沼調査官も現れ、小走りで続く。二人は、砂羽や隅吉の家の方角へ消えた。

「なんか、慌ててたね。なにかあったのかしら」加部谷は立ち上がった。「ちょっと、行ってみましょう」

　三人は、刑事たちが走っていった道を歩き始めた。

「でさぁ、海月君はどう思う？」加部谷は尋ねた。

「何が？」

「もうだいたい、私たちと情報は共有したと思うんだけど……、今回の事件について、貴方の感想を聞かせてほしいということ」

「特に感想はない」海月は答えた。

「死体をフィルムで包んだ理由は？」

「ラッピングが、なにか物理的な効果を期待して行われたものなら、その効果が得られたあと、何故フィルムを剝《は》がしておかなかったのか、と考えてみてはどうかな」

「おお、それは初めての意見だ」加部谷は素直に感心した。「でも、そんな、元に戻すなんて面倒くさかったとか？」

「何の目的でやったのか、わかってしまう可能性がある」海月は言う。「どうせわからないだろう、という自信があったのか、あるいは、単にフィルムを剝がすような時間がなかったのか」

「うーん、時間は、少なくともあったんじゃないかな。たとえば、死後硬直するまで死体を固定しておきたかったのなら、朝方とか、午前中にフィルムを剝がす時間はあったでしょうね」

「そんでもな、明るくなって、そんな作業をあそこでしとったら、万が一見つかったときに、えらいことになるでしょうが」雨宮が指摘した。

「それは、フィルムを巻くのだって同じでしょう？　巻く方が何倍も時間がかかったはず」

そのラッピングされた死体が見つかった家が見えてきた。相変わらず、警察の人間が大勢いる。いわゆる制服警官というのは少ないものの、紺色の作業服みたいな人たちが大勢いて、そのほとんどは同じ色のキャップを被っていた。

私服の刑事たちは、家の前に集合していて、川西が早口で指示をしているところだった。

「急げ」という声が聞え、数人が走っていく。

松沼の姿はない。もっと先へ行ったのだろうか。いずれにしても、これまでにない緊迫した雰囲気が感じ取れた。

「無線を持ってきてくれ！　あ、いや、向こうのゲートを本部にしよう」そう言いながら、川西も駆けだしたが、途中で振り返り、「あっちのゲートにも伝えてくれ」と指示を追加した。逆方向にある出入口のことらしい。そちらは鍵がかかっているのではなかったか、と加部谷は思う。

「なんだなんだ。慌ただしいね」加部谷は呟く。「私たち、ここにいて良いのかしら」

「邪魔だったら、邪魔だって言われるだろ」雨宮が言う。

そのまま道を進み、家の方へ近づくと、若い刑事がこちらを睨む。

「駄目だよ、近づいちゃ」と言われてしまった。

そんなこと言われても、そちらへ行かないと帰れないのだ、などと文句はいえない。道から外れ、草むらを歩き、小川に出た。来たときと同じように、現場周辺を避け、遠回りして進む選択もあったが、道を戻ることにした。

森の中の道を抜けて、砂羽の家の前に出る。仕事場に彼女の姿はない。手袋や溶接のヘルメットが脱いだまま、コンクリートの床に落ちていた。加部谷は、家の玄関に立ってドアをノックしてみたが、返事はなかった。なにかあったのか、彼女に尋ねようと思ったのだが。

すると、そこへ画家の棚田がやってきた。老人とはいえ、山道に慣れているのだろう、しっかりとした足取りだった。しかし、下を向いているので目が合わない。

「棚田さん、あの、なにかあったのでしょうか?」きいたのは、道の中央にいた雨宮である。棚田はそこまで、雨宮がいることさえ気づいていなかったのか、びっくりした様子で顔を上げた。

「ジェーンさんが帰ってきたんだ」老人は答えた。「ごめん、急ぐから」

彼は、すぐに歩き始める。雨宮は横へ飛び退かなければならなかった。

「ジェーンさんが？」加部谷も道に戻った。「てことは、何？　つまり、真賀田四季が、ここにいるってこと？」

「そうか、それだったら、警察も公安も慌てるわぁ」雨宮が言った。「向こうで対策会議か、それとも、応援要請か」

「どうやって来たんだろう？　レンタカーとかバスじゃないよね」

「さっき、ヘリコプタが飛んでいた」海月が小声で呟いた。

「あ、そうか、あれか！」加部谷は大きく頷く。しかし、すぐに首を傾げた。「でも、着陸するような場所って、あったっけ？」

12

山吹は、ジェーンの家の中で写真を十数枚撮影した。棺の中の人形は、今は上半身を起こして座った姿勢で静止している。目も開けていた。起き上がって、言葉をしゃべったという。また、動かないものか、と期待しているのだが、しかし、その姿勢のまま二度と動かなかった。どちらかというと、寝ているときの方が本物らしく見えた。目を開けたために、生きている人間にはもう見えなかった。不思議なことだが、人は「生きている」という状態をどうやって感じ取るのだろうか、と山吹は自問した。

水野が急《せ》かすので、玄関から出た。ドアは水野が閉めた。

「どうする？　コテージへ戻る？　写真を送らないといけないんでしょう？」

「それは、べつにいつでも良いと思いますが……」

「ああ、でも、ジェーンさん？　それとも真賀田四季？　とにかく、この近くにいるのかもしれない。さて、警察はどうするのかな」

「警察が大勢いることは、もうわかっているでしょうから、おめおめとは出てこないんじゃないですか」山吹は空を見上げながら言った。「もし、真賀田四季ならですよ」

「単に、真賀田四季に似ているジェーンさんだとしたら、もう今頃、自分の家に来ているでしょうね。ここへ来ないってことは、やっぱり……」

「だとしたら、凄いですね。警察は、まず、何をするのかな」

「応援を呼ぶでしょうね」水野は話す。「でも、応援が駆けつけるのに、四十分、充分な人数が揃うのには、もっとかかる。ただ、ここは周囲に柵があるし、比較的包囲しやすい環境ではある。うーん、逃げる側にしてみると、陸は道が一本しかないし、空から逃げたら目立つだけだし」

「さっきのヘリコプタで来たんでしょうか。でも、ここの敷地の中に着陸したとは思えませんね。そんな大きな音はしなかったし」

「少し離れたところで、どこか降りられるところがあるんじゃない？」水野は後ろを振り返りながら言った。そちらの山の方に、そんな場所がありそうだ、という意味だろうか。「表の駐車場だって、降りようと思えば簡単でしょう。あそこは、でも、警察が見張っていたはずだから。つまり、そういったゲートを通って中に入ったのではない、ということですね」

「どこかに抜け道があるということですか？」

「鉄柵が張り巡らせてあるといっても、こんな山奥ですし、どこかから、出入りできるでしょう。たとえば、柵の下が陥没《かんぼつ》しているとか」

「ペンチがあれば、簡単に切れますしね」山吹は頷いた。

もちろん、柵を登って乗り越えることも、さほど困難ではない。身の軽い人間ならば、あっという間に登って、反対側へ飛び降りることもできるはずだ。有刺鉄線などは使われていない。ただし、一番高いところがやや外側に傾斜しているので、多少危険かもしれない。

話しながら歩いているうちに、前方に三人が見えた。砂羽の家より少し先を歩いていた。声をかけると、加部谷が最初に振り返った。雨宮と海月も足を止め、山吹たちを待ってくれた。

「ジェーンさんがいるって聞きました」加部谷が言った。

「うん、僕たちも聞いたよ。でも、どこにいるのかな」山吹が頷く。

「砂羽さんが親しかったみたいだけれど、彼女はいるのかな」水野が、砂羽の家や仕事場の方を振り返って言う。

「お留守みたいです」加部谷は答えた。「これからどうしますか？　コテージに戻ります？　お菓子でも食べましょうか。私たちがうろうろしていたら邪魔なんじゃないですか」

「コテージに戻って、ネットを見たいね」山吹が言う。

「でも、一度ここから出ると、もう中に入れてもらえないかもしれない」水野が言った。

「私はここに残ろうかな」

「ええ、大丈夫ですか？」加部谷はきいた。

「なにか危険がある？」

「だって、水野さん、真賀田四季の組織から追われているんでしょう？　だから、身を隠しているわけでしょう？　わざわざ女になって」

「いえいえ、たしかに数年まえに一度襲われましたけれど、それはどこの組織かはわかりません。真賀田四季に直接襲われたわけじゃないし。あと、わざわざ女になったという部分、ちょっと引っ掛かりましたけれど」

「あれ、いけなかったですか。すみません。でも、気をつけて下さいね」

「大丈夫、慣れていますから。私みたいな雑魚《ざこ》を相手にするもんですか」

死体発見現場の前を通り過ぎる。刑事も制服の警官たちも、人数が減っているように見えた。どこかほかの場所へ移動したのだろう。

水野をそこに残して、四人は芸術村から出た。自動車が通ることのできる裏ゲート付近に、警官が集結していて、川西や松沼の姿も見えた。ドアを開けたパトカーの横に川西は立ち、手にマイクらしいものを握っていた。

四人は、特になにも注意を受けず、ゲートを通過することができ、あっさりとコテージへ到着した。まもなく午後四時になろうとしていたが、空には雲が流れている。風も出てきたようで、暑さはあまり感じなかった。予報では午後から曇るとのことだったが、もしかしたら夜は雨になるかもしれない。

お湯を沸かし、少し遅いティータイムとなった。

13

砂羽知加子は、林の中、草深い場所を歩いていた。途中、傾斜が急で、滑るようにして降りた場所もあった。服には草の種が沢山付着していたし、手は擦り傷で痛かった。溶接の手袋をしてくれば良かった、せめて軍手を持ってくれば、と何度か後悔したけれど、自分の家に寄っている余裕はなかった。それに、あの場所は前の道を人が多く通るから、無理だった。

ようやく、ジェーンの家が見えてきた。建物の周囲には大きな樹がなく、見通しが良い。

ジェーンによれば、棚田がジェーンの姿を見たと警察に知らせにいくから、警察は隅吉の家かゲートに一旦は集結するはずだ、そのとき、ジェーンの家の周辺には誰もいなくなる、との予測だった。ところが、そこにはまだ水野という女と、もう一人若い男がいた。

これでは出ていくわけにいかない、と困っていたら、幸い、その二人も立ち去った。やはり、ジェーンの言うとおりになる。

砂羽は、林から飛び出して、白い家まで走った。そしてステップを駆け上がり、ドアを開けた。

思わず息を呑む。棺の中に座っているジェーンの人形が、こちらを見つめていたからだ。

気を取り直し、ドアを閉めて家の中に入る。沢山の人形の視線を感じたけれど、なるべく目を合わさないようにした。

砂羽は、棺の人形の後ろに跪《ひざまず》いた。人形が寝ていたとき、頭の下になる位置、そこにはクッションがある。枕といっても良いだろう。その下だ。

クッションを退けると、板のハッチがある。それを開ける。中にパソコンがあった。コードが繋がっているので、引き出すのに苦労をした。コネクタをすべて外してから、パソコンを抱きかかえて立ち上がった。彼女が見たこともない薄いパソコンで、非常に軽い。

窓から外を確かめる。誰もいない。ドアを開けて外に出て、もう一度周囲を見回した。

それから、パソコンを大事に両手で胸に抱え、来た方向へ走った。

林の中に入り、しばらく草を掻き分けて進む。

この辺かな、と思ったとき、

「ここです」という声がした。

驚いて辺りを見回したが、誰の姿もない。しかし、白い足が、すぐ前の枝に見えた。ジェーンが木の枝の上に腰掛けている。彼女は微笑み、枝からふわりと飛び降りた。

「これね？　持ってきたわ」

「ありがとう」ジェーンはパソコンを受け取った。

その蓋を開けて、ジェーンはモニタを見た。片手でパッドに触れ、なにか操作をしている。砂羽は黙ってそれを見ていた。残念ながら、モニタは彼女からは見えない角度だった。

「砂羽さんは、隅吉さんが殺されたことを、どう思いました？」ジェーンは、パソコンの画面を見たまま、視線をこちらへ向けずにきいた。

「どうって、可哀相だと思いました」

「それだけですか？」

「まだ、若かったのに。これからいろいろやりたいことがあったのにって」

「生きていて、やりたいことをしたって、そのあと、いつかは死ぬのですよ」

「それはそうだけれど」

「死んでしまったら、なにもない。楽しいこともなにもかも、消えてしまう。だったら、いつ死んでも同じことでしょう？」

「ええ……」

「砂羽さんは、隅吉さんがいない方が良いなって、思いました？」

「いいえ」砂羽は首をふる。

ジェーンが瞳を上げて、こちらを見た。

青い目だ。微笑んだ顔なのに、恐ろしかった。

ジェーンは、持っていたパソコンを閉じて、それを横へ投げ捨てた。草の中で、パソコンは飛び跳ね、回転して、すぐに見えなくなった。

砂羽は驚いて、躰が震えた。どうして捨てたの？という疑問も声にならなかった。

「どうして捨てたの？　そうききたかったのね？　もういらないのです。データをデリートするアプリを実行したから。わかりますか？」

「いいえ、わからない」

「今のは、正直ないいえだわ。でも、さっきのは違うでしょう？」

砂羽は、黙っていた。さっきのいいえを思い出そうとした。

でも、頭がまったく働かない。

何だっただろう？

「貴女は、隅吉さんを殺したかった。そうでしょう？　私と隅吉さんが仲が良いと勘違いして、彼女の若さや美しさに嫉妬した。そうでしょう？　良いのよ、正直に言っても。どう思うことも自由です。嘘をつくことの方が、不自由を作ってしまうわ」

砂羽は、考えた。そのとおりかもしれない。

彼女は黙って頷いた。

「殺そうと思ったって、全然罪ではありません。実際に殺すこととは、まったく違うの。でも、大丈夫、貴女にはまだ、貴女だけの自由があります。わかりますか？」

「私だけの自由？」

「ええ、貴女の選択」

「私の選択？」

「私は、今、貴女に感謝をします。こちらへいらっしゃい」

砂羽は、ジェーンのところへ近づく。ジェーンの手が届くほどの距離に立った。ジェーンは背が高い。砂羽は、見上げるようにして、その美しい青い瞳を見つめた。

なんて綺麗な色なんだろう。

どうしてこんなに輝いているのだろう。

ジェーンの手が、砂羽の両肩に触れ、躰を引き寄せた。

ジェーンの唇が、砂羽の額に。

躰が震え、熱くなった。

ジェーンから離れ、砂羽はお辞儀をした。無言で礼を返した。
同時に、涙が溢れ出た。
その熱さが、頬を伝い。
その熱さが、冷たく地面に落ちて。
そう……。
この人は、人間ではない。
この人は、私たちを救い。
この人は、私たちを導き。
この人は、私たちを眠らせる。
大丈夫なんだ。
もう安心だ。
涙で前が見えなくなる。両手で目を覆い、砂羽は泣いた。子供のように泣いた。
ああ、私はなんて幸せな人間だっただろう。
神様、ありがとうございます。
私は、貴女の御許に行けますか？

14

警察の応援が次々に到着し、裏ゲート付近は警察の車両が身動きできないほどになっていた。また、正面ゲートの駐車場にも、三十人ほどの警官が集結し、パトカーや白バイで待機していた。日曜日に美之里にやってきた一般客の車は、閉園の五時半には消えていたので、混乱もなく好都合だった。

人数が揃ったところで、芸術村の全域を一斉捜索する作戦が開始された。時刻は六時過ぎで、日の入りまで一時間ほどしかない。しかし、この一時間で勝負を決する計画だった。また、少し遅れて、ヘリコプタが一機到着し、正面ゲート前の駐車場に着陸したあと、再び上空から捜索をすることになった。

大勢が動き、ヘリコプタのロータ音が鳴り響いたので、園内の誰もが、その異常さに気づいただろう。コテージにいた加部谷恵美たちも表へ出て、空を見上げた。水野はまだ帰ってきていなかった。

すべての出入口は数時間まえから検問をしている。敷地の周辺も、道があるところはすべて調べ尽くし、警官が待機していた。

芸術村は、十五ヘクタールほどの面積だった。山もあり谷もあるが、それほど険しいわけではない。合計百三十人で南東から北西に向かって進む計画だった。一番長いところでも、直線距離は五百メートルほどである。捜すのは、小さなものではない。生身の人間だ。それほど時間をかけることなく、発見できるはずである。

ただし、見つけるのはジェーン・島本という女で、あくまでも、行方を調査するという名目だった。殺人事件には、今のところ明らかな関係があるとはいえない。見つかれば事情聴取ができる、というだけである。

これだけの態勢を取れたのは、川西の指示だけでは不可能で、松沼が上司の沓掛に電話で連絡し、沓掛が県警本部長に直接要請したためだった。公安からの要請があったため、可能な限りの人員投入が、通常よりも迅速に処理できた。加えて、愛知県警にも応援を送るように沓掛が指示したので、まもなく、人員は倍増する予定だった。だが、日没まえに決着させたいとの判断で、それを待たずに動くことになった。

水野涼子は、松沼と一緒だった。ずっと裏ゲートに待機していたが、芸術村の捜索が開始され、大勢の警官が中に入っていったあと、その捜索網の外側から傍観《ぼうかん》しつつ、二人でエリア内を歩いた。

警官たちは、お互いに二十メートルほど離れて、前進している。そのままの態勢で、道がなくても森の中を進み、網を狭めようとしている。そういう作戦だった。

「真賀田四季だと思いますか？」水野は松沼にきいてみた。

「私は、本人を見たことがありません。ずいぶんまえの写真やビデオだけです。見つかっても、本人かどうかは判断ができません。とりあえず保護して、誰かに確認してもらうしかありません」

「確認ができる人間なんて、そんなにいないでしょう？」

「そうですね。そのあたりも、愛知県警に依頼してあるそうです」

「少し気になるのは、彼女がどうしてわざわざ警察がいっぱいいるところへ戻ってきたのか、ということですね」水野は考えていることを口にした。「表の駐車場にも、裏のゲートにも、昨夜からパトカーが駐まっていました。警察と顔を合わせたくない人間だったら、中に入ることは諦めたと思うんです」

「二つありますね。一つは、見つからずに出入りできるという自信があった。おそらく、抜け道を知っているのでしょう。しかし、今は、周囲の柵もすべて調べていますし、表の道に出られるようなルートは押さえてあります。ここまで人数が増えると予想できたかどうかは怪しいと思います。警察は殺人事件について調べている、と彼女は考えていたはずですからね。それから、もう一つは、そうまでして中に入るだけの理由があった、ということです。こちらについては、それが何か、まったく見当がつきませんが……」

「家になにか大事なものがあって、それを取りにきたということでは？　警察の手に渡ってはまずい、というようなものです」

「そうだとしても、こちらはまったくかまいません。彼女さえ捕まえれば、その大事なものが何かもわかるわけですから」

「真賀田四季が捕まったら、ドルが急落しますよ、きっと」水野はそう言って笑った。

　二人は、砂羽の家の前にきた。隣の作業場が散らかったままだった。仕事の途中だったようだ。警官たちは、その奥の山の中へ入っていった。道を歩いている警官は、砂羽の家をノックしたが反応がなく、ガラス窓から中を覗いただけで、先へ行ってしまった。水野はそれを見ていたので、少し気になった。誰か、家の中に隠れているかもしれない。

「家の中は、調べないんですか？」松沼にきいた。

「それは別の部隊なんです。担当が違うんですよ」

「まったく……、警察も、やっぱりお役所なんですね」

「どこでも、同じです。そもそも令状もないわけですからね、勝手に個人の家に入ることはできません。住んでいる人の承諾が必要です。こういうのは、あとあと問題になりますからね」

　水野は、砂羽の家のステップを上がった。ノックをしてから、ドアノブに手をかけた。鍵はかかっていない。ドアを開けてみる。

「砂羽さん、いらっしゃいませんか？」

　西側の窓から光がほぼ水平に差し込んでいた。部屋は広く、生活空間は、ほぼ一室のようだ。一見して誰もいない。窓から中を覗いた警官もそう判断したのだろう。しかし、天井は高く、奥の壁に梯子が掛かっていた。上にロフトがあり、そこが寝室なのだろう。カーテンが引かれている。その手前に、洋服が吊り下げられていた。

　そう見えた。

水野は、それを見上げながら、家の中に足を踏み入れる。

「どうしました？」後ろから松沼の声。

しかし、振り返る余裕はなかった。だんだん、それが見えてきた。この頃、水野は視力の低下に悩んでいる。特に、夕方や夜になるとますます見えなくなる。疲れてくるためだろう。

梯子の下まで来る。梯子に手をかけていた。

松沼も近くまで来た。もうなにも言わなかった。

吊り下げられているのは、洋服ではない。人間だった。

「誰ですか？」松沼の質問を水野は聞いた。

誰だろう、顔は壁側を、つまりカーテンの方を向いている。

小柄だ。男ではない。

水野は梯子を上がって行った。こんなに不安な梯子は初めてだった。ぐらつくわけでもなく、またそれほど高さがあるわけでもないのに、頭がふらつき、見えているものが傾いていくように感じた。三半規管のトラブルにちがいない、と自分で思った。

ロフトに上がり、カーテンを引き開ける。

スイッチを探し、ロフトの蛍光灯を点けた。

松沼も梯子を上がってきた。狭いロフトに二人が立つ。

このロフトで砂羽は寝ていたのだろう。今は布団が畳《たた》まれて、壁際に寄せられていた。

そして、その壁には、クレヨンのようなもので大きな文字が書かれていた。

ごめんなさい。私がやりました。


目の前にぶら下がっている女の顔は、紫色に変色していた。人間のものとは思えない舌が、口から出ていた。

「ここの人ですか？」松沼がきいた。

「ええ、砂羽さんですね」水野は言った。「まちがいないです」

「なるほど、事件の方は、解決しそうですね」

「まいったなぁ……」水野は思わず舌打ちをしていた。

無意識に、数年まえの赤柳に戻っていた。

「とにかく、降ろしましょう。救急車も呼ばないと……」

第4章　解決と未知について

つまり、魂《アニマ》が空中を飛散して消え失せようが、収縮して遅鈍になって行こうが問題ではない。何故ならば、何処からでも至るところから感覚はその人体全体を棄て去って行き、その量が多ければ多い程ますます生命が減少して行くのは事実だからである。

1

日が落ちて、森は闇と融合した。

捜査の網は極限まで小さくなった。しかし、網の中に獲物はいなかった。もう一度、同じ経路で、元の方向へ折り返して、捜索を続行することになった。愛知県警からの応援が約百五十人到着し、そのうち百人がこのエリアの捜索に加わった。網の目が細かくなったので、さらに精度が高まるはずである。

しかし、川西は落胆していた。最初の網にかからなかったことが、彼にはとうてい理解しがたい結果だったのだ。

彼自身は、建物を順番に調べるグループに加わりつつ、無線で全体の細かい報告を受けていた。誰もゲートを突破しようとした者はいない。柵の外へも、道へも、出ようとした者は確認されていない。ヘリコプタは燃料の関係で既に引き上げている。一般のエリアへ逃れた可能性もあるため、応援のうち五十名ほどは、そちらへ投入した。まだ、発見の連絡はない。

芸術家たちの家の中を、住人あるいは管理人の承諾を得て、一軒ずつ丁寧に捜索していったが、見つからなかった。もうすぐ時刻は八時になろうとしていた。

もう一度ジェーンの家を詳しく調べてみよう、どこかに隠れ場所があるのではないか、ということで二度めの捜索に向かっている。一度めのときも川西は一緒だった。棺の蓋が閉まっていたので、開けてみると、人形は棺の中で目を閉じて横たわっていた。それ以外に室内は変化がなかった。

五人の捜査官とともに、ジェーンの家に到着した。室内の照明を点けたが、変わった点はない。家は木造で、壁は丸太が重なった構造だった。部屋の大きさからして、隠れるようなスペースはない。天井もなく、屋根の裏が見えている。床を調べるために、絨毯を捲《めく》ることにした。

そんな指示をしているところへ、無線で連絡が入った。

「ジェーンの家の近くの林の中ですが、壊れたパソコンを発見しました」

「川西だ。パソコンというのは？」

「はい、あの、ノート型っていうんですか、薄くて、蓋を開けると、液晶のモニタがあります。パソコンだと思うんですが」

「捨ててあったのか？　置いてあったのか？」

「泥がついています。バッテリィの蓋が取れていました。投げ捨てたのかもしれません」

「わかった。証拠品として取り扱うように。その周辺をもう一度丁寧に調べろ。俺もそちらへ行く」

「了解。場所がわかりますか。こちらからは、そちらの明かりが見えますが」

「方角は？」

「えっと、そちらの東になります。家の正面の方向です」

「ライトをこちらへ向けてくれ」川西は玄関のドアを開けて外を見た。

「はい、今、やっております」

「オーライ。わかった。しばらくライトをそのままで」

振り返ると、絨毯を捲っていた男が、川西に首をふった。床に仕掛けはなさそうだった。

「棺桶の下も調べたか？」

「ええ、ずらしてみましたが、なにも」

「わかった。ちょっと向こうの森へ行ってくる。君たちは、この家の周囲を頼む。屋根の上にも注意してくれ」

「わかりました」

川西は家を出て、ライトの合図がある方向へ歩いていった。辺りは真っ暗で、森があることさえわからない。生憎、月は出ていない。空は真っ黒だ。星だけが細かく白い。

足許にライトを照らして進んだ。途中から、鬱蒼とした森の中に入った。

「こちらです」声がする。

ようやく、数人がライトを向けている明るい場所に到着した。光の中を、何匹か虫が飛んでいる。見つかったパソコンを川西は見た。既にビニル袋の中だった。それが最新型かどうかはわからない。アメリカのメーカの製品だ、と若い係官が教えてくれた。

「壊れているのか？」

「わかりません。ただ、蓋を開けても、キィを押しても起動しません。バッテリィは外れていませんが……」

落ちていた場所を確認した。

「こちらに、足跡があります」別の男が呼んだ。「新しいですね」

ライトで照らして、顔を近づける。

「女物ですね。サンダルかな」

「まだなにか出てくるかもしれない。ここを中心に周辺を調べてくれ。暗いから、気をつけて」

川西は、元の場所へ戻ることにした。ジェーンの家の明かりが正面だった。周囲にいる人影も幾人か見えた。歩き始めようとしたとき、上から薄い布のようなものが垂れ下がっているのに気づいた。それを手で摑む。手触りの良い布だった。ライトで照らして上を見ると、枝に引っ掛かっている。他の者もライトを向けた。ショールかスカーフのようだ。

「これも、証拠品に」川西は指示をする。

森の中を抜け、草原を歩く。ジェーンの家の前の道まで戻った。

「なにか、見つかったか?」

「いいえ」一番近くにいた者が答える。

川西も奥へ入った。家の裏手は、あまり広くない。すぐに林になる。その林の中でもライトが動いていた。

「しょうがないな、一旦戻るか……」と呟いたとき、彼のライトの先に、なにかあった。

ライトを戻す。落葉が集められていた。昨年の秋の落葉だ。湿っているし、半分は腐っている。このまま腐葉土《ふようど》になるのだろう。

まだ明るい時刻にここへ来たとき、こんなものがあったかな、と川西は思ったのだ。自分の見落としだったかもしれない。周辺が乾燥しているのに、その落葉だけが湿っているように見えた。

ライトで照らしながら、足で落葉を退けてみる。なにかに当たった。

膝を折り、手で落葉をそっと取り除く。

自分の白い手袋が眩しかったが、やがて、黒っぽい落葉の下から、白いものが現れ、その反射に、川西は目を細めた。

そこにあるのは、女の顔だった。

2

彼女は、電車を降りて、プラットホームを跨ぐ陸橋の中を歩いていた。電車に乗っている間に日が落ちた。到着した街は、駅前にも都会のような賑やかさはなく、虫の声が聞えるほど静かだった。その夜の風景は車窓から見たもので、今は見えない。

階段を降りていくと、改札口に背広の若い男が二人待っていた。すぐにこちらに気づき頭を下げた。

「瀬在丸さんですね。三重県警の青木《あおき》と申します。お迎えに参りました」

「よろしくお願いします」瀬在丸紅子は笑顔で会釈《えしゃく》した。

ロータリィでパトカーと黒いセダンが待っていた。後ろのセダンのドアを青木が開けてくれたので、後部座席に乗り込んだ。彼は、助手席に乗り、もう一人の男は、前のパトカーに乗った。車はすぐに動きだした。

「このたびは、ご足労いただき、ありがとうございます」

「捕まったのかしら？」

「いえ、それはまだですが、まもなくでしょう」

「どちらへ行くのですか？　警察本部ですか？」

「いいえ、その、保護しても、連行するような証拠がありません。瀬在丸さんに、現場で確認していただき、もし当人であれば連行する予定です」

「私が、わからないって言ったら、どうなるのでしょう？」

「いえ……、私は、そういった指示は受けておりません」

「貴方は、どう考えますか？」

「そうですね、確認ができない場合は、連行は無理だと思います。監視する以上のことはできないかと」

「私だって、ご本人にお会いしたのは、もう何十年もまえのことです。最近のものは、写真やビデオで見ましたけれど、それだったら、皆さんと同じ条件です」

「犀川先生が適任ですが、現在海外だそうですね？」

「あら、そうなの？」

「中国だそうです」

「西之園さんは？」

「東京ですからね」

「私が、近かったというわけですね。ほかに誰かいたでしょうに……。でも、べつに文句を言っているのじゃありません。こういう夜のドライブって、私、大好きなの」

「一時間もかかりません。しばらくご辛抱下さい」

「退屈ですから、事件のことを説明していただけないかしら」

「はい、私が知っている範囲でよろしければ」

青木は、昨日美之里で発見されたラッピングされた全裸死体について説明をした。被害者は、隅吉真佐美二十一歳、ついさきほど、東京から駆けつけた母親が本人にまちがいないことを確認したところだという。死因は殴打ののち絞殺。ラッピングは、ストレッチフィルムという梱包用のもので、全身に巻かれたあと、棺に収められていた。この棺は、実際に使われているものと同質で、現在出所《でどころ》を調べている。少なくとも素人が真似て作った紛《まが》いものではない。棺と遺体を合わせると、八十キロほどの重さになるため、これを一人で持ち上げて移動させることはできない。犯行が一人で行われたものならば、現場で殺し、その場で棺に入れた可能性が高い。死亡推定時刻は発見の前日、金曜日の午後六時から九時の間と推定されている。

死体が見つかった現場は、美之里という自然公園施設の中だった。このうち、手前の半分は一般客を入れるエリア、奥の半分は、芸術家が集まって創作をする「芸術村」と呼ばれるエリアになっている。実際にそこに住んでいる芸術家は二十人ほどだが、出入りをしている者を含めると六十人以上になる。そのうちの一人がジェーン・島本という人形作家で、彼女については、現在のところ、身許は不明。まったくわかっていない。

おそらく偽名、あるいはペンネームと思われる。芸術村内の彼女の家で、真賀田四季によく似た人形が発見され、これは、圧縮空気で動き、言葉を話すこともできるロボットだった。この人形の顔が、ジェーン本人に似ているとの証言があり、さらに、本日三時過ぎに、そのジェーンを同エリア内で見かけたという証言が得られたため、三重県警および愛知県警から捜査官が集結し、現在彼女の捜索を行っている。

「それでは、殺人事件と、そのジェーンさんという方の人形は、なにも関係がないのですね？」

「そうですね、棺の中に入っていた、という共通点しかありません」

「被害者は裸だったのでしょう？　人形はどうでした？　服を着ていたのですね？」

「はい、そうです。ドレスを着ていました」

「その、フィルムでラッピングしたというのは、これまでに事例がありますか？」

「いえ、私が知る範囲ではありませんね。殺人でも、それ以外でも、人間に巻きつけたという話は聞いたことがありません」

「どんな効果があるのでしょうか？」

「いえ、効果といっても、ただ、ミイラのように包帯で巻いたのと同じではないでしょうか」

「長持ちするの？　えっと、つまり、死体の腐敗が遅くなりますか？」

「まあ、空気を遮断《しゃだん》しているので、若干は遅れるかもしれません」

「締めつけられるから、きっと、血の溜まり方が変わりますね」

「あ、それはありそうですね」

「どこかへ運び出すつもりだったのかしら」

「運ぶには、人手か機具が必要になります」

「一人で操作できる、電動のクレーンがありますね。それで車に載せれば、運べます。吊り上げて、台車に載せて、それを転がしていき、また吊り上げて車に載せるんです。八十キロくらいだったら、一人でも処理ができるでしょう」

「持ち出すまえに、発見されてしまったということですか？」青木がきいた。

「見つかったときに、棺の蓋は閉じられていましたか？」

「いいえ、開いていたそうです。隣に住んでいる女性の芸術家が見つけたんです。あ、隣といっても三十メートル以上離れていますし、樹が茂っていて、家はお互いに見えません」

「蓋が開いていたのは、不思議だわ。今まで伺ったお話の中で、そこが一番不思議です」

「どうしてですか？」

「せっかくラッピングして、棺に入れたのに、蓋を開けたままにしておきますか？　ありえないわ」

「ありえない、ということでしたら、ラッピングの方が不思議な行動ではありませんか？」

「いいえ、そんなことありません。ラッピングするのは、ええ、したい人はいるでしょう」

「そういうもんですかね」助手席の青木は少し笑ったようだった。

「まあ、でも、じきに解決しますよ」

「そうだといいのですが」

「だって、それをした人、隠れようって思っていないでしょうから」

「え、そうですか。どうしてそう思われるのですか？」

「それよりも、どうして隠れようと思わないのか、という方が、少し不思議」

「ボスの川西に、今のお話を聞かせたいですね。私が今聞いたことを、話してもよろしいですか？」

「私は、責任を持ちませんけれど」

「いえ、もちろんです。瀬在丸さんには、もっと大事なことでご協力をいただきます」

「でもね、たぶん、私が行っても、空振りだと思いますよ」

「空振りというのは？」

「バットにボールが当たらないことです」

「いえ……、それはわかります」

「ですから、そのジェーンさんって方は、真賀田四季ではないわ」

「どうしてですか？」

「どうしてでしょうね……。たぶん、どうしてでしょうね、なんて私が考えるくらいだから、違うということなんです」

「よく、その……、わかりませんが」

「もしも、真賀田博士が、具体的になにかをするために、そこへ来たのなら、どうして、そんなラッピングの死体が必要でしょうか」

「あるいは、その、目眩ましなのではないか、という意見がありますが」

「目眩ましなんかいらなくてよ。なにもなければ、警察はそもそも来なかったわけですから」

「それは、そうですね」

「もしも、目眩ましであれなんであれ、そのラッピングも真賀田博士が関与したものなら、最初からすべてが、あらゆるものが、仕組まれていることになりますから、警察が大勢来ることも、また私が引っ張り出されて、こうやってのこのこ出かけてくることも、全部計算の内でしょう。ですから、警察が成功する可能性はありません。見つからないか、見つかっても偽者か」

「うーん、そうですか……。でも、望みはあるのではないでしょうか？」

「普通、科学者はこういうときには、可能性は限りなくゼロに近いって言うんです。でも、真賀田四季の計算には、そういった誤差はありません。百パーセントの結果が得られるように計算しますから、それを覆《くつがえ》す可能性は、ゼロなんです」

「悲観的ですね」

「科学者というのは、悲観的な人間です。真賀田博士も科学者ですし、世界一の天才なのですから、世界中の誰よりも悲観しているはずです。楽観しているのは、計算をしない幸せな凡人たちよ」

3

川西は、さらに落葉を取り除いた。白い女の顔に、複数のライトが当たる。目を開けたままだった。生きているとは思えない。

「人形か……」川西は呟いた。

捜査官が二人、地面に膝をつき、落葉を掻き分ける。人形の顔から胸、そして胴体、手足が見えるようになった。それは、ジェーンの人形、つまり真賀田四季の人形と同じものだった。服装も同じである。

「どうして、二体あるのかな？　一体を捨てたんでしょうか？」捜査官が振り返り、川西を見上げた。

「いや、人形は一体だ。来い！」

川西は走った。何人かがついてきた。ジェーンの家の前に回り、ステップを駆け上がる。ふっと息をついてから、ドアを開けた。

棺に駆け寄り、その蓋を開ける。

そこに眠っている女。

白い顔の女が、目を開けた。

青い瞳が、ゆっくりとこちらへ。

赤い唇が、少しだけ開き、そして動いた。

「どうしましたか？」

警官たちが、身構える一瞬の音。

川西は、透き通った青い瞳を見る。

言葉を探していた。何と言えば良いのか。

「名前を言いなさい」彼は尋ねた。

女の口の形が少し変わる。微笑んだ。

「そのまえに、貴方が名乗られるべきでは？　人の家に勝手に入ってきて、いきなり人を起こして、名前を言えですって？」そう言うと、女は起き上がった。

「警察だ」後ろの誰かが吠えるような声で言う。

「この国の警察には、どんな権利があるのかしら？」

「いや……」川西は立ち上がった。数歩後退し、後ろの者たちを制した。

戸口に立っていた捜査官は下がり、外へ出た。川西が戸口に立つ。

「どうか、捜査にご協力をいただきたいのです。ジェーン・島本さんですか？　探しておりました」

「ジェーン・島本です。ええ、ジェントルな対応に感謝いたします。私にできることならば、ご協力は惜しみません。でも、この時間は、私いつも眠っているんです。暗いところへ出ていくことが嫌いなのです。重要なご用件があるならば、お伺いしますけれど、そうでなければ、お引き取りいただけないかしら」

「いや、その、ちょっと待って下さい。警察の本部までご足労いただくわけにはいきませんか？」

「どうしましょう。明日ならば、行っても良いわ。今日はもう遅いでしょう？」

「あの、では、ここで、幾つか質問をさせていただくのならば、よろしいですか？」

「ええ、それならば、もちろん」

「わかりました。ちょっと……、では、準備をしてきますので、しばらくお待ちいただけないでしょうか、すぐに戻って参ります」

「私は、逃げたりいたしませんわ。でも、眠っているかもしれない。起きないかもしれませんよ」

ジェーンはくすくすと笑った。白い細い手が、口に添えられる。本当に可笑《おか》しそうだった。

川西は頭を下げ、後退して玄関から出た。ドアを閉め、黙ってステップを下りる。

家から数メートル離れたところで、捜査官たちは川西の周りに集まった。

「いいか、この家から出すなよ」川西は小声で指示した。「周りを固めていろ。応援を呼ぶ」

家から離れるために歩いた。歩調が自然に速くなっていた。無線で至急二十人ほどこちらへ回すように要請する。

どうしたら良いのかを考えた。今のままでは、彼女を拘束することはできない。自分たちは法律で動いている。ジェーン・島本は何一つ犯罪を犯していないのだ。自分の人形を捨てて、自分は棺の中で眠っていた。ただ、それだけだ。殺人事件とも関連は薄い。棺が似ているだけで、連行することはできない。怪我をしているわけでもない。保護を求めているわけでもない。

どうやって、ここへ来たのか、と尋ねれば良かった。だが、それで立場が変わるとも思えなかった。ゲートから入ってきた、あるいは、ずっとまえからここにいた、などと言われてしまえば、それ以上は質せない。

質問をするために時間を取ったのは、もちろん、愛知県警に依頼している人物を待つためだった。世界が注目し、世界が追っている天才かどうか、それを確認できる人物である。今は、それだけが頼みの綱となった。

4

水野涼子は、コテージに戻っていた。加部谷たちはカレーを作り、既に食事を終えていたが、水野にもそれを出してくれた。ありがたい、と思って食べ始めたが、思いのほか食欲がなかった。途中で、食べるのが辛くなった。

「いえ、本当に美味しいんですけれど、どうも、なんか食欲がないんです。申し訳ない」

水野は加部谷に謝った。

「全然かまいませんよ。そりゃあ、首吊り自殺を見たあとですものね」

「やっぱりそうかなぁ……」水野は他人事のように頷いた。気持ちとしては、そんなつもりはなかったのだが、躰の反応としてありえないことではない、とも思った。

「砂羽さんが死んでしまうなんて、わからないものですね」山吹が言った。「で、その壁に書かれていたのは、彼女の遺書なんですか？」

「さあ、どうでしょうね」水野は首を傾げながら視線を海月及介へ移す。

彼は壁際の椅子に腰掛け、文庫本を読んでいた。こちらを見もしなかった。そういえば、この男はまえからこんなふうだったな、と思い出していた。

「まだ、自殺と断定されたわけじゃありませんし」水野は話す。「それから、本人が書いたものかどうかもわかりません。たとえ、自殺であって、本人が書いた遺書だとしても、それだけで彼女が殺人犯だと決めつけることもできません。すべて、単なる証拠の一つというだけです」

「ジェーンさん、見つかったかなぁ」加部谷は呟いた。

「ただのジェーンさんだったら、こんな大捜索にはなっていませんからね」水野は言う。

「警察は、完全に真賀田四季を捕まえようとしているんです。だけど、それはないと思いますよ。たしかに、似ているのかもしれないけれど、本人がこんなところにいるなんて、ちょっと考えられませんからね」

「人形は、真賀田四季に似せて作ったかもしれませんね」山吹が言う。「もともと、ジェーンさんは真賀田四季に似ていた。もしかしたら、自分でも意識して、髪型なんかも似せていたかもしれない。そういうことって、ありますよね。メイクを似せるだけでも、かなり近づけるんじゃないですか。それで、あの人形を作るときにも、完全に真賀田四季を意識して作った。自分をモデルにしたわけじゃなくて、人形も、それから自分も、真賀田四季をモデルにしているわけですよ。それを、みんなは、作者の自画像として人形を見る。そんなところじゃないかな」

「もうなんか、警察の失態の分析に入っていません?」加部谷は言う。

「いまだにニュースにならないのも変ですよね」雨宮が言った。

「それも、待ったがかかっているんですよ」水野は言う。「殺人事件だけだったら、とっくに記者会見なりがあったと思いますけれど、とにかく、情報を外に出さず、人員を投入して一気に畳み掛けようとしているわけです」

「にしては、スタートが遅くなかったですか?」山吹が指摘する。「捜索開始までに二時間くらい間がありましたよね」

「そう、その間に砂羽さんが亡くなったわけです」水野は溜息をつく。「作業場がやりっ放しだったのが気になりますね。衝動的な自殺だったのかもしれないけれど……」

「お留守の時間がありましたよね」加部谷が言った。「あのとき、どこへ行かれていたんでしょう?」

「それを調べるのは、もう少しあとですね。今は、ジェーンさんを見つける方が優先でしょう」

「ジェーンさんが見つかったら、どうするのかな?」加部谷が首を傾げる。「DNAの検査とか?」

「その検査には時間がかかるし、長く拘束することはできないと思いますね」水野は言った。

「海月君は、どう思う?」加部谷が突然きいた。

「カレーのことなら、美味しかった」海月は顔を上げて即答した。

「三十分もまえの話でしょう、それは」

「言い忘れたかな、と思って」

「うん、言い忘れていたよ。そうじゃなくて、警察の捜査についてとか、あと、ラッピングの殺人事件とか、それから、新たな首吊り事件についてとか……」

「特に、考えていない」

「ま、そうだろうね」加部谷は小さく何度か頷いた。きいた私が悪かった、という納得の表情である。

「ジェーンさんの家の前で、動画を撮るべきだったな」雨宮が呟いた。「今頃気づいたわぁ。殺人事件よりも、そっちの方がニュースとして大きいわな」

「まだ、わからないよ」

「ほいでも、これだけの人数が動員されとる時点で、なんらかの発表があるはずだでね」

雨宮は腕組みをしている。「そろそろマスコミにも情報が入ってくるんじゃぁ」

「ヘリコプタの音がしなくなったね」山吹が上を見て言った。室内なので空が見えるわけではない。

「あれは、そんなに長時間飛んでいられないから」水野が言う。

「もしも本物の真賀田四季だとしたら」加部谷は言った。「きっと、どこかに地下通路とか、秘密の逃げ道が用意してあるんじゃないですか」

5

県道から舗装されていない細い道をしばらく走ったのち、車は真っ暗な場所で停車した。

青木がさきに降りて、外からドアを開けてくれた。同時に到着したパトカーが、今は後方にいて、ヘッドライトでこちらを照らしていた。そのおかげで、足許の地面が見える。土と砂利と草の地面だった。青木に誘導されて、瀬在丸紅子は闇の中へ歩いた。風はなかったが、都会に比べればずいぶん涼しかった。

周囲は森林のようである。こんな場所に連れてこられるとは思っていなかった。遊園地のような施設を想像していたからだ。綺麗なイルミネーションを期待していたのに。

不整地で歩きにくいものの、ゆっくりと進む。ライトが沢山集まっている場所に近づいた。大勢の男たちが、そこに集まっていた。みんな黒っぽい服装だった。ライトの光に、蛾《が》も沢山飛び回っている。

「こちらへ」と青木が示した先に、ワゴン車が駐まっていた。

サイドの扉が自動的に開く。瀬在丸はその中へ乗り込んだ。ドアはすぐに閉まり、彼女はシートに着いた。エンジンはかかったままで、クーラが効いているため、シートは冷たかった。かなりまえから冷房していたのだろう。青木が遅れて乗車し、助手席に座った。

「どこかへ行くのですか？」

「はい、車で中に入ります。今聞いたのですが、発見されたジェーン・島本は、そのまま自分の家にいるそうです。彼女の家まで、今から行きます。舗装されていませんし、細い道なので、多少揺れます。ご注意下さい」

道中で、ジェーンが見つかったという連絡は既に入っていた。ゲート近くの警察の車両の中で会うことになっていたが、予定が変わったようだ。

「なるほど、ジェーンさんをここまで連れてこられなかったのね？」瀬在丸はくすっと笑った。「それは、困りましたね」

運転手が車をスタートさせた。ゲートらしきところを通過すると、外はほとんどなにも見えなくなった。前方もヘッドライトの光の中だけしか見えない。もう一度、ゲートのようなところに出たが、そこには照明が灯り、大勢が集まっているようだった。そこを過ぎ、また暗闇の林の中を入っていく。やがて光が見えてきた。

「あそこが、最初の死体発見現場です」助手席の青木が右方向を指さす。

煌々《こうこう》と明かりが灯っていた。家の中はもちろん、周辺にもライトが多い。そのため、家の外壁がライトアップされているみたいだった。

「それから、殺人犯の可能性がある女性が、自殺したそうです。えっと、ああ、あそこです」青木が手で示す。

照明が灯った家がまた見えてきた。小さな家だった。

「この家で死んでいたそうです。既に、遺体は搬出されていますが……」

車は停まらない。その家はすぐに見えなくなった。

「本当に自殺なのですか？」

「現場の所見ではそのようです。検死はまだこれからですが。ただ、自分がやったというメモらしいものが残っていたそうです」

「らしいというのは？」

「壁にクレヨンで書かれていたそうです」

「お隣ですね」瀬在丸は言った。「もしかして、自殺した方というのは、最初に死体を発見した人ですか?」

「あ、はい、そうです。そのとおりです」

「そう……。蓋が開いていたと言ったのも、その人ですね。うーん、どうもぴんと来ませんね。どうして自殺したのかしら、どんな心境の変化かしら」

「警察が大勢来て、質問を受けて、これでは隠し通せないと思ったのではないでしょうか」

「最初から隠し通そうとしたようには思えないわ。そんな派手な飾り付けをしておいて、しかも自分で発見して大騒ぎにしたわけでしょう?」

「精神的に不安定なのかもしれません」

車は左右に揺れながら、真っ暗な道をゆっくりと進んでいる。常夜灯の類はほとんどなく、辺りの様子はまったくわからない。建物らしいものも、しばらく見えなかった。広場のようなところがあったが、そのあとさらに山道となり、車は大きく揺れ、枝が当たり、擦れる音が続いた。それがやむと、前方に家の窓から漏れる明かりが見えてきた。

「あそこです」青木が言う。そして、右方向を示した。「さきほど、すぐそこの森の中で、パソコンが捨てられているのが発見されたそうです」

ヘッドライトの光の中に人が現れ、両手を上げて、車を停める。

サイドのドアがスライドし、その人物が乗り込んできた。

「三重県警の川西と申します。ここの指揮を取っております。よろしくお願いします。

あの、瀬在丸さん、もう状況はご存知ですね？」

「ええ、だいたいは」

「ジェーン・島本という女性が、あちらの家の中にいます。警官が、家の周囲を取り囲んでいます。窓から中が見えますので、彼女を見失うことはありません。武器は持っていないようです。今から、私と貴女の二人であそこに入ります。大勢でない方が良いかと判断しましたが、もし、不安を感じられるのでしたら、何人か護衛を伴って……」

「必要ありません」

「防弾チョッキを用意しましたが……」助手席の青木が言った。

「いりません」

「私は、着ております」川西が言った。

「それで、汗をかいていらっしゃるのね？」

「いえ、そういうわけじゃありませんが……。そうですね、断定はできませんが、危険はないと私は思います。ただ、あまり彼女に近寄らないように注意して下さい」

「わかりました」

「見るだけでもけっこうですし、また、どんな話をされてもかまいません。ただ、その場では、相手を興奮させないように、つまり、白黒がはっきりしても、それがわかったとおっしゃらないで下さい。家を出てから、結果を伺います」

「そうですか……。ええ、わかりました」

「よし、もう少し車を前に出してくれ」川西は運転手に指示する。

家の前でワゴン車は停まり、ドアがスライドして開いた。川西が出て、瀬在丸が降りるのを待った。

彼女は、ゆっくりと地面に足を着けた。ステップが目の前にあり、その上にドア。そのドアの上の小さな窓が眩しかった。

横に大きな男が立っていて、瀬在丸にお辞儀をした。

「公安の松沼と申します」内緒話をするようなしゃべり方である。「沓掛の代理で来ております。瀬在丸様によろしくお伝えするようにと連絡を受けました」

「まあ、まるで、今から私、死ににいくみたいだわ」

「大丈夫です」松沼は、瀬在丸に顔を近づけ、さらに声を落とした。「窓の外から、いざというときは狙撃できる態勢を取っております」

「あら……」瀬在丸は左右に首をふった。「そのための防弾チョッキ？」

6

山吹は、西之園萌絵と話をすることができた。彼女の方から電話がかかってきたのである。画像はないので、向こうはパソコンではないようだ。

事件がその後どうなったのか、ときかれたので、知っていることをできるだけ丁寧に伝達した。加部谷も雨宮も近くで聞いている。水野もこちらが気になるようだった。一人、海月及介だけが、本を読んだまま、一度も視線もこちらへ向けなかった。

「そのジェーンさんの捜索については、どうなったのか……。見つかったのかどうか、僕たちにはわかりません」

「いいえ、どうやら見つかったみたいだよ」西之園は話す。

「え、どうして知っているんですか?」

「うん、その……、まずジェーンさんを確認するためには、真賀田博士を見分けられる人が必要で、私にも連絡があったの。でも、午後は大事な学内の用事があったし、それにちょっと東京からでは時間がかかりすぎるでしょう、だから、那古野の瀬在丸さんに依頼が行ったみたいなのね」

「瀬在丸さん?」水野が声を上げて、慌てて近くへ寄ってきた。「こちらにいらっしゃるんだ」

「それで、えっと、瀬在丸さんからね、つい三十分くらいまえかな、電話があったの。どうも、自動車の中みたいだったし、しかも、ご本人の携帯じゃなかったわ。瀬在丸さん、携帯電話はお持ちじゃないはずだから。で、そのときに、ジェーンさんが見つかったというお話を伺ったの。私に、どうやって見分けたら良いと思うって、おききになったんだけれど、私も自信はないですね、なんて話をして……。もちろん、冗談でおっしゃったのでしょうけれど」

「そうですか。見つかったんですか。どうなるのかなぁ……」

「たぶん、どうもならないと思う」

「そういえば、海月が、今日こちらへ来ました」

「四人揃ったわけね。私も行きたかったなぁ。じゃあ、皆さんに、よろしくね」

電話が切れた。

「いつもながら、あっさり切りますね」加部谷が言う。「見習いたいものです」

「瀬在丸さんが、いらっしゃっているのかぁ。これは、ちょっと挨拶しておかないと」

水野はそう言って、玄関の方へ歩き、「ちょっと、見てきます」と言い残して出ていった。

「なんか、よくわからんくなってきたな」雨宮が呟く。「セザイマルさんって、誰ぇ。人間の名前？　漁船じゃなくて？」

7

川西と瀬在丸は、明るい室内に入った。

大小の人形たちが待っていた。左の壁際に棺が置かれ、奥には女が椅子に腰掛けている。

「ジェーン・島本さんです。こちらは瀬在丸紅子さん」川西が紹介した。

彼は、ジェーンの近くに立った。瀬在丸は、玄関から少しだけ入ったところに立っている。その位置を川西が指定したのだった。

相手の顔を見た。なるほど、似ているな、というのが最初の印象だった。

「こんばんは」ジェーンが微笑んだ。

「こんばんは」瀬在丸は表情を変えず、言葉だけを返した。

「それで、どんなご用件なのでしょうか？」ジェーンは、瀬在丸と川西の間に視線を往復させた。

「夕食はお済みですか？」瀬在丸は尋ねた。

「それをきくために、いらっしゃったの？」

「私はまだなの。貴女は？」

「私もまだ。だって、こんな状況なんですもの。寝ることもできないわ」

「この棺に人形が入っていたのね。そして、貴女も」瀬在丸は壁際の棺を見た。「中を見てもよろしい？」

「どうぞ。今は人形はありませんよ」

瀬在丸は、棺に近づいた。しかし、川西がそれを軽く制し、代わりに蓋を持ち上げてくれた。

瀬在丸は、膝を折り、枕許を調べ、それから、棺の内側に手を入れて探った。コネクタらしいものとコードがあった。中央にはチューブもあって、ワンタッチで接続できるプラグが取り付けられていた。空気圧を伝えるためのものだ。この径からすると、人形は素早い動きはできなかっただろう、と想像できた。

「どうですか？」ジェーンが尋ねた。「棺にご興味があるの？」

「ええ、面白いわ、これだけ仕掛けがあると。人形は？」

「外に捨てました。もういらなくなったので」

「落葉の下に埋められていました。すぐそこです」川西が窓の方を指差した。

「どうしていらなくなったの？」瀬在丸はジェーンを見る。

「役目が終わったから」

「パソコンも？」

「ええ、そう……」

「どうして、人形とパソコンを別の場所に捨てたの？」

「いけなかったかしら？」

「粗大ごみは、そうやって処理をしているのね、ここでは」

「そんな話をするために、いらっしゃったのですか、瀬在丸さん」

「そうよ。ありがとう。面白かったわ」瀬在丸は立ち上がった。それから、部屋をぐるりと見て回った。「素敵なお人形ね。全部、ご自分で？」

「ええ、そうです」

「それじゃあ、これで失礼します」瀬在丸はお辞儀をした。

「もう、よろしいのですか？」川西がきく。

「私は、どうすれば良いのかしら」溜息をつき、ジェーンが尋ねた。「もう、眠っても良いの？　どこかへ出ていっても良いの？」

「もう少しだけ待って下さい。すぐにお返事をさせていただきます」川西はジェーンにそう答えた。

瀬在丸は自分でドアを開けて外へ出た。そこに松沼が待っていた。川西も出てきて、瀬在丸の横に来る。ステップを下りて、車まで歩いた。

スライドドアが開く。瀬在丸、川西、そして松沼が乗り込み、ドアが閉まった。

瀬在丸は車の前を向いてシートに座る。川西と松沼は、彼女に対面するシートに並んで座った。少し窮屈そうだった。

「どうでしたか？」川西が身を乗り出してきいた。

「あの方は、真賀田博士ではありません」瀬在丸は即答した。

川西は息を吐いた。松沼は、瀬在丸を鋭い視線で睨んだまま表情を変えなかった。

「そうですか……」川西が頷く。「確かですか？」

「確かです」

「百パーセント？」

瀬在丸はくすっと笑った。

「百パーセントなんてことが、普通にありますか？　ピタゴラスの定理じゃないのです。これは。真賀田博士の計算でもありません。そうですね……、無理に確率にするならば、九十九パーセント以上、確かです。あの方は、ご自分を真賀田博士に見せようとしていますす。でも、明らかに能力不足。天才なら凡人の振りができますが、凡人には天才の振りはできません。真賀田博士に見せようとしていることが、真賀田博士ではない証拠です」

「でも、瀬在丸さんが真賀田博士にお会いになったのは、もうずいぶんまえのことですよね」松沼が言った。「そのときのままとはかぎりません」

「二十年や三十年で人間が変わりますか？　私は、彼女と話した一言一句を全部覚えています。言い回しも、発声も、アクセントも、どれも一致しません。わざと違うようにしているのではないの。ある程度は似せています。おそらく、そういった練習をしたのでしょう。でも、似ているだけです。ご本人ではありません」

「そうか……」川西は、松沼の顔を見た。

「しかたがありませんね」松沼も川西を見た。「一旦撤退しましょう」

川西はまた溜息をついた。

「あの方を内密に調べるくらいはなさるのでしょう？」

「あ、ええ、そうですね」川西が答える。

「練習をしたと言いましたが、特別に訓練を受けたのかもしれません。顔も整形しているのかもしれないし」

「そういった組織の一員だということですね？」松沼がきいた。

「その可能性はあります。憧れだけで真賀田四季に成り済ましているレベルとは思えません。となると、なんらかの効果があって、その効果を利用していたはずです」

松沼は頷き、小さく舌打ちをした。

「今回の殺人事件とは無関係でしょうか？」川西が尋ねた。

「そちらの参考人として、聴取をするのは良い方法だと思います。特に、二人めの被害者について」

「二人め？　ああ、砂羽知加子のことですか？」

「名前は知りませんが、首を吊られた方です。パソコンが遠くに捨ててあったのは、何故かしら。そこまで持っていって、たぶん、データを消したのでしょう。人に見られたくなかったから、離れたところでやったのです。この家の近くにいては、警察に見つかる危険があった」

「それと、砂羽知加子がどう関係するのですか？」

「真賀田四季に成り済ましていれば、人を信者にして、操ることができるでしょう。ここにいる人たちの何人かがコントロールされている可能性があります。よくお調べになるとよろしいわ。そもそも、ここは宗教の集団なのですから、感化されやすい人たちが集まっているはずです」

「なるほど、わかりました。思い当たることがあります。すると、最初の殺人も、そういった関係ですか？」川西は身を乗り出した姿勢のままだった。「ここを抜け出そうとしたために殺されたのか、と私は考えたのですが」

「それにしては、飾り付けが派手すぎますね」

「見せしめ的なものだったのでは」

「おそらく、もっと趣味的なものでしょう。少なくとも、ジェーンさんが犯人ではありません」

「そんなことがわかりますか？」

「わかりますよ、それくらい……。あの自信に満ち溢れた目。悪いことなど何一つしていない、という傲《おご》りです」

「瀬在丸さんは、ラッピングの意図を、どうお考えですか？　ちょっと詳しくお聞かせ願えませんか」

「ですから、趣味ですよ。好きでやったのです。綺麗な形を作りたかった。それが見たかった。自己満足です。あとは、そうですね、やはり、誰かにそれを見てもらいたかった。それは、普通の人にではありません。たぶん神様でしょう。別の表現をすれば、生け贄《にえ》を捧げたのです」

8

水野は、芸術村の裏ゲートの近くに立っていた。警察の車が沢山駐車され、関係者も大勢いる。なんらかの事件があった現場では珍しくない光景だが、普通と違うのは、一般人の野次馬がいないこと、またカメラを持ったマスコミが押し掛けていないことだった。したがって、関係者に属さないのは、見たところ自分一人だけのようだった。

ゲートの扉は開放されている。そこから中が、芸術家たちのエリアになる。美之里の裏ゲートの方へも見にいったが、そちらも大混雑だった。警官に呼び止められ、どこの誰なのかと質問された。中のコテージに泊まっている者だと説明すると、あまりうろうろしないようお願いします、と丁寧に注意をされた。それで、戻ってきたのだった。

暗闇の遠くからヘッドライトが見え隠れし、やがてワゴン車が近づいてくるのがわかった。現場から戻ってきたのだろうか、と見ていると、ゲートを出たところで、水野の正面になり、眩しいライトを浴びることになった。車はそこで停車し、中から川西が降りてきた。すると、その開いたサイドドアの中に、女性の姿が目に留まった。水野は、思い切ってそちらへ近づく。

警官が二人、素早く水野の前に立ち塞《ふさ》がった。川西がこちらに気づいてくれた。

「ああ、その人は大丈夫」彼がそう言ってくれたので、警官たちが退いた。

水野はさらに数メートル前進した。そして、車中の女性と目が合った。

「瀬在丸さん」声をかける。

瀬在丸紅子が車から降りてきた。彼女はじっと水野を見ていたが、やがて微笑んだ。

「お久し振りですね。こんなところで、何をなさっているの?」

「お目にかかれて光栄です」水野はさらに近づいて、片手を差し出した。

瀬在丸の両手が、水野の手に触れる。水野も、もう片方の手を添えた。

「ご無沙汰しております。何年振りでしょうか。二十五年以上になりますよね」

「そうですね……、でも、よく覚えていますよ。お会いできて、嬉しいわ」

「こちらのコテージに泊まっているのです」

「そんな施設があるのね」

「瀬在丸さんは、これからどうされるのですか？　電車で那古野へ？」

「ええ、そうなると思いますけれど、今、ここで貴女とお話をしていると、最終電車には間に合わないかもしれないわ」

「あ、これは、失礼しました。お邪魔をして申し訳ありません。また、機会を改めまして、一度ご挨拶に伺いたいと思います」

「うーん、そうね、とても残念だわ。ごめんなさいね」

「真賀田四季だったのですか？」

「いいえ」瀬在丸は微笑んだ顔を横にふった。「そちらも残念でした。少しだけ期待して出てきましたのに」

「そうですか。殺人事件の方は？　自殺者で解決ですか？」

「それも、ないと思います。そちらは、川西さんにおききになってね」

「どうもありがとうございます」水野は頭を下げた。

「保呂草さんは、お元気かしら？」

「あ、あの……」水野は辺りを見た。川西が見ている。松沼も車から降りてきていた。

「良いのよ、答えなくても」瀬在丸はにっこりと頷いた。

「よくは知らないのですが、元気だと、風の噂に」水野は答える。

「それはまた、素敵な風ですこと」

瀬在丸は、後ろを振り返った。川西の横に立っていた若い男が、進み出た。

「あちらの車です」彼は片手で示す。

瀬在丸紅子は、片手を上げ、その指を優雅に動かしてから、黒いセダンの後部座席に乗り込んだ。助手席に若い男も乗り、すぐに発車した。

その車のテールライトが見えなくなるまで、水野は見送った。

なんという美しさだろう、と改めて感じた。これほど年月が経っているのに、まるで変わっていない。それどころか、優雅さに磨きがかかったように感じ、その完璧さに圧倒された。ただただ、溜息が漏れる。真賀田四季はたしかに天才かもしれないが、天才は彼女だけではない。世の中にはいるのである。

「お知合いでしたか」川西が横まで来ていた。

「ええ、若いときに、お会いしたことがあるのです。知合いというほどではありません。私のことを覚えていて下さっただけでも感激しています」

「そうですか……。時間が取れなくて残念でしたね」

「砂羽さんは犯人ではない、とおっしゃっていましたよ」

「ええ、その可能性は、もちろん警察も考えています。だとすると、二人めの被害者ということになりかねません。これは、じっくり腰を据えていかないと……」

「検死結果はまだ出ないのですか？」

「正式にはまだです。でも、首を吊ったことはたぶんまちがいない。ですから、自殺は自殺ですね」

「自殺に追い込んだものが、あるはずです。なんらかの、マインドコントロールがあったのでは？」

「その可能性があります。どうも、ここにいる人間がみんな、私にはそう見えます。偏見でしょうか」

「ジェーンさんは、どんな方でした？」

「うん……、もう自由の身です。そう、彼女も、やはり、なにものかに操られている感じがしました」

「生きた人形ですね」

「生きた人形？　ああ、本当に、そのとおりです」川西は頷いた。「では、まだ仕事がありますので、これで……」

　代わりに松沼が近づいてきた。水野の前で、彼はゲートの方を一度振り返った。川西がパトカーの助手席へ乗り込むのが見えた。

「残念でしたね」水野は松沼に言葉をかけた。

「いちおう、ジェーンさんの承諾を得て、DNA鑑定をさせてもらうつもりです。まあ、望みは薄いと思いますが」

「もともと似ているのか、それとも整形手術をしているのでしょうか」

「たぶん、意図的に似せている……。そう、手術をしたかもしれませんね」松沼は、頷いた。「アメリカでかつて、その例がありました。初めてのことではありません」

「影武者ですか？　でも、目的は何でしょう？　攪乱《かくらん》のためでしょうか？」

「さあ……」松沼は溜息をつく。疲れている様子だった。「一説には、もう本人はこの世にいない、なんていうのも聞きますからね」

警察の車が何台か続けて出ていった。辺りの人口密度が下がった。捜査のために集められた人員も大部分が引き上げたのではないか。

「東京へ戻られるのですか？」

「いや、朝まではおります。もう一度、ここを見て回ります。化学兵器などを製造している可能性がないか、とかね」

「それはないでしょう」水野は笑った。しかし、松沼は笑わなかった。

「わかりやすい敵ではありません」彼は低い声で語る。「物質はなにも残さない。見えるものは、ただネットの信号だけです。でも、その信号だけで、世界的なテロが可能な時代ですからね」

「テロなんて、考えているのかな」

「いつあるか、わかりませんよ」

「なにかを破壊しようというのではなくて、新しいものを建設しているのかもしれない」水野は言った。自分の意見が好意的すぎると感じて、少し驚いた。「私は、そんな気がしますが」

「テロリストは例外なく、そう主張します」松沼はそう言うと、無理に笑って、頭を下げた。「では……」

彼は、ゲートの中へ戻っていく。暗闇の中を歩き、すぐに姿が見えなくなった。

9

「結局、ジェーンさんは見つかっても、彼女は真賀田四季じゃなかった、ということで決着したようです」水野は、加部谷たちのコテージに戻って報告した。

四人は、紅茶を淹れてお菓子を食べていた。水野の前にも、雨宮が紅茶を運んできた。

「まだ、ニュースにならないんですよ。明日の朝でしょうね」雨宮が高い方の声で話す。

「それで一気に情報が公開されると思います。でも、殺人の方は進展がないし、弱いですね、話題としては……」

「あのロボットとかを公開していたら、かなりインパクトがあっただろうけれどね」山吹が言った。「今となっては、ただの一作家の作品というだけだから」

「でも、ジェーン・島本さんは、これで名前が売れて、あちこちで個展が開けるようになるんじゃないですか」加部谷が言った。「そうか、もしかして、そういう広報活動だったりして」

「それはないよ」山吹が簡単に否定する。

「殺人事件が解決するまでは、駄目でしょうね」水野は意見を言った。「マスコミも、そのあたりは慎重になるはずです」

「あ、そうか。殺人犯の可能性はあるわけかぁ」加部谷は言う。「そんなこと言ったら、私たちだって、みんな可能性はあるんじゃないですか？」

「私も？」雨宮が顔を顰める。「私たちは、アリバイがあったでしょうが」

「あ、そうかそうか。そういう観点、ついつい忘れてしまうみたい」加部谷がカップを片手に話す。「渦中にいたみたいな気分でしたけれど、私たち、まだ二日めですよ。殺人はその前日だったんでした。うーん、あれは、もう誰だって可能性はあるんじゃないかしら。海月君、どう思う？」

「警察が調べてくれると思う」海月がぼそっと答えた。

「そりゃあ、調べてくれるでしょうけど。科学的に捜査をして、犯人を突き止めることができるのかなぁ」

「それ以外に、犯人を突き止める方法はない」海月が淡々と言った。「そして、裁判になる。裁判でまた、長い時間をかけて、その捜査に間違いがなかったかを確かめる」

「私たちがここで、あれこれ考えても、無意味？」加部谷はきいた。

「無意味に近い」海月が答える。

「近いのかぁ」加部谷は舌打ちをした。「完全に無意味ってわけじゃないのね。そう、少しは、その、論証っていうの？　論理で考えることもあっても良いと思う。なんか、違っているかな？」

「加部谷は、論理的と科学的をどう区別しているんだ？」海月がきいた。

「え？　そんなの全然違うじゃない」

「いや、ほとんど同じだと思う」

「うーん、そういう方向へ議論を進めるのは、ちょっとやめましょう。もうみんな大人になったんだから」加部谷は笑ってみせた。

しかし、頭ではまだ考えていた。科学的というのは、血痕や髪の毛などを分析することで、そういう証拠によって捜査をするのが科学的捜査。一方、論理的というのは、ものの道理を考え、人の心理を見抜いて、理屈で犯人を割り出すことだ。たしかに、論理的な推理だけでは、犯人を推定できても断定はできない。今は、裁判でも推論は結果に結びつける力を持たない。だが、推論があって、そのあと実証をしていくのではないか。つまり、科学的な証拠を待つか、あるいはそれに先んじて論理を展開するのか、という順序の違いだろうか……。

「僕は、どうしても、あのラッピングが気になるなぁ」山吹が話した。彼はパソコンを広げている。ほとんどモニタを見ていた。「個人の嗜好的なものだった可能性は高いと思うけれど、それだけだろうか。たとえばね、うーん、人をフィルムでぐるぐる巻きにして、それで欲求が解消される異常者だったとしても、そのあとは、あんな見つかりやすくしておかなくて良いと思うんだよね。それに、フィルムを取り除くのは、十分もあったらできることだよね。そのままにして逃げた方が時間的に有利だけれど、でも、巻くことに比べたら、ずっと簡単だと思う」

「そうなんです。そういう議論が私はしたいの。海月君に問いかけた私がいけなかったんです。はい、わかっています。もう昔からなんですから。かつては、美少女探偵と呼ばれた加部谷ですから」彼女は腕組みをして、片手を頬に当てた。なんとなく、それが論理的な仕草として自分でイメージしたものだったからだ。「あとですね、やはり引っ掛かるのは、661661ですね。あの数字が示す人物は誰なのか、ということ」

「人物なの？」雨宮がきいた。

「犬ってことはないでしょう？」

「メッセージがそこから来た、という出所のことだろ？」雨宮が言い返す。「人物とは限らんがね。なにか、メディアを示しとるとか、経路を示しとる可能性もあるかもだよ。えっと、たとえば、チャンネルとか」

「そうか、そうかもね。でも、その発信の元は人間でしょう？」加部谷は口を尖らせる。

いと」

「とにかく、あれは、キィだと思うんです。ああいう暗号は、やっぱりきちんと考えな

「そこを突き詰めて考えても、犯人には辿り着かないんじゃない？」山吹が言う。

「うーん、皆さん、相変わらず、加部谷に厳しいですね」彼女は、椅子を引いてそこに腰掛ける。「どうも今回の殺人事件、気が散りますよね。特に不可能と思えるような現象もないし、考えるとっかかりがない感じだし」

「普通、そうだよね」山吹が笑った。

「純ちゃんは、なにかインスピレーションとかないの？」加部谷は話を振った。自分は少し黙っていようと考えたからだ。

「私的には、そうだね、犯人は、あの三原さんと坂城さんの二人じゃないかと踏んどるんだけれど」

「え、誰、それ」山吹が驚いた顔で腰を浮かせる。

「ほらほらほらぁ、山吹さん、私が話したときよりも、ずいぶん真剣な反応ですこと」加部谷は言った。

「いや、突然出てきた名前で、誰かなって思ったから」山吹は椅子に座り直して脚を組んだ。

「私たちはインタビューしましたからね」雨宮は口調を変えて答えた。「三原さんは画家さんで、坂城さんは、えっと、評論家です。なんだか、年齢的にも、それから、男性

的にも、油が乗っている感じで、パワーが感じられたんです。それに、仲が良さそうだったし、一週間まえから、ここに来ていると話していたし、そうなると、車で来ていたでしょうし、棺とかも含めて、用意周到で乗り込んできたんですから、二人いれば、ラッピングするのも、棺に入れるのも、ね、簡単じゃないですか。きっと、運び出すつもりだったんだと思うんです。だけど、なにかの不都合があって、計画が中断したんじゃないかと」

「でも、その人が犯人だという根拠は？」山吹が尋ねる。

「それは、顔ですよ」雨宮が答える。「三原さんは、わりとダンディで、もてそうな感じなんですけれど、ああいう人って、断られたりするとプライドが許さない、みたいにかっとなるんじゃないかと」

「めちゃくちゃ感情的な意見」加部谷が言う。「駄目駄目、そんなの」

「君よりは、男を見る目があると思うんだが」雨宮は笑顔である。

「男を見る目があっても、殺人犯を見る目がなくちゃ駄目でしょ」加部谷は指摘する。

「じゃあ、加部谷は、誰が怪しいと思う？」雨宮がきいた。

「私は、砂羽さんが怪しいなって思っていたんだけれど、自殺されちゃったからねぇ、うーん、やっぱり違うのかなって……。そうなると、あとは、若い女性といえば、ジェーンさんと、受付の人くらいだよね。あの人、名前きいたっけ？」

「えっとね……。」雨宮が眉間に指を当てて目を瞑《つむ》る。「名札をしてたよねぇ」

「久米《くめ》さんだと思います」水野が言った。「あ、私は、特に考えはないから、ええ、聞いているだけで楽しいので、続けて下さい」

「なんで、若い女でないといかんわけ?」雨宮が加部谷にきいた。

「やっぱり、あのラッピングだね」加部谷は小さく頷いた。「私は、あの行為に、とっても丁寧さを感じるわけ。その丁寧さって、作品を作るときの仕上げという丁寧さよりも、もっと、なんていうか、被害者に対する愛情みたいな、うん、変かもしれないけれど、そう思えるんだな。そこが、どうしても女性的なものに感じられてしまうわけです」

「愛情だったら、普通は異性なんじゃない? あれはやっぱ、男がやったんだと思うな」雨宮が言う。「だって、裸にしとるわけだでさ」

「そういえば、被害者が着ていたものは、どこかにあったのですか?」山吹がきいた。水野の顔を見ている。

「あ、そうですね」水野が答える。「衣服もそうだし、靴もなかったかもしれませんね。殺人犯が持っていったのか、それとも、きちんと仕舞ったのか、クロゼットとかに」

「あ、ちょっと良いところに気づいたんじゃない?」雨宮が指を鳴らした。「そうか、服のこと、考えとらんかったな」

「私は考えてました」加部谷は主張する。「だから、服を脱がせて、でも、服が散乱していたわけでもない。ラッピングのフィルムだって、残りがあったかもしれないし、そのフィルムが入っていた箱とか包装とかがあったはずでしょう? 棺を削ったりした道具も、削り屑も残っていない。全部綺麗に片づけていったんだよ。こういうところも、女性的だと感じるの。あの場所を汚したくなかったのよ」

「汚したくなかったら、裸にせんでしょ」雨宮が言う。「服を脱がせるってとこが、いかにも、男だと思うわぁ。男はすべて、女を脱がせたいんだから」

「雨宮さん、それは言いすぎ」山吹が口を挟んだ。

「あ、失礼しました。ちょっと暴走してしまって……」

「まあ、とにかく、綺麗な人でしたからね」水野が補足する。「無理もないかも」

「綺麗だって汚くったって、関係ありませんよ」加部谷は言う。

「いやいや、そんなことはないで」雨宮が首をふった。「違いますよね？」と山吹を見る。

「僕にきかないでほしいなぁ」山吹は肩を竦めた。

加部谷は海月にききたくて、彼をじっと見たが、眼差しを受け止めてもらえない。しばらく、静かになった。みんなが考えているのか、話に疲れたのか。

「あぁ、明日はもう帰るんだ。月曜日だぁ……」加部谷は溜息をついた。

月曜日は休暇にしてある、出勤は火曜日からだった。加部谷は、海月及介を見た。明日別れて、また何年も会えないことになるんじゃないか、と思って、急に寂しくなった。こんなことならば、彼が来なかった方が良かったのではないか。どうも、海月が来たことで、自分のテンションが上がって、バランスを崩しているように思えた。彼女の一部が完全に昔に戻ってしまったみたいで、その部分が再燃している気がした。

それでも逆に、ただ彼を見ているだけでも、少し気持ちが落ち着いてきた。そうか、いなくなってしまったわけじゃない。死んでしまったわけでもない。ちょっと遠くにいただけなのだ。

「美少女探偵さん、何考えとるの？」雨宮が加部谷の頬に指を当てた。「こら、どこ見とるの？」

10

美之里で、二回めの朝日が、加部谷恵美のベッドに差し込んだ。今日は、加部谷が下で、雨宮が上で寝ていた。鼾は聞えないが、雨宮が上にまだいることは明らかだった。

海月及介が来たことで、このコテージのベッドは一人分足りなくなった。そこで、昨日の午後に事務所へ行き、もう一つ、隣のコテージを使えるようにしてもらった。昨夜遅く、水野はそちらへ引き上げていったのだ。

そんなことを思い出しながら、加部谷はベッドから出た。時刻は七時だった。外はそれほど明るくない。どうやら雨は降っていないみたいだが、周辺は深い霧に包まれていて、まったく景色が見えなかった。視界はせいぜい二十メートルほどしかない。

寝直そうかと考えたのだが、隣の部屋から声が聞える。広間だろうか。山吹たちが起きているようだ。加部谷は、着替えをして出ていくことにした。窓際で軽くメイクをしているときに、雨宮が起きた。

「何時?」

「七時」

「あぁぁ……、よう寝たわぁ」ベッドの上で腕を伸ばしているのが見える。

「あのさ、海月君、来てくれたでしょう」加部谷は小声で話す。「あれって、どうなんだと思う?」

「何がぁ?」眠そうな顔をベッドの横に出す雨宮。目を細めている。

「つまりさ、全然脈がないわけでもない、と考えても良いのかどうか」

「さあね……。あんたも、けっこうしつこいな」

「そうなんだ、私って、しつこいのかも」

「まあ、なんでもええふうに考えやぁ。いかん方に考えるよりはな」

「そうだよね」

「しっかしなぁ、俺にはわからん」雨宮は目を瞑って首を横にふった。「何しに来たんだ、あいつは、てところだわさ。ものも言わんとさ。本ばっか読んどらっせるでしょう。まあええかげんにしてちょうって言いたい、ほんと。あんたがおらんかったら、喧嘩したろかと思うで、毎回」

「ありがとう」加部谷はにっこりと微笑んだ。

「何がぁ?」

広間に出ていった。水野と山吹が起きていた。海月の姿はない。

「海月君は？　まだ寝ているの？」加部谷は山吹に尋ねた。

「外にいるよ。霧が好きなんじゃないかな」

「霧がですか？」

「遠くへ行ったんじゃないと思う。その辺にいるんじゃないかな」

窓から外を覗いてみたが、見える範囲に人影はない。というか、見える範囲がかなり狭い。

「私も、霧を見てこよう」加部谷はそう言って、ドアに向かう。後ろを振り返らず、外へ出た。

朝の気温にしては、暖かい。湿った空気だった。割り箸を振ったら、綿飴《わたあめ》になるのではないか、と想像できるくらいで、一度そう思うと、白い景色が甘く感じられた。雲の中にいるみたいでもある。これが死後の世界だとしたら、死んだ人は、この飴を少しずつ食べ続けているのかもしれない。

少し歩いてみた。誰もいない。隣のコテージが見えるところまで来た。水野が泊まったコテージだろう。

「海月君」と小声で呼んでみた。

返事はなかった。近くにはいないみたいだ。どこへ行ったのだろう。

道をもう少し進む。

ゆっくりと、歩く。

あまり遠くへ行くつもりはない。ときどき振り返って、後ろも見た。もう自分たちのコテージは見えなかった。鳥も鳴かない。蝉も鳴いていない。霧が出ていると鳴かないものだろうか。とても静かだ。

「海月君」今度はもう少し声を大きくしてみた。

もちろん、叫ぶほどの声ではない。コテージには届かないはずだ。

白い霧の中から、黒い影が現れた。

加部谷の正面だった。

海月及介が、彼女の前まで来て立ち止まった。

数秒間、見つめ合う。沈黙。

「何をしていたの?」ききたくなかったが、海月が黙っているので、しかたなくきいた。

「散歩」

「私も散歩です。なんか、幻想的な感じで、この中を歩きたくなったんでしょう?」

「いや、向こうのゲートを見てきた」

「警察、いた?」

「車が二台だけ」

「じゃあ、みんな帰っちゃったんだね。残っているのは、殺人事件の捜査をしている人たちだけ。そちらも、そろそろ引き上げるんじゃないかしら」

「たぶん」

「私、昨日寝るときに思いついたんだけれど……、あのね、聞いてもらえるかな」

「聞いている」

「あの棺と、それからラッピングは、素直に見て、やっぱり搬送するためのものだと思うの。つまり、死んだ人を運ぶことが目的だった。傷がつかないように、普通の荷物だって同じようにするでしょう？　それでね、最初は、ここからどこかへ運ぶつもりだって考えた。ね、たぶん、みんなもそう考えたと思うの。でも、違うんじゃないかって……」

「そのとおりだ」海月は頷いた。

「え？　そのとおりって、何？」

「そこへ考えが及ぶのが普通だ。考えれば、そこへ行き着く。警察だって、もうそう考えているはずだ」

「それじゃあ、海月君はそう考えていたってこと？」

「ああ」

「どうして、それを言わないの？」

「考えたというだけだ。だから、何がわかったということではない。自分で捜査ができるわけじゃないから」

「そうか、やっぱりそうなんだ。つまり、あの棺は、今から運ばれようとしているものではなくて、どこかからここへ運ばれてきたものなのね？」

「たぶん、そうだろう」

「どこから？」

「さあね」

「ちょっと待ってね、えっと……、死体を入れた状態で、ここへ搬入されたのよ。ということは、被害者の真佐美さんは、一度連れ出されたってこと？」

「それは、たぶん違う」

「殺してから運び出して、どこかでラッピングして、また運び入れた、というのじゃない？」

「うん、違う」

「どう違う？　海月君の考えを教えて」

「僕の考えなんか、価値はない」

「なくてもいいから、教えて」

海月は黙っていた。自分が考えていることは、事実ではない可能性がある。そういうものを言葉にして他者に伝達しても、そんな情報に価値はない、ということを彼は言いたいのだろう。加部谷にはそれがよくわかっている。何度も、彼からそれを聞いたからだ。彼のことを理解しているつもりだった。しかし、この人が考えたというだけで、それを受け入れる価値が生じることだってあるのだ。自分にとって、それはまちがいなく価値がある。どうやって、そのことを論証すれば良いだろう。歯がゆくてしかたがない。

「おーい」山吹の声が聞えた。コテージの方からだった。

11

コーヒーを淹れたから、というのが山吹が呼んだ理由だった。

湿気《しけ》たビスケットやポテトチップスがあったが、誰も手をつけなかった。山吹のコーヒーは、粉とフィルタを使ったもので、そういう道具をちゃんと持ってくるあたりが山吹らしいところである。

雨宮純も寝室から出てきた。ジャージの上下を寝間着の上に着ているだけ、化粧もしていない。そんな格好で男性の前に出てこられるなんて凄い、と加部谷は思ったが、それができる下地というものがある、外面的なことではなく、内面的な問題として だ、とも解釈した。

「海月君と少し話したんですけど、あの棺とラッピングは、やっぱり搬送のためのもので、しかもですね、既に搬送は終わっていたのではないか、ということに気づいたのです」

「終わっているというのは？」山吹がコーヒーに口を近づけながらきいた。「え？ もしかして、あそこへ運び込まれたっていう意味？」

「そうなんです。私は、それを寝るまえに思いついたんですけど、睡魔に勝てず、そのまま寝ちゃったわけです。でも、起きてすぐ思い出しましたよ。偉いでしょう?」

「どっから運び込んだのぉ、何のためにぃ」雨宮が欠伸を噛み殺してから続ける。「そのまえに、一旦運び出さなかんでしょう?」

「そうなのよ。だから、私が考えたのは、被害者はあそこで殺されるか、それとも気絶させられて、一旦は連れ去られるわけ。でも、どこかでラッピングされて、また戻されたのね」

「意味がわからん。そんな無駄なこと、誰がしやぁすだ?」雨宮が鼻で笑う。

「でもね、うん、私がそれを話したら、海月君はね、それは違うって、自信満々で言うわけですよ。ね、海月君」

「自信満々ではない」

「そこは、まぁ、いいとして。運び込まれたところまでは、私たち、意見が一致しているんだよね?」

海月は無言で頷き、コーヒーを飲んだ。全員が彼の発言を待っていたが、なにもしゃべらない。

「だから、私の考えと、君の考えの相違点を、教えて下さいって、お願いしているんですよ、私は。ね、お願い、教えてよ」

「そんな、大したことではない」海月は話した。話し始めると、言葉は滑らかに出る。

「殺されて運び出されたわけじゃない、となると、運送のためにラッピングをした意味がなくなる。運送というのは、違う場所へ移動させることだ。運送は既に行われた。つまり、殺されたのは、別の場所なんだ」

「あ……、そうかぁ」加部谷は数秒間、口を開けたままになった。

しかし、その数秒間が過ぎて、加部谷が口を閉じても、海月は話をしない。沈黙の時間がさらに流れる。

「あの、もっと、話をしてくれませんか」

「今ので終わりだ」

「どうして、終わりなの？　違う場所っていうのは、どこ？　どうして、違う場所に、被害者がいるわけ？」

「被害者が自分でその場所へ行ったからだと思う」海月は言った。「それが、一番自然だ。そして、その場所で殺された。殺されたあと、丁寧に梱包して、こちらへ戻された。戻した理由は簡単だ。殺した場所で見つかることが、殺した人間にとって不都合だったからだ」

「それって、もしかして、ずいぶん遠くなの？」加部谷は尋ねた。

「時間的に考えてみれば、おおよその範囲がわかる。前日の夕方まで、被害者はここにいたらしい。それから出かけていき、殺されて、次の日の朝までにこちらへ届けられた。被害者が出かける方法は、自動車、鉄道、飛行機が可能性として考えられる。でも、戻ってくるときには、鉄道や飛行機は無理だろう。となると、せいぜい五百キロくらいの範囲になるかな。鉄道の便が良い、高速道路の便が良い、という条件で……」

「五百キロ？　そんなに？　五百キロっていったら、東なら、東京も行ける？」

「充分範囲に入る」

「真佐美さんが、夕方にここを出たとして……」水野が言った。「近鉄の駅へ行くのに一時間、那古野へは電車で一時間、新幹線で東京へは二時間、だいたい四時間あれば行ける。だから、九時頃には、東京にいられますね。そこで殺されて、今度は夜中のうちに自動車で運ばれてきたということ？　そうだね、帰路も時間的には充分に余裕がある。夜中に出れば、朝になるまえにこちらへ到着できるから」

「でもね、殺した場所に置いておけないっていう理由だけで、わざわざこちらまで戻す？」加部谷は考えながら話した。「なんていうか、もっと、どこかに捨てない？　普通だったら。その方が、ずっと簡単でしょう？　危険も少ないし。なによりも証拠隠滅が最優先だと思うけれど」

「そうだよ、山奥とか川とか海に捨ててしまうのが、常識的な判断だと思うな」山吹も言った。

「ということは、山や海や川よりも、ここが近かったからなのでは？」加部谷がつけ加える。「やっぱり近くなんじゃない？」

「梱包がしっかりとされている。傷がつかないようにラッピングまでして棺に収められていたんだ」海月は言った。「車で運ぶときに、どうしても揺れる。それを見越して、入念に行った。遠方であることは、ほぼまちがいない。それから、山や海に捨てなかったのも、同じ理由だ。捨てられなかったんだ。遺体を大事に扱いたかった。加害者にとって、被害者はかけがえのない対象だった」

「ちょっと待って」水野が片手を広げた。「誰を想定しているの？　もしかして、恋人？　それとも、被害者の父親とか母親？」

「そんなの、ありえないですよ」山吹が言った。

「特に個人を想定していません」海月は水野に答えた。

「私、実は、金曜日の夜、隅吉さんのお父さんと会っているの。東京で食事をした。一時間半くらい一緒だった。今回の事件で、それが私のアリバイだと思っていたんだけれど……。えっと、じゃあ、私と食事をしたあと、彼は娘を殺せることになるのね？」

「どうして、娘を殺さなくちゃいけないの？」加部谷は海月に言う。「変だよ、そんなの。かけがえのない人なら、殺さないでしょう？」

「変だと思う」海月は頷いた。「しかし、理由なら、二つ思いつける。一つは、かけがえがない対象であっても、愛情の形は、人それぞれだ。欲求が抑えられない、ということは、まったくありえないというわけではない。かけがえのないものだからこそ、その欲求が大きくなる場合もあるかもしれない。生きているうちに、ただ一度で良いから体験したい、と考えることは、絶対に理解できないというほど、矛盾を含んでいない。想像の範囲内だと思う。また、第二に、自分の最愛の者を殺すことは、古来、神に対しては行われている。生け贄という形で世界中で行われているんだ。特に、相手が真賀田四季であれば、どうだろう。彼女自身、自分の娘を殺したと言われている。神に認められたいのならば、確固たる動機になるだろう。自分の信念を示す、自分のコントロールの力を示す、そういう意味で充分な効果を持つ。逆に言えば、これを否定できる材料がない」

「水野さん、被害者のお父さんって、遺体確認のためにこちらへ来ているのでは？」山吹が尋ねる。

「いいえ、隅吉氏は、土曜日から海外なので、母親が確認にきたと聞きました」

「じゃあ、娘の安否を調べてほしいって、水野さんに依頼したんですね？」加部谷は言う。「それで、水野さんはここへ来た……、そうだったんですね？」

「ええ、言えませんでしたが、そのとおりです。安否確認というよりは、ここから連れ出してほしい。つまり、宗教に没入してしまわないよう救い出してほしい、という意味合いだったのですが……」

「おかしいなぁ、矛盾していませんか？」加部谷は、海月を見た。

「個人を想定していない、と言ったはずだ」海月は無表情で答えた。「ただ、それくらいの矛盾はなんでもない。自分のプロジェクトを成功させるために、頭の良いものならば、単純な手法を選択し、複雑な飾り付けを施す。矛盾しているように思わせることだって、結果的に利となる」

「もしも、海月君の言っていることが正しかったら……、どうなる？」加部谷は考える。

「もしも、その被害者のお父さんが犯人だとしたら、どうなるの？」

「少なくとも、隅吉氏はもう帰国しないでしょうね」水野は言った。「警察だって、いずれはその結論に行き着くでしょう。そうでなくても、疑いは持つ。なんらかの痕跡から、科学的に立証できるかもしれない。しかし、帰国しないで捕まらなければ、裁判にはならないし、殺人犯として確定することもない」

「ちょっと頭が痛くなってきた」雨宮が顔を顰めた。「すっきりしんなぁ」

「なるほどね」山吹は溜息をついた。「いや、すっきりするなんて、どだい無理な話だよ。たとえば、その人が帰国して、殺人容疑で逮捕されたとしても、自分がすべてやりましたと供述しても、それでもすっきりしないんだから」

「そこまで供述しても、まだ、それが真相だと証明されたわけではない」海月が淡々と話す。「僕たちがここでいくら話しても、僕の推理にいくら納得しても、でも、真相はここにはない。警察が証拠を摑んで、犯行を立証できたとしても、真相かどうかはわからない。ただ、平均的な、言葉としての一時の解釈があるだけだ」

「それでも、テレビを見ている人たちは、やっぱり、納得がしたいんですよ」雨宮が言った。「どうして犯人はこんなことをしたのか。どんなふうに考えたのか。もし、それが異常だとしたら、どうしてそんな異常な人間になってしまったのか。それを説明してほしいんです。その説明を聞かないと安心できないんですから」

「その安心というやつは、結局のところ、そういった犯罪と自分の距離を取りたいという心理だと思う」海月が説明した。「大衆は、犯行の動機が理解できないことで、自分との距離が遠いと確認したい。だから、異常ならば異常で大いにけっこうなんだ。異常だというレッテルを貼ることで処理ができる。自分のごく身近に、そういう異常さがなければ、それで良い」

加部谷は、海月及介が久し振りに沢山の言葉を発するのを眺めていた。彼女にとって、それはとても魅惑的で素敵な時間だった。かつては、それをあとになって気づくのだった。でも今は、少し視点を引いて、新鮮なまま味わうことができた。

「もう少し分析したい人は、犯人の過去に間違いがあったことにしたがる」海月は等速度の口調で続ける。朗読しているような流暢《りゅうちょう》な話し方は、以前と変わっていない。「親が親らしくしなかった、甘やかされていた、友達がいなかった、勉強ばかりで常識がなかった、優等生だったのに途中で挫折《ざせつ》した、そういう理由を見つければ、それが原因だと理解したつもりになれる。これもレッテルと同じで、ただそういう処理によって安心したいだけだ。異常なんてものは、存在しない。あるとしたら、みんながそれぞれ異常を持っている。あるいは、ほとんどの人間は異常だ。異常を平均したものが常識という幻想だといっても良い」

海月の話は終わったようだ。加部谷は、もうなにも言えなかった。質問はない。そのとおりだ、とすんなり自分の中に入ってきた。ただ、彼の推論が導いた殺意は、彼女には理解しがたい、まさに異常だった。その殺意の中にある意志の固さも、簡単には理解できない。

　ずっと考え続けなければならないものになるだろう。

　そう、この話を海月から聞くのは初めてではない。まえにも聞いた。海月はそれを知っていて、話しているのだ。もう一度考えろ。もう一度理解しろ。考え続けなければ、本当の理解ではない。どうして、理解しなければならないのかといえば、それは、安心のためではなく、自分というものの根本的な不安定さを認めるため、人間が持っている基本的な孤独を認めるためだ。彼女は、今それがわかった。

　異常という言葉で片づけることは、人間が安定した存在であり、それに反する状態であってはならない、と無理に思い込むことと等しい。その思い込みから脱するためには、問い続けなければならない。加部谷はそれを思い出した。久し振りに思い出していた。

　どういうわけか、こういう人間の基本的な有り様の話になると、涙が出てしまう。その理由を、彼女はまだ海月にきいていなかった。いつかきいてみたい、と思っているのだが、どうしても勇気が足りないのだった。

「私は、異常だとは思わなかった」水野が呟くように話し始めた。「あの死体を見たとき、綺麗だなっていうのが第一印象だったから。ああ、やっぱりそうなんだって思った。綺麗にしてあげたかったのかって。それって、考えてみたらもの凄い経験じゃない？　きっと、泣きながらやったんだと思う。凄《すさ》まじいよね。人間って。そんなことができるんだ。自分はこんなことができるんだって、きっと震えたんじゃないかな。異常ではないと思う。ただ、凄まじいだけ。もちろん、私はそんなことしたいとは思わないし、それはやっぱり間違っていると思うけれど、でも、たとえば、イデオロギィの違いだけで無差別に他人を殺すことと比べたら、全然人間らしい行動なんじゃない？」

「いえ、だけど、駄目です」加部谷は言った。「どんな理由があっても、駄目ですよ。人は人を殺しちゃいけないんですよ。もの凄く嫌なことなんですよ、これは」

「わかっている。それは、わかっているの」水野は優しく言う。「でも、こうして、言葉にして、そういう気持ちとか、そういう異常さ、そういう体験、そういう思想、全部、考えることは自由にできるし、それをときどきは話し合わなくちゃいけないんだって思うな」

12

水野は、もう一度川西に会いたいと思った。だが、ゲートの近くにいた警官に尋ねたところ、本部へ戻ったか、あるいは一時帰宅したかもしれない、とのことだった。

加部谷たちには、自分の過去のことを内緒にしておいてくれ、という条件でメールアドレスだけを教えた。この事件に関して後日なにか情報が得られた場合には、交換し合おうという約束もした。もっとも、一般のニュース以外で情報を得る方法は、誰も持っていない。自分も、三重県警から捜査の進展具合を聞き出すことは無理だと感じていた。

荷物を片づけて、みんなでコテージを出た。加部谷たち四人はレンタカーで帰っていった。加部谷は、駅まで行くなら送りますよ、と言ってくれたが、水野は断った。小型車だから五人は窮屈だろうし、若い四人は、きっとどこかで寄り道をするつもりだろう、と想像したからだ。そして、県道へ出ていく車を見送ったとき、二度とこの若者たちと会うことはないだろう、と水野は思った。

管理人の海江田には、最後にもう一度会った。結局、彼のことを自分が知っていた、とは明かさなかった。向こうが気づかないのだから、そのままで良いだろうと考えたのだ。海江田は、この美之里で骨を埋めるつもりだろうか。そもそも、いつまでこの団体が存続できるだろうか。そんなことをあれこれ想像しながら、バスのシートに座って、外を眺めていた。

一番思い出すのは、砂羽知加子のことだった。わからないものだ。人間というのは、本当にあっさりと死んでしまう。何人もそういう例を見てきた。それは、事故だったり、あるいは殺人だったりすることもあるけれど、日常的に多いのは、やはり自殺である。この国では、本当に沢山の人が、自分の判断で死を早めているのだ。

ある人は、苦しさや辛さから逃げる最終手段として。また、ある人は、自分の死後になんらかの影響を与えたいがために。理由はいろいろだし、理由なんてはっきりしたものがない場合だって多いだろう。宗教によっては自殺を禁じているが、この国にはその罪意識はない。むしろ、死はすべてを浄化するものだと信じられている。侍の切腹の歴史を見るまでもなく、そういった遺伝子がまだ日本人に残っているのだと見る向きもあるだろう。

砂羽は、誰かを救おうとして、自ら犠牲となったのではないか。彼女は、誰が殺人犯か知っていたのか。それとも、単に神の御許へ行く良い機会が訪れたのだろうか。

バスが走る道に信号が増えてきた頃、メールで、口座に入金があったことを知った。何だろう、と思い、さっそく銀行にログインして調べてみた。驚くべきことに、隅吉重《しげ》久《ひさ》からの送金だった。今回の調査について、前金は既にもらっている。残りは成果があった場合にもらえる契約になっていたが、その金額が振り込まれていた。

成果はなかったのだ。隅吉真佐美が元気でいるところも確認できず、彼女を説得して連れ出すことも叶わなかった。ただ、彼女の遺体は、実家に戻る。警察の検死に時間がかかるだろうから、葬儀は数日後になるだろう。それでも、肉体は一時的にだが、家に戻る。

その肉体が朽《く》ちないように、ラッピングをしたのか。少しでも、綺麗なままで、形を崩さないようにと願ってのことだったのか。

しかし、死後、死体がどのような姿勢で置かれていたのかは、血の固まり方でわかる。そういったことを考えて、長時間車で運んだことがわからないようにした、とも考えられる。効果のほどは疑問だが、加害者がそう信じて行ったことかもしれない。

いずれにしても、いまだに調査の依頼主である隅吉重久には連絡が取れない。海外にいても、携帯電話は繫がるだろうし、メールだって読めるはずだ。どちらの方法も数回試みていたが、反応がまだなかった。そのうえ、調査費が振り込まれた。この時刻に入金があったのは、おそらく金曜日のうちに、振込手続きをしたのではないか。つまり、すべて予定を決めていた。探偵に調査を依頼したのは、攪乱のための偽装か。それとも、土曜日には死体が見つかってほしい、と考えたのか。たしかに、自分が行かなかったら、あの棺の蓋を開ける者はいなかったかもしれない。

ああ……、そうか、そうかもしれない。

そのために、雇われたのか……。

夏のことだ。できるだけ早く遺体を見つけてもらいたかったのだろう。

数日後に最初のレポートを要求されていた。自分がすぐに美之里へ行くことは、完全に予測できただろう。しかも、料亭でその感触を確かめてから、実行したのだ。

いや、まだ、決まったわけではない。

これは、単なる仮説の一つ。

警察は捜査を続けている。もう少しまともな方法で真実を明らかにするだろう。

そうではない。真実に近づくことはあっても、けして真実に触れることはできないのだ。そんなことは、犯行に及んだ本人だってできない。自分の行動、自分の気持ちについて、何が真実なのか、きっとわからないにきまっている。

どうも考えが堂々巡りになってきたが、そのうちに、ふと瀬在丸紅子のことを思い出した。そう、今回一番嬉しかったのは、彼女に再会できたことだった。本当に、昔のままの紅子さんだった。自分がこんなに変わってしまったのに、対照的といっても良い。

真賀田四季も、あんなふうかもしれない。いや、まったく反対だろうか。写真で見た感じは違うけれど、会ってみたら同じ雰囲気を感じるのではないか。この世にある姿は仮のものだ、という余裕が仕草に現れている。生きていることなど、自分とは無関係だ、とでも言いそうな超越感か。

一説によれば、真賀田四季は瀬在丸紅子を仲間に引き入れようとしたらしい。誰から聞いたのだっけ。そう、このまえ会ったばかりの東京のあの男、えっと、今は椙田か。それだけのものを、彼女は持っているのだ。なんとなく、凡人の自分にもそれがわかったことが少し嬉しかった。

いろいろな人間が思い出される。それだけ長く生きてきた、ということか、と水野は思った。

これ以上あまり思い出さない方が良いな、と思い、外の風景に焦点を合わせる。大通りの交差点を通過するところだった。もうすぐ駅前に到着である。このあとまた電車に乗る。そして、自分のアパートに帰ろう。幸い、短時間で仕事は片づいたのだから、ゆっくりしよう。

これ以上考えない方が、たぶん、自分のためだ。

自分のため？

何だろう、自分の命のことか？

それとも、健康か？

静かで平和な毎日のことかな。

なんでも良いけれど、自分というのは、結局その程度の存在なのか、と珍しく少し自嘲《じちょう》するのだった。

13

加部谷恵美は、駅で男性陣と別れた。男性二人は南へ、女性二人は北へ行くことになった。本来ならば、山吹と加部谷が南で、雨宮と海月が北へ帰るのが順当な選択であるが、このような変則的な別れ方になったのは、加部谷が雨宮とショッピングを楽しみたかったからであり、また、海月は山吹の大学を見にいく、という目的があったからだった。レンタカーは駅前で返し、四人は改札を入ったところで別れた。

加部谷と雨宮は、二つ離れた駅へ移動し、そこから近くのショッピングモールまでバスで移動した。月曜日なので比較的空いているのではないか、と想像していたが、夏休みで子供が多く、また平日も休日も関係のない老人たちで混み合っていた。それでも、沢山の店を見て回り、大きな紙袋が二つ荷物に加わった。雨宮は、三つだ。本当は四つだったけれど、小さい一つを大きい袋に入れて三つにした。友達と一緒に買いものをすると、つい余計なものを買ってしまう、という周知の傾向には、充分注意していたにもかかわらず、そのとおりになってしまった。

ショッピングの間、一度も殺人事件の話題は出なかった。加部谷は、ときどき思い出したけれど、その悲惨な現場と、自分が歩いている平和な場所の対比を、多少不思議に感じるだけだった。それは、仕事と日常生活でも同じことで、人は気持ちを切り換える。よくわからない表現だが、そういうことが可能なのだ。

夕方に、駅で雨宮とも別れ、加部谷は一人で南へ向かって電車に乗った。もう日は山の陰に隠れる時刻だった。窓際のシートに座って、一人で風景を眺めていた。ときどき反対側に海が見えた。午前中は曇っていたが、午後には持ち直して青空が広がっている。この地方に来て、何度か海に虹がかかるのを見た。那古野に住んでいる間に見た回数を、この一年半ほどで完全に追い抜くほど、頻繁に虹が出るのだ。しかも、非常に鮮明で、二重はもちろん、三つの虹が重なることもある。それで三重という県名なのか、と自分では納得したのだが、人に話したら、それは違うと言われた。納得のいく答が、必ずしも一般的な真実ではない、ということである。

隅吉真佐美の日記にあったという数字を思い出した。661661というのは、何だったのだろう。ちょうど、レシートでショッピングにかかった経費を確認したあとだったので、レシートの裏にその数字を書いてみた。ペンは、買ったばかりのキャラクタ・グッズである。

そして、書いた数字をいろいろな角度から眺めた。6という算用数字は、ギリシャ文字のσ《シグマ》に似ている。ほとんど同じだが、書き順が違うのだろうか。また、窓ガラスに映して見ると、ギリシャ文字のρ《ロー》にもなる。そうか、この全体の数字は、裏返すとアルファベットのplplplと読める。でも、こんなスペルの単語はありえない。大文字だと、PPIPPIになる。これでも、読めない。

なんとか読めないものか、とじっと自分の書いた文字を見つめていると、PとIがくっついて、Aに見えることに気づいた。そうなると、PAPAに見える。

「ああ、これなら、読めるんだ」小声で呟いていた。

これは、正解だろうか。

でも、誰も真実を知らないし、知ることもできないのだ。

今のところ、その解釈が加部谷にとって、最もそれらしいと感じる、というだけのことである。三重の虹だって、自分で思いついたその時点では、まちがいなく彼女の真実だったのだ。

だから、このままにしておこう、と思った。

車内アナウンスがあり、彼女が今生活している街にまもなく到着する。

絶対誰にも話さないぞ。

彼女は、そう決意した。鞄と紙袋を持って立ち上がり、隣のシートの人に通してもらった。ドアからデッキに出る。この駅で降りる人は、けっこう多い。なにしろ、県庁所在地なのだ。ただ、日本で一二を争う人口の少ない県庁所在地でもある。

電車が停まり、ドアが開く。

ホームへ出て、階段に向かって歩いた。

いや、待てよ……、山吹にならば話しても良いかな。彼は、同じ街に住んでいる。ときどき会う機会があるからだ。

でも、どうせなら、海月及介にきいてみたい。メールしてみようか。

どういう返事が来るのか、だいたい想像できた。

「それが加部谷の答だ」くらいだろうか。それとも、

「いずれにせよ、影響はない」かな。

「やっと気づいたか」かもしれない。

彼に送るそのメールには、ほかに何を書こうか。

まず……、来てくれてありがとう。

それから……、また、会おうね。

うん、順当なところだ。

改札を出たところで、良い夏休みだったな、と加部谷は思った。蟬が煩《うるさ》いほど鳴いていたけれど、もちろん、煩くなかった。

エピローグ

先ず真理を知るということは感覚によるということ、又感覚は論難し得ないものであるということが判るであろう。何故ならば、感覚より大きな信頼性を有し、それ自身真なるものを以て、虚なるものを論破し得る何か或る別な規準を捜さなければならなくなるからである。

水野涼子は、その後この事件について自らすすんで調査を行うことはしなかった。それでも、情報は自然に流れ着いてくるものだ。それは、ポテンシャルの高いところから低いところへ移動するのではない。電磁波や音波の伝播《でんぱ》に類似して、媒体を介しただ拡散するのである。

残念ながら、事件直後には、殺人に関連した報道はほとんどなかった。雨宮純と加部谷恵美が撮影した動画も、おそらくオンエアには使われなかっただろう。それくらい、世間ではこの事件の認知度は低かった。ラッピングされた変死体の奇妙さは話題になりそうなものだが、何故かそうはならなかった。水野の想像では、おそらく隅吉がなんらかの圧力をかけて、警察に遺体の様子を公表しないように要望したのではないか。だから、ラッピングという言葉さえ、表には出ていない。その一つの言葉がないだけで、この事件の持つ特殊性は激減する。

ただ、事件以外で聞えてくるものは少なくなかった。たとえば、既に事件発生から三週間が過ぎていたが、隅吉重久は帰国していない。それどころか、行方不明と伝えられている。そういった表現でニュースになったのは、彼が自分の会社の資産を役員会の承認なく別の口座へ移したことが発覚したからだった。金額の一部は、明らかに横領といえる処理がなされ、また、他の一部は無断で投資、あるいは運用の形を取っていた。さらに、別の一部は子会社に流れ、その会社を通して別の企業の買収に使われたらしい。これらすべてを、彼が独断で行ったとの報道があったが、もちろん、はっきりとはわかっていない。現在まだ、隅吉重久は職を辞していないし、解任にもなっていない。今後の動向が注目されている、というだけである。

隅吉重久が半年まえに離婚していた、という情報を伝える報道もあった。つまり、娘の遺体を確認した母親は、既に隅吉夫人ではなかった。横領による個人資産の防衛が目的ではないか、とも囁かれている。実際、誰が囁いているのかよくわからない報道だが、もしかしたら、報道自体が囁きなのかもしれない。

隅吉真佐美の殺害については、捜査が続いている、という情報以上のものはなかった。砂羽知加子については、自殺したものとほぼ断定された。真佐美の事件との関連には、今のところ言及されていない。

その後、水野は、偶然にも別の情報を得ることになる。事件から半年以上経った頃のことだった。それは、美之里が閉園になった、というニュースである。その中で、この宗教団体が、隅吉重久の企業グループに属する会社からの資金援助を受けていたこと、そして、その会社が業績不振から資産整理を行った結果が、美之里の閉園に繋がったことなどが述べられていた。その会社と隅吉との関係は、単に水野の記憶のリストにあっただけのことで、ニュース自体が語っていたわけではない。

しかしそうなると、βと名乗る曲川菊矢とは誰だったのか、ということを考え直さざるをえない。それまで水野は、おそらく曲川は実在しない人格だろう、という白己処理をしていた。あるいは、とてつもなく飛躍した発想として、真賀田四季の関与も考えなかったわけではない。すなわち、彼女が作ったプログラムが、曲川として信者の相手をしていたのではないか。βという命名が、その連想を誘発したからである。

だが、隅吉重久と美之里の金銭的な繋がりが事実であったとすれば、彼こそが曲川菊矢だったのではないか、という考えも仄かな妥当性を帯びてくるだろう。なにしろ、それほど以前から美之里はあった。当時、真賀田四季は自由に行動できる環境になかったはずだ。今のようにネットワークも普及していない。そのときから、βは存在したはずであり、そのときは実在した人格であった可能性が高い。おそらく途中から、人でなくなり、また、そのカリスマ自身が、もっと完璧なカリスマに傾倒していったのではないか。

水野は、そんな茫洋《ぼうよう》とした想像をした。でも、自分に確かめられることは一つもない。また、確かめたところでどうなるものでもない、という確信だけは何故か持てた。

事件以来、一度も、加部谷たちとメールのやり取りをしていない。これは、予想したとおりだった。また、瀬在丸紅子にも、その後まだ会っていない。

東京の椙田には、また会うことができた。彼は、瀬在丸紅子の様子を知りたがったので、多少誇張して話しておいた。それから、美之里で海江田に会ったことも話してみた。

「へえ、そんなところにいるんだ」というのが、椙田の反応だった。

「三重県にいること、知らなかったんですか？」

「あいつとは縁を切っているから」

「どうしてです？」

「うん、くそ真面目で、良い奴だったがね、なんというか、入れ込みすぎるんだな。俺のことを信じて、信じすぎて、あまりに忠実で、うん、そういう質《たち》なんだ。だから、もっと信じるに足りる人間がいるだろうって思ったわけ。な、もっと立派な人間がいるだろう？」

「でも、人じゃなくて、神様を信じちゃったみたいですよ」

「少なくとも、俺よりは神様の方がましだね」

「その神様も、倒産してしまったわけです」

「世の中そういうもんさ。結局は、自分を信じなきゃ、神も仏もない」

たぶん、瀬在丸の話のあとだったので、椙田は機嫌が良かったのだろう。いつになく饒舌《じょうぜつ》だった。

椙田は、大きなライタで煙草に火をつけた。そして、最初の煙を吐いたあと、こんなふうに呟いた。

「紅子さんねぇ……。会いたいような、会いたくないような……」

※

佐々木睦子は、初秋の某日、瀬在丸紅子を訪ねた。姪から会ってほしいと言われたのが、彼女の中での理由だったが、考えてみたら、もっと早く、西之園萌絵の保護者として、瀬在丸紅子に挨拶をしておくべきだった。どういえば良いのか……、それは、そう「常識」というものだろう。生憎、西之園家にも瀬在丸家にも、その一般的な常識がなかった。その結果が、今頃の儀式回復になったのである。

電話で連絡を取った。お互いに、相手の家を訪ねると主張したため、中を取って、ホテルのラウンジでお茶を飲むことに決まった。城郭の見えるホテルだが、ラウンジからは見えない。水が流れる人工的な庭が大きなガラスの向こうにあって、水族館を連想させる暗さを伴っていた。

佐々木は、約束の時刻の五分まえに到着し、ラウンジの前で待った。その二分後に、瀬在丸紅子が現れた。一目見ただけで、この人物だとわかった。姪に彼女の風貌をきいたのだが、「一目見ればわかる」と教えられていた、そのとおりだった。

向こうもこちらに気づき、立ち止まり、微笑んで軽く頭を下げた。それから、さらに近づき、挨拶をしつつ、またお辞儀をした。

テーブルに着いて、コーヒーを注文するまで、何分かかかってしまった。

「本当に、西之園さんにそっくり」瀬在丸は言う。「あ、いえ、そうじゃないですね、萌絵さんが、叔母様に似ていらっしゃるのね」

「あれは、そうです。あの子、顔は、母親にも、それに父親にもあまり似ておりません。私に似ているって、両親も親戚の者もよく言いましたわ。でも、私とは、全然違いますの。それはもう、やはり両親の血ですわね。兄は、私が言うのもなんですけれど、それはもう頭脳明晰、素晴らしい人でした。亡くなったときには、本当に……、今思い出しても涙が出るくらいです」

「お辛《つら》かったでしょうね」

「いいえ、私なんかよりも、萌絵は大変でした。いえいえ、今、こんな話をしてもしかたありませんね」佐々木は笑った。「そんなことよりも、あの、ご子息様には、私ももうぞっこんなんです。素晴らしい。私の兄も、やはり才能に早くから気づいていたのだと思います」

「ああ、ご子息って、私の？」瀬在丸は指を自分に向け、大きな瞳で見つめる。「そうだわ、忘れていました。そうなのね、私の息子でしたね。えっと、もうあの子、いくつになるのかしら。だってね、大人になったら、息子じゃないんですよ。そうね、お友達でもないわね、そんなに親しくありませんの。滅多に会わないし」

「そうなんですか。こんなに若くて綺麗なお母様とだったら、一緒にどこかへ出かけたくなるものですよ」

「そう？　あら、全然そんなことないわ。どうしてかしら」

「まあ、普通の男だったら、という意味ですけれど」

「そうなの、ちょっと普通じゃないのよね。どうしてかしら。育て方に問題があったのか、それとも、血筋なのかしら。どうしましょう。もう、遅いですよね？」

「それは、ええ、遅いと思います」佐々木は笑った。

コーヒーカップに口をつける。瀬在丸も両手でカップを持った。いかにも上品な仕草だった。目が一度合い、お互いに無言で微笑む。

「このまえ、私、東京へ行きましてね、萌絵の職場を見てきましたの。研究室っていうんですか、抜き打ちですよ」

「そうだ、ご昇格されたそうですね。おめでとうございます」

「いえいえ、これもすべて、犀川先生の的確なご指導のおかげです。こちらこそお礼を申し上げなくては」

「いえ、それは、彼に言って下さい。私のおかげではありません」瀬在丸は首をふった。「それに、他人の指導でそこまでなれるものではありませんわ。ご自身が努力をされたし、またそれだけ才能があったということ」

「ようやく、この頃になって、少し落ち着いたかしら、と思っていますの。学生の頃は、本当に軽はずみで、危ないことばかり。見ていられませんでしたわ」

「それは、どなたでも、たいていはそうなのではないでしょうか」

「まあ、そうですね。私も若いときは、けっこう無茶をしましたから……」

「私だって、そう……、なんだか好き勝手に生きてきましたわ」瀬在丸は窓の方へ視線を向ける。水が流れる滝が見えるだけだ。「よくもまあ、子供が育ったものだと、今になって思います。そうね、結局、育て方じゃありませんわね。その子が育ちたいように育つんだわ。人間なんですからね」

「あの、話は違いますけれど、いつでしたか、三重県へ真賀田四季のことで行かれたと聞きました。ああ、すみません。無茶なこと、で連想してしまって……」

「それ、どなたにお聞きになりました？」

「あ、ええ、兄から」

「あ、そうか……、そうでしたね。ええ、あれは、西之園さんの代理だったんですよ」

「とんでもない。瀬在丸さんの方が確かだと、警察も判断をしたのでしょう」

「あれは、思ったとおり、別人でしたけれど。でも、そうね、繋がりがないとはいえないでしょうね。もう、あの方のことでは、あまり考えない方が良い、と私は思います。私たちが生きている間に、あの方の仕事が完了することはありません。もっと未来なんですよ、彼女が仕掛けている社会は」

「未来？　私たちと、二十くらいの差だったかしら。それは、三十年くらい未来ですか？」

「いいえ、もっとさきですね。おそらく八十年くらい」

「どうして、そんなふうにお考えになるのですか？」

「私が八十年さきだと考える理由は、簡単には説明ができません。ただ、それくらい時間がかかる、という見積もりです。人を動かしたり、技術を開発したり、資金を集めたり、政治を動かしたり、そういうものを含めて計算すると、最低でもそれくらいの時間がどうしても必要なんです。本人がいくら速く考えられても、躰は速くは動きませんまして、周囲の協力者は、彼女ほど速くは考えられません」

「何をしようとしているのですか？」

「それも、簡単には説明できませんけれど、そうですね、ネットワークという新しい頭脳を作ろうとしている、と表現すれば一番近いかしら。彼女は、人間の上に、もっと人間らしい生きものを生み出そうとしているのです」

「ロボットみたいなものですか？」

「末端は、ええ、そうなりますが、それを支える思考装置です」

「でも、その、八十年なんて、いくら天才でも生きられないのでは？」

「生きる方法を見つけるでしょう、彼女ならば……。あの、これは、あくまでも私の想像です。この件で、ほかの方と意見交換や議論をしたこともありません。そうだ、創平《そうへい》さんとだって、話し合ったことはありませんのよ」

「なんだか、怖いお話ですね」

「怖くはないと思います。誰かが酷い目に遭うというものではないし、たとえば、少なくとも世界は平和になるでしょう。それが、新しい生きものの生命に関わるからです」

「よくわかりませんけれど、とりあえずは、安心をしていて良いのでしょうか？」

「安心？　さあ、どうかしら。それは個人個人の考え方だと思います」

そう言うと、瀬在丸紅子は、少しだけ首を傾げ、にっこりと微笑むのだった。

※

メキシコのある海岸に白い建物があった。形状からボートハウスと呼ばれていたが、規模が圧倒的に大きく、またボートが停泊できる桟橋《さんばし》もない。海岸といっても、建物は絶壁の上にある。ただ、海側に作られたウッドデッキが、まるで桟橋のように見えるため、たとえば上空から眺めれば、誰にもその名称が相応しく思えるのだった。

この近辺にほかに建物はなく、険しい岩山が迫り、道路も通じていなかった。建物のほぼ真下、切り立った岩壁の海面近くに、潮が削った洞窟があったのだが、それを利用して造られたトンネルは、元の自然の洞穴《ほらあな》に似せて、入口がカモフラージュされていた。トンネルの中には、原子力潜水艦が二隻碇泊《ていはく》できる。そこから、ボートハウスまではエレベータで繋がっていた。

隅吉重久は、ここへ来るのが二度めだった。三年まえに訪れたときには、飛行艇で近くへ着水し、そこからはゴムボートで上陸した。今回は、引き潮のときに現れる砂浜にヘリコプタを着陸させた。潮の関係で、長くはいられないらしい。

ボートハウスのウッドデッキで待たされた。一人である。ここへは誰も連れてくることはできない。一度めのときもそうだった。

飲みものを運んできたのは、髪の短い若い女性だった。言葉を交わさなかった。冷たいカクテルだ。それに口をつける。唇が緊張で乾いていた。

潮の香りと海風、そしてカモメの声を認識できるほど落ち着いたとき、彼女が現れた。以前とまったく同じだった。黒髪は長く、瞳は青い。

「お久し振りです、博士」立ち上がって、隅吉は頭を下げた。握手はしない決まりだ。

「お話は聞きました」彼女は言った。

事情を話す必要はない、という意味だ。自分がしたこと、その情報は詳しく届いているのだろうか。

「またお会いできて、大変光栄です」

「どうされたいの？」

「はい、なにかお役に立つことがあれば、と考えまして」

「既に私たちは多くの資金を貴方から得ています。役に立っています」

「私にできることが、ほかにありませんか？」

「貴方の人脈を活用するという役目ならあります。ただ、貴方はもう日本には戻れない。人脈というものは劣化が早い。使うならば今のうちね」

「そのとおりです」

「わかりました。活用を考えます」

「ありがとうございます」

「どうして、礼を？　貴方にとってのメリットは？」

「私は、博士のお役に立てることが喜びです」

「言葉はわかりますが、そのとおりならば、信仰です」

「ええ、そうです、そのとおりです」

「やはり、生け贄を捧げたおつもりなのね？」

「恐縮です」

隅吉は頭を下げた。

「不思議な感情だわ」天才は少し微笑んだ。「貴方には、神がいるのね」

「ええ、目の前に」

「私には見えません」

若い女が呼びにきた。二分という制限時間が過ぎたのだ。隅吉はもう一度深々とお辞儀をした。再び頭を上げたときには、神の後ろ姿が見えた。

「下の海岸の掃除をお願い」と女に指示をしている声が最後だった。

彼女の言葉を考えた。

私には見えないとは、つまり、自身の姿は見られない、という意味だろう。

彼は、そう受け取った。

けれども、自分に見えるものが、神である彼女に見えないはずはない。

その矛盾は感じた。もう少し考えてみる必要があるかもしれない。

椅子に座り直し、残っていたカクテルを楽しむ。

カモメが数羽すぐ近くをグライドしている。風が海から吹いているからだ。テーブルは天板がガラスで、カクテルのグラスから落ちた水滴が濡らしている。彼は、その水に指をつけ、何気なく文字を書いた。

それは、βという形になった。

立ち上がってデッキの端まで歩き、手摺《てすり》から海面を見下ろした。高さはおよそ二十メートルほどだが、黒い大きな岩を波が洗い、飛沫《しぶき》が上がり、海水は白くなって返る、その繰り返しが間近に見える。
隅吉は、軽く跳ね、手摺を飛び越えて、その岩へ向かって最後の落下を試みた。

冒頭および作中各章の引用文は『物の本質について』
（ルクレーティウス著、樋口勝彦訳、岩波文庫）によりました。

N.D.C.913　350p　18cm

ジグβ《ベータ》は神《かみ》ですか

二〇一二年十一月六日　第一刷発行

KODANSHA NOVELS

定価はカバーに表示してあります

著者—森《もり》　博嗣《ひろし》

発行者—鈴木　哲

発行所—株式会社講談社

東京都文京区音羽二-一二-二一

郵便番号一一二-八〇〇一

編集部〇三-五三九五-三五〇六
販売部〇三-五三九五-五八一七
業務部〇三-五三九五-三六一五

本文データ制作—凸版印刷株式会社

印刷所—凸版印刷株式会社　製本所—株式会社若林製本工場

ISBN978-4-06-182856-8